弒君的血族

夜光花

繪圖 奈良千春

CONTENTS

弒君的血族

弒君的血族

1 尚未實現的祈願

當那個人的視線捕捉到里昂·愛因茲沃斯時，他的人生就此丕變。

被君臨杜蘭德王國的女王陛下——被那雙閃動著翡翠色光芒的眼眸注視的瞬間，里昂不自覺跪了下來。全身血液沸騰，眼前的人物成了最重要的一切。自己的使命，就是為這個人盡心盡力，即使豁出性命也要保護對方。

這是王室一脈相傳的「蠱惑」魔力。明知如此，心仍舊被擄獲，沒辦法抗拒。既然生為這個國家的國民，當然沒有比保護女王陛下更重要的事了。

他對這件事沒有一絲一毫的懷疑與猶豫。

因為對里昂而言，服從女王陛下——正是至高無上的喜悅。

里昂是名列五大世家的傑出貴族——愛因茲沃斯家的直系子弟。

他與父母及祖父母一起生活，底下還有相差三歲的妹妹與相差五歲的弟

JOOUGOROSHI
NO KETSUZOKU
HANA YAKOU
CHIHARU NARA

「問你個問題——如果知道戀人未來會殺人如麻，你會怎麼做？」
「如果諾亞學長快把人殺死，我就治好那個人。
我不會讓學長殺人的，這次換我保護諾亞學長!!」

弟。其生長的杜蘭德王國存在著能駕馭火魔法、風魔法、水魔法、土魔法、雷魔法的特殊血脈，里昂即是當中的水魔法一族直系子弟。

水魔法顧名思義，就是能隨心所欲操縱水的魔法。里昂從小就在祖父母的嚴格教育下學習水魔法。對他而言水就跟空氣一樣熟悉，即使走在陌生的土地上也能察覺到水的氣味。

「里昂，你要為了女王陛下成為英勇的軍人。」

要進入羅恩軍官學校就讀時，祖父母與父母這般叮囑，將里昂送出家門。里昂當然也是這麼打算的。

里昂第一次跪見女王陛下，是在十三歲生日的時候。

五大世家的直系子弟，年滿十三歲就得踏入社交界，受邀參加王族舉辦的宴會。里昂也在十三歲那年，第一次出席女王陛下主辦的宴會。

當時，女王陛下就坐在華麗莊嚴的寶座上。在接連不斷的寒暄聲中，里昂遠遠望著女王陛下，覺得她是一位看起來很可怕的老奶奶。當年女王陛下六十二歲，即使出席者向她請安，她也只是以目光鎮懾對方，擺著一張沒有半點笑容的臉孔，簡單回應幾句話。女王陛下治世已有十三年，不僅深受國民信賴，治國能力也很強。

上一任統治這個國家的艾博特國王，是一位施行惡政的昏君，因放蕩弛縱，而被挪揄國庫就是遭他揮霍掏空。艾博特國王時代不僅國家衰微，還發生闇魔法一族發起革命企圖奪取國家的慘事。

女王陛下是艾博特國王的么女，當時王位繼承順位很低。由於闇魔法一族接連殺害王室成員，才讓她躍升為第一順位王位繼承者。駕馭水魔法的愛因茲沃斯家族代代都是保護王族的禁衛騎士。里昂的祖父也常說，當年自己就曾為了保護王族免遭闇魔法一族的毒手而日夜奔走。

艾博特國王遭闇魔法一族殺害後，維多利亞便繼任為女王，執掌這個國家。女王陛下是位女中豪傑，她重建即將傾頹的國家，並決意根除闇魔法一族。女王陛下廢除暴政，停止濫收稅賦，肅清賄賂風氣蔓延的國家中樞機關，整頓整個杜蘭德王國。

「維多利亞女王的時代很和平，真好。」

父母與祖父母都很信賴女王陛下。

里昂也自初次見面的那一刻起成為女王陛下的追隨者，將來打算進入魔法團，或是成為女王陛下的禁衛騎士。禁衛騎士是一個成員全都具備魔法迴路的組織，不具備魔法迴路的人則可加入禁衛兵。

雖然杜蘭德王國裡能夠使用魔法的人不在少數，但王族不會使用魔法。不過相對的，他們具備王族獨有的特殊能力。

那就是稱作「蠱惑」的魔力。之所以不算魔法，是因為發動能力並不需要詠唱咒語。據說王位繼承順位越高，這股力量就越強。女王陛下的眼神強而有力，獲准覲見者總是自然而然俯首帖耳。

里昂曾私底下聽祖父母提過這件事，所以覲見女王陛下時，他也謹慎提防自己的心被對方俘虜。然而實際與女王陛下視線交會後，他依然拜倒在其壓倒性的存在感之下。里昂深受「蠱惑」魔力的擺布，甚至認為服從是一種喜悅。他決定賭上自己的性命，一生為女王陛下效力。

「哥哥，你就要去羅恩軍官學校念書了呢。我們會有一陣子見不到面吧？人家會寂寞的。」

某個雨天的午後，里昂的妹妹蘿絲瑪麗神情憂傷地說。這天他們應艾佛烈王子的邀請，搭乘馬車前往王宮。

蘿絲瑪麗是里昂的寶貝妹妹。她有著白皙光滑的肌膚、藍色的水靈大眼，以及櫻花色的嘴脣。那張惹人憐愛的可愛臉蛋在社交界也頗為出名，害得里昂不時得幫她趕走黏過來的蒼蠅。他希望可愛的妹妹能跟自己認可的對象結婚。里昂便是懷著這種哥哥疼妹妹的心情，時時保護著蘿絲瑪麗。

「我不在的時候妳要小心，別讓奇怪的傢伙接近自己，否則也會很對不起艾佛烈殿下。」

里昂輕輕執起坐在旁邊的蘿絲瑪麗那白皙的小手。蘿絲瑪麗的臉頰登時泛起紅暈，看得出來她正想著艾佛烈王子。

艾佛烈王子是女王陛下之子——亨利王太子的第三個兒子。他跟里昂同年，兩人在宴會上見過幾次面後就親近起來，關係好到能閒話家常。由於里昂下個月要進入羅恩軍官學校就讀，艾佛烈王子便邀他在入學之前找一天來王宮玩。蘿絲瑪麗打從第一次見到艾佛烈王子時就愛慕著他，甚至向母親及里昂表明想嫁給王子。

「哥哥，拜託你幫忙撮合我跟艾佛烈殿下吧。人家非他不嫁。」

舞會的隔天，蘿絲瑪麗露出亮晶晶的期待眼神這般央求道。

這也難怪，畢竟艾佛烈是個丰神俊美、氣宇軒昂的青年。頭腦聰明伶俐，堪稱是女王陛下格外疼愛的孫子，劍術也很高超。

王室有個代代相傳的慣例：王位繼承順位較高者必須迎娶別國的公主。因此，亨利王太子與其長子——艾佛烈的長兄亞歷克西斯王子，以及次子海因里希王子都與鄰國公主結婚。雖然連第二王子都被迫締結策略婚姻，不過第三王子以後的王室成員就比較能夠通融。過去愛因茲沃斯家，也有幾個人嫁給王族，或是迎娶王室千金。

王族與五大世家通婚有幾項條件，其中之一就是後者不具備魔法迴路。雖然不曉得原因為何，但有一說王族是不能混入具有魔法迴路的五大世家血統。就這點而言，蘿絲瑪麗不具備魔法迴路，所以符合條件。

「蘿絲瑪麗，想嫁入王室，必須抱持非比尋常的決心才行。」

里昂得知蘿絲瑪麗的心思後如此勸道，內心的猶豫表露無遺。但是妹妹有著頑固的一面，她在心中決定將來一定要嫁給艾佛烈王子。

「如果要我跟殿下以外的男人結婚，我寧可當修女。」

雖然不知道這句話是真是假，總之蘿絲瑪麗一臉認真地宣告決心。這可讓雙親大驚失色，開始想方設法讓女兒嫁入王室。

里昂雖與艾佛烈王子關係親近，但對於蘿絲瑪麗想嫁給王子一事卻是完全不贊成。

因為艾佛烈王子的為人讓他感到一絲不安。

艾佛烈王子是個無可挑剔的優秀人物，將來必定能成為支持這個國家的棟梁吧。可是，他的內心卻有著一塊不容他人踏入、極寒極冷的地方。簡單來說，艾佛烈王子並不重視與珍惜家庭的溫情。當朋友是沒問題，但里昂擔心蘿絲瑪麗若與他結為夫妻，婚後內心會有多麼飢渴。

「哥哥，進入羅恩軍官學校之前，你會先跟殿下打聲招呼吧？到時候也帶我一起去喔。」

八月底，蘿絲瑪麗得知里昂要去見艾佛烈後，硬是跟了過去。關於蘿絲瑪麗想嫁給艾佛烈一事，目前愛因茲沃斯家決定暫且擱置。也因為這個緣故，蘿絲瑪麗才想藉由經常見面，引起艾佛烈的興趣。蘿絲瑪麗是在眾人的疼愛下成長，對自己很有信心。她堅信，只要不斷見面，艾佛烈絕對會拜倒在自己的石榴裙下。就算里昂開導妹妹，艾佛烈不是那麼單純的男人，蘿絲瑪麗仍舊充耳不聞。畢竟是可愛的妹妹提出的請求，里昂很想幫她，但……這就是為人兄長的難處。

王宮位在略高的山崗上，從里昂他們居住的羅茲伍德搭馬車約三十分鐘的路程。四周圍繞著很深的護城河，群山峨然矗立在後方。從王宮騎馬約五分鐘路程的地方有條河流，城下都市就建在河邊的肥沃土地上。

王宮是堅固的石造建築，數座高塔直衝天際。由於一再增建，建築結構相當複雜，受邀至王宮的人都稱這裡為「迷宮」。圍牆內有棟四層樓高、巨大的長條形建築，那是魔法團的宿舍。為了保護王宮，魔法團會從鋸齒狀的城垛時時戒備及監視四周，察看王都有無可疑的動靜。

載著里昂的馬車停在王宮前方的一座大橋旁邊。里昂將文件遞給禁衛兵，對方檢閱後便准許馬車過橋。橋上零星可見禁衛兵的紅色制服。通過那座橋後城門便開啟，馬車進入裡面。

此時正值八月，王宮的庭園綻放著五顏六色的花朵，修剪成動物造型的綠雕也隨處可見。每看到一座綠雕，蘿絲瑪麗就會發出典型的少女歡聲。

「里昂，歡迎。」

馬車停在王宮的正門口後，艾佛烈便親自出來迎接。柔順的鉑金色頭髮；神似女王、美麗的翡翠色眼眸；直挺的鼻梁——亨利王太子的子女當中，艾佛烈的長相最是俊秀迷人。今天他穿高級布料製成的襯衫搭配長褲，扣上衣領鈕釦，打扮得很休閒。身上不僅沒披著披風，也沒別上勳章。這是因為艾佛烈不太喜歡拘謹的打扮。

「殿下，謝謝您邀請我們。」

下了馬車，里昂便牽著蘿絲瑪麗的手，走近艾佛烈行了一禮。

「感謝您的邀請。」

蘿絲瑪麗拉起洋裝裙襬，用不同於平常的嗓音優雅地打招呼。

「蘿絲瑪麗小姐，妳今天也很美呢。」

艾佛烈微微一笑。光是這樣蘿絲瑪麗就高興得飛上了天，腳步變得輕快。

「今天天氣不好呢，我們到室內休息吧。」

艾佛烈面帶微笑說道。到室內休息，其實就是邀里昂玩遊戲。艾佛烈很喜歡玩遊戲，常跟里昂比輸贏。兩人第一次下西洋棋時，里昂完全沒放水，最後雙方勢均力敵不分勝負，而這就是艾佛烈欣賞里昂的原因。

「蘿絲瑪麗小姐，家母準備了來自異國的點心，請妳一定要嘗嘗看。」

「咦？可是我想跟殿下一起……」

想跟艾佛烈增進感情的蘿絲瑪麗感到不滿，臉色暗了下來。

「跟我母親打好關係對妳應該沒有壞處喔。」

艾佛烈親暱地摟住蘿絲瑪麗的肩膀，附耳這麼說。蘿絲瑪麗頓時臉頰泛紅，回了一句「說、說得也是呢」後，便由女僕領著轉進走廊離開了現場。

里昂看著這幅情景，無奈地垂下眉尾。客觀而言，艾佛烈對蘿絲瑪麗毫無興趣。因為她是里昂的妹妹，艾佛烈才以恰如其分的體貼態度對待她，實際上對她並無愛情。雖然蘿絲瑪麗愛慕著艾佛烈，但以現狀來看，嫁入王室這件事希望渺茫。

這時耳邊突然傳來腳步聲，回頭一看，發現女王陛下正帶著侍女走了過來。里昂馬上立正站好，向女王陛下敬禮。

「里昂，謝謝你陪伴艾佛烈。」

女王陛下對著里昂淺淺一笑，之後就與侍女一起沿著走廊離去。里昂以熱情的眼神，目送女王陛下的背影。

「簡直就像戀愛中的少年呢。」

艾佛烈調侃道，里昂便回他「隨您怎麼說」。

「外面在下雨，我正覺得無聊呢。里昂，我們來比個三局吧。」

其實里昂很想一直看著女王陛下的背影，可是艾佛烈將他拖去了撞球室。竟然能見到女王陛下，今天真是幸運。這天，里昂懷著欣喜雀躍的心情跟艾佛烈打撞球。最後艾佛烈兩勝一敗贏了里昂，但他卻一副心不在焉的模樣。

「里昂──你要去讀羅恩軍官學校對吧？」

將球桿扔在撞球檯上後，艾佛烈坐到靠牆的長椅上問道。艾佛烈不喜歡女僕進來遊戲室，所以桌上事先準備了裝著檸檬水的冷水壺。里昂將檸檬水倒進兩只玻璃杯裡，然後坐在艾佛烈的旁邊。

「對，下個月起就要過住宿生活了。」

「這種時候我總是忍不住感嘆，真想生在五大世家。因為王族不能就讀羅恩軍官學校。」

艾佛烈以遺憾的口氣喃喃說道。看著那張側臉，里昂這才發現艾佛烈對羅恩軍官學校有著非比尋常的興趣。羅恩軍官學校是一所學習魔法的學校，只有具備魔法迴路的人才能就讀。

「你敢相信嗎？身為這個國家的王子，我卻連想讀的學校都無法進入。」

艾佛烈喝了一口里昂端給他的檸檬水，接著嘆了口氣。

「您這麼感興趣嗎？是因為想使用魔法嗎？」

里昂感到意外，注視著艾佛烈。艾佛烈咧嘴一笑，瞇起眼睛。

「我可是王子耶？沒必要自己來，只要叫部下去使用魔法就好。」

聽他講得既肯定又理所當然，里昂不由得端正坐姿。跟艾佛烈相處，讓他體認到自己不過是一介貴族而已。王室的血統是特別的。一如女王陛下的「蠱惑」擄獲了里昂的心，與艾佛烈相處時偶爾也會感到心神震顫。該說是拜倒在無法抵抗的力量之下嗎，總之里昂很自然地想要為艾佛烈效力。

「我是對克里姆森島本身感興趣。」

艾佛烈壓低聲音坦白道。

克里姆森島──那是羅恩軍官學校所在的孤島。那座島位在本土西方的遙遠海洋上，兩者相距一百一十公里，四周是懸崖峭壁，因此很難從海上侵入。島上分成羅恩軍官學校所在的區域，以及有森人之稱的部族居住的區域。由於國家並未公開關於森人的詳細資訊，那裡可是出了名的充滿謎團的島。

「我們偶爾會送調查兵進入那座島，看了報告書後，我對那裡的興趣越來越濃烈了。噢，這件事可別跟任何人提起。克里姆森島的報告書受到嚴格管理，只有女王陛下能夠閱覽。」

艾佛烈把臉湊到里昂耳邊低聲說道。雖然里昂很想知道，艾佛烈是如何偷看只有女王陛下能夠閱覽的資料，但又覺得會惹麻煩上身，所以決定不多問。

「你知道賦禮嗎？」

艾佛烈這麼問里昂，彼此的距離近到能感受吐出的氣息。

「我曾聽祖父母講過這個故事，說是克里姆森島上有位能授予人賦禮的祭司。但是，我沒見過實際得到賦禮的人。說到底，我連賦禮是什麼都不曉得。」

里昂困窘地回答。

「可以的話，我真想親自實地調查，但身為王子的我沒辦法做這種事。」

大概是明白里昂無法提供有用的資訊吧，艾佛烈聳肩這麼說。

「欸，等你搬進宿舍展開新生活後，要記得寫信給我。我想知道關於那座島的事，細枝末節的小事也行。」

艾佛烈從椅子上起身，直勾勾地望著里昂。里昂立即欠身，在艾佛烈的面前屈膝。

「當然沒問題，殿下。」

每次跪在艾佛烈的面前，里昂便領會到自己與他之間的關係並非友情。無論自己採取的行動有多像朋友，最終仍舊會表露出對艾佛烈的忠誠心。面對王族，他總是不自覺地、出於本能地絕對服從。

「雖然不能說是交換條件，但能否請您對舍妹多一點關愛呢？蘿絲瑪麗十分迷戀您。」

里昂用半開玩笑的語氣對艾佛烈說，盡量讓這句話聽起來沒那麼嚴肅。艾佛烈聞言露出難以言喻的奇怪表情。那副表情既像在憋笑，又像在同情他。

「就算不以偏愛自家人的眼光來看，我也認為蘿絲瑪麗是位很漂亮的女孩。還是說，王子已有心儀的對象了？」

這句話忍不住脫口而出。之前里昂就很好奇，艾佛烈的真心到底放在誰那裡。他不曾聽艾佛烈談論自己喜歡的女性類型。

「容貌什麼的——只要剝去畫皮，每個人都一樣。」

艾佛烈露出令人背脊發涼的冷漠眼神喃喃說道。這種時候，里昂的內心便會惴惴不安。自己真的想讓妹妹嫁入王室嗎？艾佛烈可不是蘿絲瑪麗掌握得住的男人。

「畢竟王室存在著許多不堪入目的黑暗面嘛。雖然這麼說很失禮，但像蘿絲瑪麗小姐那種幼稚的心靈承受得住嗎？我想珍惜自己與你的友情，因此才會謹慎以對。」

艾佛烈嘴角漾著笑意，伸手拿起球桿。聽到艾佛烈提起王室的黑暗面，便教里昂不寒而慄。其實里昂本身也很清楚，自己的家族背後存在了哪些見不得光的部分。

「我也一再勸她重新考慮，但蘿絲瑪麗似乎招架不住您的魅力。」

為了恢復成平常的氣氛，里昂刻意打趣地說。

「報告——就麻煩你囉。」

艾佛烈這般叮囑，接著動手收拾球桿。

既然艾佛烈想知道那座島的事，替他調查也無妨吧。里昂如此想道，心思飄向將於下個月展開的住宿生活。

幾天後，里昂渡海來到克里姆森島。矗立在克里姆森島上的魔法學校——羅恩軍官學校，是一所只有具備五大世家血統以及魔法迴路的人才能就讀的學校。踏上這座島時，里昂就決定要以第一名的成績從這所學校畢業。這麼做也是為了女王陛下。

「唔哇……好美的人呢。」

在舉行入學典禮的禮堂前庭，有個男人成了新生及在校生的注目焦點。他是火魔法一族的諾亞·聖約翰。美麗的黑髮披在肩上，容貌驚豔絕人。里昂在社交界見過諾亞幾次，不過他總是擺出看似不悅的臭臉，不理會向他攀談的人。畢竟諾亞是火魔法一族的直系子弟，里昂認為自己遲早得跟對方打好關係才行，但因為每次見到諾亞時，他看起來總是很不高興，里昂至今都不曾跟他說過話。至於當事人諾亞，此刻同樣頻頻有人向他攀談，但他就像一尊雕像動也不動，對那些人不理不睬。這些對諾亞感興趣而向他搭訕的人當中，還有人擔心地問：「他該不會耳朵有問題吧？」結果那人被諾亞惡狠狠地瞪了一眼，看來可以確定他的耳朵沒問題。

「跩什麼跩啊，好歹回句話吧。」

見諾亞始終不理會眾人，一名站在旁邊的短髮青年抓住他的肩膀。諾亞突然目露凶光，里昂隨即不假思索地擠進短髮青年與諾亞之間。不知道為什麼，他感覺到一股令人起雞皮疙瘩的危險氛圍。從外表來看，短髮青年的體格比較壯碩，但里昂卻覺得他可能會被諾亞宰了，才會立刻出手制止他。

「典禮就要開始了，別鬧事。」

里昂將短髮青年從諾亞身邊拉開，並且趕走圍觀這場騷動的學生們。最後短髮青年負氣離開了現場。正好此時，教師開始放學生們進入禮堂。

「諾亞少爺！」

一名茶色頭髮、戴著眼鏡的青年從人群當中冒了出來。

「對不起，剛才發生了什麼紛爭嗎？」

這名自稱提歐的青年，抬起目光詢問里昂。

「沒有，只是點小事。因為那小子完全不理人。」

里昂朝諾亞略微抬起下巴示意，小聲回答提歐。諾亞板著臉，面向另一邊。

「因為提歐很囉嗦，叫我別用侮蔑他人的字眼，剛才我不過是保持沉默罷了。」

諾亞露出冷若冰霜的眼神解釋道。

「正常地說話不就好了嗎？」

提歐傻眼道，抱著頭大傷腦筋。

「蟲子來找我說話耶。你會跟蟲子打招呼嗎？」

諾亞一副嫌麻煩的態度嘟嘟囔囔，接著轉身面向里昂。他說的蟲子是指剛才那位青年嗎？還是自己聽錯了？

「你是愛因茲沃斯家的里昂吧。真是愛管閒事呢。」

諾亞瞥了里昂一眼後，旋即轉身朝禮堂走去。提歐低頭不斷向里昂道歉，而後就追著諾亞離開現場。

外表漂亮，個性卻糟透了——這是里昂對諾亞的第一印象。之前覺得諾亞看起來總是很不高興，原來並不是自己的錯覺，之後里昂也不曾見過諾亞露出由衷開心的笑容。

儘管不想跟對方扯上關係，里昂卻無法對諾亞這個人視而不見。在魔法方面諾亞擁有連教師都讚不絕口的才能，學業成績也是第一名。雖然格鬥術的成績是里昂比較好，但對打算以第一名成績畢業的里昂而言，諾亞是必須擊敗的對手。

「你知道嗎？聽說諾亞的追隨者組成了一個團體耶。」

升上二年級時，與里昂相差一歲的堂哥理察，驚恐地告訴他這項消息。

「組成一個團體……什麼意思？」

諾亞因著那副美貌與不討好他人的態度，連高年級生都對他另眼相看（有傳聞說他把找碴的高年級生打趴在地），崇拜他的人也不少。無論諾亞本人的態度有多冷漠，追隨者都只增不減。甚至還有人揶揄這簡直就像一種宗教，可見諾亞的魅力不是一般的大。

「他們好像自稱是諾亞親衛隊。」

理察一副不知該笑，還是該覺得噁心的語氣喃喃說道。

諾亞相當孤僻，能與他正常對話的人，只有跟他同寢室的風魔法一族直系子弟奧斯卡，以及他的僕從提歐。

里昂頂多只在參加魔法社的活動時，才會跟諾亞交談。魔法社是很熱門的社團，要加入必須經過嚴格的審查。不過，在魔法社可學到課堂沒教的高等魔法。五大世家直系的學生基本上都能入社，但同個年級有三名直系子弟加入是很罕見的情況。

儘管里昂與諾亞同屬魔法社，但兩人動不動就起爭執。從里昂的角度來看，諾亞雖然成績優秀，但他不僅不認真又常破壞規則。將來諾亞應該會加入魔法團吧，真希望他能成為一個守規矩的正經人。否則這種人入團後，會給魔法團製造摩擦與衝突。最令里昂介意的是，諾亞偶爾會表露出他對女王陛下的不忠。

「里昂，你好死板啊。人要活得更輕鬆一點才行。」

加入魔法社後，里昂也開始有機會跟奧斯卡・拉瑟福交談，但他也是個不認真的男人，只是沒諾亞嚴重。奧斯卡有著柔順的茶色頭髮與看起來很和善的眼睛，不過他有個壞毛病，就是沒什麼貞操觀念，無論對象是學生還是教師，只要看上眼就會下手。

「聽說諾亞有親衛隊了。」

某天里昂趁諾亞不在，向奧斯卡提起這件事。奧斯卡聞言捧腹大笑，拍了拍里昂的背說：「你沒當面問諾亞是正確的。」

「真不可思議呢。諾亞分明一句話也沒說，他們卻為了諾亞擅自展開整肅校園的活動。當事人對此很不愉快，你最好別跟他提這件事。」

從奧斯卡的話聽來，諾亞本人似乎很討厭親衛隊。得知諾亞有著正常人的感受後，里昂鬆了一口氣。

看著諾亞的親衛隊，里昂偶爾會有似曾相識的感覺。

自稱親衛隊的學生望著諾亞的目光，像極了自己望著女王陛下的目光。諾亞是火魔法一族的成員，身上並無王室的血統。然而，受諾亞吸引的人有增無減，簡直就像魂被勾走了一樣。

（火魔法一族也曾迎娶過王室的女性。雖然沒聽說過這種事，不過要是他遺傳了王族才能使用的「蠱惑」魔力也不奇怪……吧？）

里昂也曾如此猜測，但這樣一來其他家族的直系成員當中，理應也會出現能使用「蠱惑」魔力的人才對。更何況與王族結婚者，必定是不具備魔法迴路的人。這說不通。搞不好單純只是諾亞本身具有吸引眾人的魅力罷了。

過著學生生活的同時，里昂也會寫信給艾佛烈，告訴他有關這座島、校園生活、五大世家引人注目的貴族子弟等等的資訊。雖然艾佛烈當上國王的可能性微乎其微，但里昂認為他身為王室一分子，先認識未來支撐國家的人才也不是壞事。

艾佛烈也很勤勞且認真地回信給他。來自王室的文書是特殊物品，每次都是由校長戴安娜・杰曼里德轉交給里昂，而不是派郵差送來。

戴安娜的年紀理應跟女王陛下一樣，但她使用魔法讓外表看起來很年輕。戴安娜是四賢者之一，身上流著雷魔法一族與風魔法一族的血統。血統相異者若是結合，基本上只會生出不具魔法迴路的孩子，不過也有極低的機率能誕生具有魔法迴路的孩子。這樣的孩子長大之後，能成為跟校長一樣厲害的魔法師。

「你和艾佛烈王子感情真好呢。那位王子也有朋友了，真是可喜可賀。不過，我要給你一個忠告。可別當一隻好使喚的狗喔。那位王子跟女王陛下年輕的時候一模一樣，身上可都流著高貴的藍血呢。」

某天轉交信件時，校長這般調侃道。聽到她說艾佛烈跟女王陛下很像，里昂的心思飄向覲見女王陛下的那一日。

「校長跟女王陛下很熟稔吧，下回有機會的話，再請您跟我說說女王陛下的事。」

里昂笑逐顏開這麼說，校長頓時揚起眉毛，一副驚奇樣。

「你也是她的追隨者呀。這個嘛，如果我確信你是足以信賴的人物，到時就告訴你女王陛下年輕時的往事吧。畢竟我跟女王陛下可是兒時玩伴呢。」

校長一隻眼睛朝里昂眨了一下，里昂聞言內心十分雀躍與期待。自己必須贏得校長的信賴才行。他懷著這個念頭，認真上課與參加社團活動，然而全年成績最優秀者才能獲得的守護戒指最後卻落在諾亞手上。里昂很不甘心，當晚甚至輾轉不寐。

平靜的日子，在升上二年級後的某天，因某起事件而驟然一變。

在距離春天還很遙遠的寒涼季節，大里昂一屆的學長齊格飛・鮑德溫施展了遭到禁止的召喚魔法。

召喚魔法——那是可喚來不存在於這個世上的人物或生物的魔法。

施術者若是學藝不精，召喚出來的東西便會失控，抑或導致施術者死亡，所以召喚魔法才會遭到禁止。之前里昂就曉得，齊格飛在調查召喚魔法的相關資訊。軍官學校有附屬圖書館，但館內並無關於召喚魔法的書籍。就連禁止外借的書籍都沒有相關記載，看樣子齊格飛是從其他地方獲得相關知識。

某天傍晚，接近門禁時間之際，里昂看到森林的方向出現閃光。

因為閃光呈彩虹色，他立刻明白，那是施展特殊魔法所發出的光芒。原本走在連接走廊上的里昂立即奔向出現閃光的方位。途中還遇到了諾亞及奧斯卡，三人一起趕往散發可疑光芒的地方。

（那是施展特殊魔法時發出的光芒。到底是施展了什麼魔法!?）

諾亞與奧斯卡也跟里昂一樣感受到異狀。在演習場發現齊格飛時，里昂察覺到現場發生了什麼可怕的事。

齊格飛身穿制服，背對著他們佇立在微弱的黑暗之中。

他的前方，有道搖曳飄蕩的白影。形狀似人，但因為相隔一段距離，里昂他們無法辨別那是個什麼樣的人物。雖然看得出來是男性，但白影很快就融入黑暗消失不見。不過從白影呈現人形這點來看，可以確定齊格飛施展了召喚魔法。

「齊格飛！」

在里昂他們趕到之前，校長先一步騎著掃帚從空中飛來，降落在齊格飛身前。齊格飛緩慢地轉過頭，一言不發地回望著校長。齊格飛有著一頭黑色長髮，以及直挺的鼻梁。看似無情的薄唇，此刻失去血色微微顫抖。齊格飛是個氣質獨特的男人，甚至有人說待在他旁邊時會覺得涼颼颼的。只要被那雙冷漠的眼眸注視、只要他下命令，大部分的人都會不由自主地服從。

「齊格飛，你剛才施展了召喚魔法吧。我要逮捕你。」

披著黑斗篷的校長以強硬的口吻宣告，並且揮動法杖。下一刻鋼鐵鐐銬就憑空出現，銬住齊格飛的手腳。

「校長！」

里昂他們見狀大喊。即便手腳失去自由，齊格飛也沒表現出抵抗的樣子，態度一點也不驚慌失措。里昂從未見過他慌張的模樣。

「你們也來了呀。你們三個應該不是共謀吧？」

校長以犀利的目光掃過里昂他們，三人當然搖頭否定。

「你召喚出什麼？」

在這緊迫的情況下，諾亞往前邁出一步瞪著齊格飛問道。

「到底召喚了什麼東西——不，你召喚了誰？」

諾亞那雙細長的眼睛死盯著齊格飛。齊格飛的嘴角動了一下，乍看像是在笑。

「與你們無關。」

齊格飛以冷冰冰的聲調回答。

打從第一次見面，齊格飛就是個異類。他優秀到能夠入住白金套房，更是天生的支配者。齊格飛的身邊有好幾名對他唯命是從的學生，這些人都一副理當如此的態度服從他的命令。齊格飛的身旁完全沒有稱得上朋友的人，他也不渴望擁有這類對象吧。雖然彼此同屬魔法社，里昂對齊格飛輕蔑他人這一點並無好感。這點跟諾亞很像，只不過諾亞的狀況比他好上一些。

「你們回宿舍吧，他就由我們帶走了。」

校長看著教師們陸續聚集到演習場的景象，這般指示道。里昂他們只好與教師們錯身而過，返回宿舍。

翌日，里昂他們被叫去校長室。

「齊格飛失蹤了。你們有人知道他的下落嗎？」

校長一籌莫展地這麼問，里昂他們驚訝地倒吸一口涼氣。校長已派自己的使魔——一群黑色羅威那犬去搜索齊格飛的下落。然而，就算運用牠們的嗅覺仍舊一無所獲，無論是宿舍內部還是演習場，甚至連森林裡都找不到有關齊格飛行蹤的線索。

「辦事真不牢靠耶……你們有看好他嗎？」

奧斯卡傻眼道，校長懊惱地皺著眉頭。

「這裡是學校，沒有單人牢房之類的設施。不過，我把他關在無法輕易跑出來的特別室裡，看樣子有人暗中幫助他脫逃。」

校長瞄了一眼里昂他們。

「這件事跟我們可沒關係。」

里昂頓時心頭火起，這般回答，諾亞則從鼻子發出一聲冷笑。

「就是啊。那男人被關進黑漆漆的房間裡只會逗樂我，我是不可能出手幫他的。」

諾亞不太喜歡齊格飛。奧斯卡則保持中立的立場，但里昂不曾聽他說出袒護齊格飛的話。

「那就好。齊格飛搞不好跑進禁入區了。總之，魔法社暫停活動到下個學期，做為這整件事的懲罰。」

聽到校長下達的命令，里昂他們立即露出不快的表情。校長認為魔法社沒阻止齊格飛施展召喚魔法，因此要求負起連帶責任。可是，里昂他們明明就一再譴責對召喚魔法感興趣的齊格飛呀。

當天，里昂就寫信給艾佛烈。

因為齊格飛這次鬧出的事，讓里昂有不祥的預感。他想將事件經過詳細記錄下來，讓艾佛烈也能得知詳情。此時里昂已確信，齊格飛今後不可能效忠國家了。

齊格飛就這麼消失了十天之久。

再次見到齊格飛時，里昂莫名覺得毛骨悚然。當時齊格飛就出現在學校的用地內，與失蹤的時候一樣穿著制服。制服相當骯髒，看得出來他過了一陣子的野宿生活。里昂之所以背脊發涼，是因為他看到了齊格飛的空洞神情。齊格飛就好似魂魄被抽走一般，失去了生氣。

「齊格飛，你跑到哪兒去，又做了什麼？」

里昂追著齊格飛的背影，語帶怒意質問並伸手抓住他的肩膀。齊格飛登時激動地撥開他的手，露出恐怖的表情瞪著他。

「下賤之人，不准用你的髒手碰我！」

齊格飛以令里昂畏縮的凶惡氣勢罵道。之前里昂就覺得齊格飛是個寡情的人，但此刻的他宛如惡鬼。里昂感知到，有什麼大事發生在齊格飛身上。

之後，齊格飛就提出退學申請，離開了這座島。

當時里昂還不曉得，齊格飛的身上發生了什麼事。直到翌年，新生入學後的冬季，真相才終於揭曉。齊格飛頂著一頭紅髮突然出現在島上，宣稱自己是闇魔法一族的後裔。他屠殺了島上絕大多數的士兵，展現壓倒性的力量。而諾亞心儀的那位名叫瑪荷洛的新生，就站在齊格飛的身旁。

事後才知道，瑪荷洛的心臟埋著具增幅效果的魔法石，能夠提高魔法的威力，齊格飛的闇魔法威力因而躍升了好幾倍。

那一日就像是一場可怕的惡夢。

如今回想起當天的情形仍會令里昂胃痛。那一日讓他領會到，無論演習多少次，也比不上一次實戰。沒想到會親眼目睹，人命那麼輕易地就被奪走、踐踏。

飛濺的鮮血；人肉的燒焦味；臨死前的慘叫——他總算知道，為什麼大家都說代表闇魔法一族的紅髮是不祥的象徵。齊格飛殺人時神情十分愉悅。

寒假回到家後，艾佛烈請里昂到王宮說明當天的狀況。平常里昂都會寫信報告，然而關於那場戰鬥他怎麼也下不了筆，始終擱置在一旁。

「詳情亞伯特中將已經告訴我了。但是，我想聽你親口說明。」

於是，里昂只好在艾佛烈的房間裡，花了點時間講述當天發生的事。一回想起來他就覺得胸口苦悶，一股難以忍受的悲憤湧上心頭。這種心情並非針對戰鬥本身。既然進入軍官學校就讀，里昂對於奪走人命一事也有一定程度的心理準備。

可是，面對無法使用魔法的一般士兵，齊格飛施展的闇魔法威力實在驚人，雙方能力差距之大，連要稱為戰鬥都嫌不自量力。那根本不算戰鬥，只不過是單方面的蹂躪、虐殺、殘忍的行為。對齊格飛而言，一般士兵的價值就跟地上爬的螞蟻差不多。

「艾佛烈殿下……為什麼闇魔法會存在於世上呢？」

里昂坐在艾佛烈房內的長椅上，痛苦地掩著臉低聲問道。

「當時我終於明白，為什麼闇魔法一族會被趕盡殺絕。」

那是不該存在的魔法。它會將這世上的萬事萬物消滅殆盡。

「里昂，那是不對的。」

本來以為艾佛烈絕對會贊同自己，沒想到他卻態度冷靜地否定。里昂抬起頭，便見那雙美麗的翡翠色眼眸注視著自己，彷彿是在憐憫自己一般。

「我認為，將闇魔法一族趕盡殺絕是錯誤的。魔法既是武器，也是工具，端看使用者如何運用。只因為危險就將之排除的話，是無法根本解決問題的。」

艾佛烈站在窗邊，淡淡地說。

「可是……！讓做出那種可怕行徑的闇魔法一族存活下去，難道不危險嗎？我實在不認為雙方能夠互相理解，除了剷除他們外別無他法吧。」

「里昂——我來告訴你，為什麼你會覺得那個男人可怕吧。」

艾佛烈離開窗邊，坐到里昂旁邊。里昂就像是受到吸引一般，注視艾佛烈。

「這是因為你不瞭解他。」

薄脣吐露出來的話語，令里昂吃了一驚。

「你不瞭解那個男人，不瞭解闇魔法，所以才會感到害怕。無知正是恐懼的根源。」

艾佛烈那強而有力的目光穿透了里昂的心，睫毛不由得顫動。他明白艾佛烈這席話的意思，但心理上拒絕理解。

「我無法像您一樣理性看待……下次見到齊格飛時，我會竭盡全力打倒那個男人。無論如何我都不想接納那個男人。那個男人是邪惡的化身，是該剷除的人渣。」

里昂下定決心這麼說後，艾佛烈開口想說什麼，但最後並未說出口，而是沉默地攬住里昂的肩膀。感受著艾佛烈的體溫，不知怎的里昂有種想哭的感覺。

感受到人的熱度，里昂這才體認到那起事件給自己的內心造成了創傷。明明自己在他人面前表現得不以為意，在家人面前也表現得跟平常一樣呀？

「那個男人會毀掉這個國家。為了保護這個國家，無論如何都要將他從這世上除掉。」

里昂低聲自語。艾佛烈聞言什麼話也沒說。

頭號危險人物——齊格飛的死，是里昂最大的願望。

2 慘遭屠滅的村落

打從奧斯卡·拉瑟福得到賦禮的那一刻起，諾亞就有一股無以名狀的不祥預感。

諾亞·聖約翰向來重視直覺與身體信號。知識與道理固然重要，但他相信在緊要時刻真正能發揮作用的能力，就是第六感。

在諾亞看來，奧斯卡這位男性友人具備了讓他無法信任的秉性。由於兩人在羅恩軍官學校當了一年的室友，而且又同為魔法社成員，從旁人的角度來看兩人的感情應該不錯，殊不知諾亞對奧斯卡根本毫無信賴可言。在人性這方面，諾亞沒資格對他人說三道四。因為，從小別人就常批評他冷漠、傲慢或是無情。

其實，諾亞知道自己的情感比其他人來得淡薄。無論如何，他就是無法對別人產生興趣。無論美麗還是醜陋，在他眼裡全是一樣的物質。諾亞對家人與服侍自己多年的提歐多少還有一點感情，但對其他人連要產生興趣都很困難。

跟這樣的自己相比，奧斯卡個性開朗、平易近人，無論對誰都很友善。或許是喜歡談戀愛吧，奧斯卡的情人總是一個換過一個，不過就連這點都是他的魅力之一。

可是，初次見面時諾亞就感覺到，無論外表看起來有多活潑開朗，奧斯卡這個人的秉性其實是很特殊的。這小子總有一天會笑著將我推落谷底——當時諾亞就隱約有這樣的臆想。

踏入托爾涅林村時，諾亞深切體認到，這個印象是正確的。

托爾涅林村是一個靠海的小村落。多數人靠漁業維持生計，連綿的山岳阻擋在這裡與鄰村之間，因此平時鮮少有外地人往來，村民們很重視互助合作。

諾亞站在村子中央的廣場上，現場瀰漫的異味令他皺起眉頭。

視野的角落，躺著好幾具割斷喉嚨的屍體。只要往前走，便會看到各式各樣的屍體，有的人是倚靠著水井失血而死，有的人是在廣場的大樹上吊，有的人是倒在民宅的院子裡，心臟插著鐮刀。

可怕的是，所有的村民都自殺了。

血腥味、穢物的臭味，以及難以言喻的詭譎氣氛充斥在托爾涅林村。

（你可真有種啊，奧斯卡！）

腦海浮現引起這場毀滅性災難的男人面孔，諾亞怒不可遏，險些發動異能。戴在脖子上的頸環感應到激動的情緒，隨即帶給他輕微的麻痛感。諾亞這才稍微恢復冷靜，做個深呼吸。

奧斯卡帶走了自己在這世上最重要的那個人，諾亞對他可謂深惡痛絕，氣到頭腦發昏。

「真、不敢、相信……怎麼會……！」

走在後面的里昂愕然說道，諾亞回過頭。身為水魔法一族直系子弟的里昂，見到這個村子的慘狀後，不由得顫抖著跪在地上。他臉色蒼白，直盯著倒地的無數屍體。

「怎麼會做出這麼過分的事……！」

諾亞注意到里昂的聲音都沙啞了，有點同情對方。

與此同時，他回憶來到這裡的過程。

之前諾亞與瑪荷洛、校長及負責護衛的禁衛兵，一同前往克里姆森島的禁入區，兩週之後才終於回到學校。

在無法使用魔法的原住民土地上，瑪荷洛因為成了諾亞得到賦禮的代價而瀕臨死亡，最後才好不容易生還。沒有比那一天更可怕的日子了。自己所愛的人，差點就被自己害死。當時他心想，瑪荷洛要是死了，自己也活不下去了；

如果瑪荷洛死了，他要破壞導致瑪荷洛死亡的所有肇因。

平安無事返回學校後，諾亞與瑪荷洛互相確認愛意，那一夜對諾亞而言是很特別的日子。就算身體無法結合也無妨，只要瑪荷洛還活著就夠了。他下定決心，不會再讓這個重要的生命遭遇危險。

諾亞與瑪荷洛溫存纏綿了一整晚，給了他無數個吻，直到早晨來臨為止。其實諾亞很想蹺課，繼續感受瑪荷洛的溫暖，但個性認真的瑪荷洛不許他這麼做。

「諾亞學長，你要乖乖上課才行啦！哪像我想回學校上課卻不能回去，覺得很難過呢。」

瑪荷洛一面為諾亞做早餐，一面以強硬的口氣勸說。不僅如此，為了討厭吃蔬菜的諾亞健康著想，瑪荷洛還準備了充滿各種蔬菜的早餐。如果是其他人製作的料理，諾亞肯定會說「不吃」然後扔掉吧，但那是心愛的瑪荷洛親手做的料理，既然如此他就非吃不可了。

一早就吃蔬菜吃到煩，用完餐後諾亞心不甘情不願地回到學校。

到了中午休息時間，他就已有不祥的預感。

由於沒看到奧斯卡的人影，諾亞便邀在走廊上巧遇的里昂共進午餐。奧斯卡比諾亞早一步離開禁入區，但因為失去了左眼，聽提歐說他常常缺席沒去上課。

諾亞認為沒跟去禁入區的里昂應該也想瞭解狀況，所以很難得地主動邀請里昂一起吃午餐。提歐很貼心地讓兩人獨處，諾亞便與里昂坐在靠窗的座位享用午餐。平常不同席的諾亞與里昂居然同桌用餐，這讓其他學生忍不住遠遠地圍觀。

「我也有話要跟你說。是關於奧斯卡的事，你不覺得他回來之後變得很奇怪嗎？」

里昂把刀子切進午餐的肉派裡，皺起眉頭道。

「得到賦禮後都會變得很奇怪啦。我第一次得到賦禮時，也有一陣子變得很不對勁。」

想起第一次得到賦禮後的情形，諾亞聳肩這麼回答。賦禮是很麻煩的異能。諾亞獲得的賦禮為「空間干預」與「空間消滅」，是能夠破壞無機物與有機物的能力。情緒爆發時異能會擅自發動，所以初期常會破壞家中的家具或是建築物。後來因為有兄長耐心陪伴，諾亞才能夠學會控制，但對於母親因賦禮而死的諾亞來說，這是不祥的力量。

「是這樣嗎……？在你回來之前我就聽說過狀況了，奧斯卡的異能是讓人睡著吧？可是，風魔法當中不是已有『睡魔的祈禱』嗎？被賦予了相似的能力，我想他應該很沮喪吧。」

里昂壓低聲音，以免被其他人聽見。

「不，你錯了，那小子得到的異能跟風魔法截然不同。我也中招過，他的異能威力更強，而且具有持續性。」

諾亞撕開午餐的麵包，搖頭說道。禁入區無法使用魔法，所以沒辦法驗證，不過奧斯卡的異能「誘惑沉眠」與既有的嗜睡魔法「睡魔的祈禱」相當不同。當自己發覺有股花香時，意識就已被睡魔奪走了。而且不知是不是會殘留某種微粒子，一進入同個空間，任何生物都會睡著。當時這項能力過了兩天才失效，給森人的村落添了麻煩。

「這樣啊？……既然如此，他就不是沮喪囉？」

里昂擺出納悶的表情，嚼著肉派。

「發生了什麼事嗎？」

諾亞突然感到好奇，催促里昂繼續說下去。

「……講這種話就像在告狀一樣，對奧斯卡很不好意思啊。其實得知瑪荷洛平安回來後，我馬上就通知奧斯卡了，但……奧斯卡當時的態度讓我很介意。對了，我聽奧斯卡說，你得到了第二個賦禮，而且代價是瑪荷洛。瑪荷洛能夠平安無事回來，真的是太好了。」

里昂啜了一口咖啡，然後輕吐一口氣。他似乎在想像當時的情形。里昂是個善人，聽聞瑪荷洛差點死掉，他應該很擔心吧。畢竟里昂之前就很關心瑪荷洛，他又是個對弱者很體貼的男人。

「奧斯卡說了什麼？」

諾亞拄著臉頰側耳靜聽。

「他說——你很奸詐。」

聽到這句話的當下，諾亞心頭發涼，有股非常不好的感覺。大概是感受到他不自覺散發出來的戾氣吧，里昂顧慮周遭，偷偷地左顧右盼。

「他說，瑪荷洛居然沒死啊，諾亞好奸詐喔……很不像那小子會講的話。一定是失去左眼這件事對他造成打擊吧。奧斯卡或許是覺得你最終什麼也沒失去，才會心理不平衡。」

里昂刻意壓低聲音這麼說。

「你就盡量顧慮一下奧斯卡吧。畢竟這種小事也有可能使友情產生裂痕。」

里昂擔心奧斯卡的心情而提出建議。然而這番話，卻在諾亞的內心喚醒了另一股全然不同的感受。初次見面時他就對奧斯卡這個人懷有不信任感，此刻這種感覺膨脹開來。里昂說奧斯卡很不像平常的他，但諾亞卻覺得這像是證明奧斯卡終於露出本性了。

事後諾亞一直很後悔，當時自己沒有立刻衝出校舍，去見待在教員宿舍裡的瑪荷洛。因為瑪荷洛叫自己乖乖上課，諾亞才會打算等課程結束後再去找他。

「聽說你們不能透露在另一邊的所見所聞，但我想知道瑪荷洛是光魔法一族的人嗎？」

就在諾亞喝著餐後紅茶時，里昂語帶猶豫這麼問道。

「對……瑪荷洛好像曾住在原住民森人的聚落附近，不過他似乎不記得了。我倒是很希望他們能夠否定，瑪荷洛是光魔法一族這件事。那小子……有著很特殊的身世。」諾亞露出苦悶的表情，手指摸著杯緣，「我很後悔，當初真不該跟著去。如果我沒跟去，瑪荷洛理應能夠安然無事地回來哪……」

聽到諾亞有些自嘲地這麼說，里昂驚訝地瞪大眼睛。

「你沒去是正確的。你總是——冷靜又理性，我很信賴你。」

諾亞面向里昂，平心靜氣地坦白。里昂過於吃驚，險些打翻咖啡杯。諾亞不悅地想：有必要那麼吃驚嗎？

「幹麼擺出傻乎乎的表情？我難得講句正經話讓你很意外嗎？經過這次的事，我心裡也有一些想法，現在才發覺盟友還是多一點比較好。」

諾亞對愣住的里昂擺出一張挖苦的笑臉，端起紅茶啜飲。紅茶的香氣令他瞇起眼睛，綻開極美的微笑。

「我要走了。看著你的臉喝茶，茶都變得不怎麼好喝了。」

用一如往常的揶揄口吻這麼說後，諾亞端起裝著空餐具的托盤。里昂罕見地露出慌張的模樣，喃喃說著「是、是嗎……彼此彼此」，將牛奶倒入咖啡裡。

雖然諾亞跟里昂的感情一點也不好，但打從一開始諾亞就確信他跟奧斯卡不同，是可以信賴的人。這男人很耿直，即使在他人看不到的地方，也不會做出不正當的行為，而且能夠為了國家豁出性命。假如自己做出叛國的行為，他應該不會饒了自己吧，但只要行事合乎道理，他就不會背叛自己。

為了保護瑪荷洛，自己必須有所改變才行。

諾亞懷著這樣的想法，完成無聊的下午課程。

就在上完課的諾亞步出宿舍，正準備去見瑪荷洛時，情況有了一百八十度的轉變。當時諾亞看到里昂和他的使魔杜賓犬走在前面。前方只有教員宿舍，諾亞感到疑惑而出聲叫他。

「諾亞，我沒見到奧斯卡的人影。他今天好像都沒去上課，人不在寢室，也不在交誼廳裡。醫務室的洛特託我傳話給那小子，但我到處都找不到人，所以才派使魔追蹤氣味。」

里昂看著追蹤奧斯卡氣味的杜賓犬，神情有些焦慮。體毛黝黑柔亮的使魔，開始在教員宿舍附近的同個地方繞來繞去。

背脊再度竄過一股不好的感覺。

「他抹去痕跡了嗎……？」

諾亞皺起眉頭。奧斯卡來這裡做什麼呢？前方只有教員宿舍，再不然就是演習場。

「——該不會！」

諾亞猛地衝了出去。

「諾亞⁉」

里昂被突然跑走的諾亞嚇了一跳，大聲呼喚他。諾亞甩開不祥的預感，朝校長的宿舍奔去。校長的使魔——兩隻羅威那犬，正在院子裡呼呼大睡。見到這一幕的瞬間，氣血直衝腦門。

「牠們在睡覺嗎？明明是使魔，怎麼這麼悠哉……」

里昂追了上來，俯視睡著的使魔。諾亞沒回應他，逕自推開大門。

校長的宿舍裡瀰漫著一股甜香。諾亞當即抬手掩住口鼻。地上躺著兩隻羅威那犬。環顧屋內，沒看到瑪荷洛的身影。烤箱似乎在烤蘋果派，充斥室內的甜香就源自於此吧。除此之外，還有一股微弱的——花香。

「瑪荷洛！你在哪兒⁉」

諾亞大聲呼喊，尋找瑪荷洛。瑪荷洛不可能消失到別的地方。由於他已恢復成原本的模樣，為了避人耳目，他應該會在這裡等校長回來才對。諾亞粗魯地打開臥室的房門，呼喊瑪荷洛的名字。

「這是怎麼回事？」

里昂碰觸羅威那犬的身軀，想把牠們叫醒。就在這時，他突然感到一陣暈眩而跪在地上。

「當心點，這是……奧斯卡的異能！」

從臥室走回來的諾亞也感到強烈的睡意，用力甩頭。他趕緊將門窗全部打開。然而殘留的花香，仍令他快要失去意識。如果是魔法，施術者又不在這裡，照理說不應該殘留這麼強的力量。

「這就是……？等等，先解除魔法……」

里昂撐起快要睡著的身體，施展甦醒魔法。然而，諾亞和里昂依舊擺脫不了侵襲而來的睡意。奧斯卡的「誘惑沉眠」，竟然無法用甦醒魔法解除。怎麼會這樣？奧斯卡來過這裡，來過瑪荷洛藏身的校長宿舍。為什麼？他來做什麼？

心中頓時燃起一把勝過睡意的熊熊怒火，諾亞仰天怒吼。

奧斯卡把瑪荷洛帶走了——

「奧斯卡……!!」

自體內深處湧起的怒意，使得諾亞連要站著都很困難。呼吸急促起來，全身都在顫抖。有些東西在腦海裡串聯起來。之前那股如刺一般卡在心裡的異樣感，終於化為明確的形體。

如果只是來見瑪荷洛，沒必要使用「誘惑沉眠」。

（他把瑪荷洛擄走了吧！）

在諾亞吶喊的同時，校長宿舍的玻璃窗也粉碎四散。彷彿與諾亞的情緒產生共鳴一般，家具遭到破壞，天花板出現損傷，甚至還發出了地鳴。里昂以為遭到某人襲擊，立刻拿出法杖察看周圍。不過，他很快就發現破壞是以諾亞為中心。諾亞渾身發抖，怒髮衝冠。

「諾亞！冷靜！」

里昂搞不清楚狀況，抓著諾亞的肩膀吼道。諾亞表情猙獰地回過頭，身體直打哆嗦。這時，平常戴著的銀色頸環忽然碎裂，從脖子上掉落下來。碎片在地板上彈跳，發出金屬碰撞聲。這聲音讓諾亞回過神來，但身體仍抖個不停。

「……抱歉，我氣到失去理智了。」

諾亞臉色蒼白，抬手按著脖子。隨後，將屋內搞得一團亂的破壞終於消停，恢復平靜。里昂驚訝得說不出話來，凝視著諾亞。

「……剛剛那個，是你的能力嗎？」

里昂環視面目全非的屋內，語帶驚恐地問。

「殘留在這屋內的香味，是奧斯卡的『誘惑沉眠』。我也曾中招一次，所以記得這股味道。」

諾亞一邊著手調查屋內有無可知瑪荷洛下落的線索，一邊喃喃解釋。他拚了命地搜索，看看有無任何蛛絲馬跡。瑪荷洛連體力都尚未恢復，奧斯卡究竟是何時將他帶走的？諾亞坐立不安，來到屋外喚出使魔布魯。

「布魯，找出瑪荷洛的氣味！」

諾亞這般命令道，布魯隨即將鼻子抵在地上，到處聞來聞去。

「諾亞，我去通知教師。雖然很難相信是奧斯卡帶走了瑪荷洛，但假如真是他幹的，事情就嚴重了。」

里昂追著諾亞跑出來，一副不知所措的樣子說道：「拜託你了。」諾亞點頭回答，努力安撫狂亂的心。憤怒會直接引發破壞。現在最重要的是掌握有關瑪荷洛下落的線索。諾亞拚了命地說服自己，繼續搜尋瑪荷洛消失後的去向。

瑪荷洛與奧斯卡兩人行蹤成謎，奧斯卡逃走時使用魔法抹去了痕跡，以致諾亞他們沒辦法追蹤。魔法科教師喬治與副校長得知情況後，也一同搜索瑪荷洛的下落，但直到晚上校長回來為止，狀況都沒有改變。

「瑪荷洛被擄走了!?」

提早回來的校長臉色大變，連忙與諾亞他們會合。瑪荷洛的腳上戴著會回

報其位置的魔法器具，而校長擁有與之連結的魔法器具，因此很快就查出瑪荷洛的去向。

瑪荷洛已經離開這座島了。可以確定的是他們並未使用碼頭的船。奧斯卡應該是偷偷溜進禁入區，從那裡帶走瑪荷洛吧。船長曾看到幾頭龍飛過這座島的附近，因此推測他們是騎龍逃走。

由於瑪荷洛若是落入敵人手中就危險了，之前軍方就命令他不得擅自亂跑。校長立即通知魔法團這件事，請他們協助搜索。喬治與副校長似乎不願意將白金三人組之一的奧斯卡當成罪人看待，但從異能留下的痕跡來看，這顯然是奧斯卡犯下的罪行。

回報瑪荷洛所在位置的魔法器具，消失在本土某個靠海的小村落附近。

「立刻動身吧。」

校長決定請魔法團支援，搭乘停在碼頭的軍艦前往那座村落。

「我也要去。」

諾亞馬上開口道，一副日暮途窮的模樣瞪著校長，用眼神恐嚇她：帶我去，否則饒不了妳。校長露出複雜的表情回答「好吧」，拍了一下諾亞的背。

「校長，請您也讓我同行。」

大概是擔心諾亞會失控吧，里昂也跟魔法團一起去追瑪荷洛。等魔法團派來的四名魔法士上船後，船就立刻出發。

瑪荷洛所戴的魔法器具，最後消失在名叫托爾涅林的靠海小村落。位在本土的軍方也派人前往那個村子了，不過聽說搭船應該會早一點抵達。抵達村落要花七個小時，這段期間諾亞一顆心始終七上八下。

他不斷責備自己，為什麼沒早點發現。

既然自己能感應到瑪荷洛的所在位置，當瑪荷洛消失時，自己就該注意到才對。關鍵時刻竟然派不上用場，他對自己感到絕望。

諾亞不願去想，奧斯卡為什麼帶走瑪荷洛，然而腦海卻浮現最壞的發展。這以奧斯卡的個性來說，很難想像他只是為了將瑪荷洛占為己有才把人帶走。這男人可是能毫無罪惡感地搶走別人的戀人。奧斯卡對瑪荷洛確實有著濃烈的興趣，但諾亞實在不認為他只因為這樣就帶走瑪荷洛。雖然也有可能是遭人威脅才做出這種事，不過最近並未在奧斯卡身上發現這類跡象。

既然如此，可以想到的理由只有一個。

奧斯卡他，與齊格飛串通一氣。

（那個混蛋……這筆帳我要你用命來償還。）

諾亞心懷憎惡回想起奧斯卡的臉孔。齊格飛襲擊這座島時，奧斯卡確實是站在學校這邊對抗敵人。看上去敵人並未獨獨放過奧斯卡，奧斯卡也沒刻意手下留情。

但是，奧斯卡對齊格飛這個人原本就保持中立的態度。諾亞與里昂皆感覺到齊格飛本質不善，沒來由地討厭他，反觀奧斯卡雖然不會親暱地與他交談，卻也不會刻意閃避他。

（多半是……奧斯卡在得到賦禮後，有了什麼改變。）

諾亞的直覺這麼告訴他。

（當初應該多留意奧斯卡才對。）

無窮無盡的後悔折磨著諾亞，好幾次都令他氣憤到差點發狂。唯一的安慰是，不用擔心瑪荷洛會遭到殺害。

即便瑪荷洛被帶到齊格飛身邊，他的人身安全依舊受到保障。瑪荷洛具有增強魔力的能力，敵人不會隨隨便便奪走他的性命。

昨天才度過如夢一般幸福的一夜，今天卻面臨絕望的夜晚。諾亞毫無睡意，站在漆黑的軍艦甲板上死盯著浪花飛沫。

黎明時分，一艘船靠了過來，數名魔法團的魔法士搭上諾亞他們乘坐的軍艦。其中一人是諾亞的哥哥尼可·聖約翰。尼可是個英俊的金髮青年，擁有一雙流露理性與知性的碧眼，身上穿著白底加上金色裝飾的魔法團制服。他先跟校長打招呼，然後抱住諾亞的肩膀。

「要控制好情緒喔，諾亞。」

尼可在諾亞耳邊悄聲道，直盯著他的眼睛。諾亞沉默地點頭，躲避尼可的視線。

「情況我聽說了。船大概再過兩個小時就會抵達托爾涅林村吧。我想趁現在交流一下情報。」

尼可將所有人集合到甲板上，以試探的口吻開啟話頭。若撇開校長不算，現場階級最高的人就是尼可了，所以接下來是由尼可負責指揮吧。

「擄走瑪荷洛的人，就是奧斯卡．拉瑟福沒錯吧？」

尼可向校長確認道。

「多半是……真令人頭痛。這樣看來，帶奧斯卡去禁入區不得不說是很大的錯誤。我已向上層報告過了，奧斯卡得到的賦禮是『誘惑沉眠』。這項異能可強制所有生物陷入睡眠狀態，特徵是會散發花香，效力應該是視香味可及範圍而定。一旦中了這種魔法陷入睡眠狀態，就算使用甦醒魔法也不會醒來。甦醒魔法對我的使魔們無效，而且想讓使魔消失也沒辦法。也許中了『誘惑沉眠』而睡著的期間，無論施展何種魔法都不會產生效果。此外，雖然這點可能要看奧斯卡如何拿捏，不過發動『誘惑沉眠』後，只要香味仍在，效力就會在現場維持好幾個小時。如果他發動異能，建議立刻離開現場。」

校長滔滔不絕地說明奧斯卡的異能。魔法團的魔法士聞言面露驚愕之色。

「聽您的口氣，賦禮的能力比魔法還厲害是嗎？」

其中一名魔法士語帶懷疑地問，校長一臉嚴肅地點頭。

「那是很棘手的玩意兒，賦禮的獨立魔法不需要詠唱，可隨當事人的情緒發動。不過，奧斯卡的『誘惑沉眠』沒有殺傷力。話雖如此，要是睡著期間受到致命一擊就完了，所以最好還是別毫無防備地迎擊。」

校長用手將頭髮往上一梳。

「以強力的風魔法對抗如何？好比說把香味吹散。」

尼可瞇起眼睛提議。

「對耶，這或許是個好主意。撤離現場的同時，施展風魔法來消除香味，這應該是目前想得到的最好辦法吧。但願這個辦法有效。」

校長苦惱地說，魔法士們頓時鼓譟起來。

「還有，校長，奧斯卡是齊格飛的同夥嗎？」

聽到尼可稱呼戴安娜為校長，讓諾亞想起尼可從前也在校長底下學習。

「雖然我很不願意相信……上次的事件，他的確很認真地與我們並肩作戰。白金三人組──諾亞、奧斯卡與里昂，都在前線對抗齊格飛一行人。這是千真萬確的事實。只是不曉得，奧斯卡是事後才被齊格飛拉攏，又或者原本就是在我們身邊臥底。」

校長帶著沉痛的表情這麼說。里昂也面露鬱色，低下頭來。

「諾亞，之前你們經常一起行動，你有沒有發現什麼異狀？」

里昂抬起頭，看似困窘地問道。

「……失去左眼後，那小子的內心起了某種變化。」

諾亞壓抑焦躁的情緒，冷靜回答。

「這點我也有感覺。從禁入區回來後，奧斯卡就好像變了個人……」

里昂像是附和諾亞的說法般，這麼告訴校長、尼可與魔法士們。

「雖然常常一起行動，但我並不怎麼信任那小子。先提醒你們，那小子是個沒信念的人。關於那小子的事，再怎麼想也只是浪費時間。下次見到他，我絕對要將他大卸八塊。」

諾亞的藍色眼眸裡燃燒著微暗的火焰。

「這次的事，也已通知風魔法一族的族長愛蜜莉．拉瑟福了。聽說她受到不小的打擊……現階段，奧斯卡．拉瑟福只犯了帶走重要證人的罪行，至於他跟齊格飛共謀一事則尚未定論。諾亞，不可以將他大卸八塊喔，記得留他半條命。」

尼可神情相當認真地告誡諾亞。諾亞從鼻子發出一聲冷笑，面向一旁。

「如果奧斯卡的目的是將瑪荷洛帶回齊格飛身邊，這次或許能搗毀他們的根據地。只不過，在瑪荷洛所戴的魔法器具遭到破壞的當下，捉拿到他們的可能性就很低了……」

尼可望向遠處可見的陸地，喃喃說道。

這一個小時，因為有魔法士施展魔法提升速度，軍艦始終以最高速度在海上奔馳，但諾亞仍舊覺得慢。

「還沒到嗎？」

諾亞心急如焚地瞪著濺起飛沫的海面。

「再等一下就到了吧。支援部隊也正從陸地趕過去。別太焦慮，你的焦躁情緒會令其他人心生畏懼。」

尼可苦笑道，接著拿出地圖。

「瑪荷洛被帶去的地方，是一個叫做托爾涅林的小村落。四面環山，往來的外地人不多。軍方的支援部隊是從山的那一頭乘龍趕過來。我們應該會比他們早一步抵達，所以到了之後先調查村裡的情況吧。假如齊格飛那幫人就在那裡，而且拿瑪荷洛當人質據守村中，這是最傷腦筋的情況哪。畢竟瑪荷洛那增強魔法的能力很棘手。」

「有件事很令我擔心。」

校長看著地圖，愁眉不展地開口。

「使魔阿爾比昂應該跟在瑪荷洛的身邊才對，但牠一直沒有回應呢。」

校長一副難以啟齒的模樣這麼說。諾亞露出銳利的目光，看向校長。

「沒有回應，是指……？」

大概是不明白這句話的意思吧，里昂插嘴問道。瑪荷洛的使魔是一隻白色吉娃娃，平常總是跟在瑪荷洛身後，但派不上什麼用場。

「你也知道，瑪荷洛的狀況很複雜對吧？所以之前請他暫時將使魔放在我這兒，藉保養的名義動了點手腳，讓我也能呼叫牠出來。我會採取這種特殊措施，是為了在緊急時刻得知瑪荷洛的所在位置。齊格飛來襲那日，諾亞與瑪荷洛逃進洞窟時，我也是靠牠找到他們的。」

聽完校長的說明，諾亞感到很不愉快。使魔是能力達到一定水準的魔法師才能擁有的魔法生物，相當於自己身體的一部分。諾亞的使魔布魯，同樣會忠實執行諾亞這個主人的命令，絕對不會背叛他。本來除了主人以外，不可能有其他人能夠命令使魔。

「別瞪我。畢竟瑪荷洛的使魔是我叫出來的呀。你們是自行透過魔法陣召喚出來的吧？如果是自己召喚出來的使魔，其他人是無法操縱的。」

大概是察覺到諾亞與里昂的反感，校長皺起眉頭解釋。的確，升上三年級後學生必須自行念咒語，召喚並獲得自己的使魔。不過，只有瑪荷洛是由校長替他召喚，目的是要防止他魔力失控。

「被殺了嗎？」

諾亞極為不悅地撇嘴問道。只要身為主人的魔法師還活著，使魔就不會死。不過，牠們仍會因敵人的攻擊而死。如果是這種情況，只要再度呼叫，使魔就會復活，只不過會奪走身為主人的魔法師魔力。

「如果阿爾比昂跟瑪荷洛在一起，牠應該會回應我的聯絡。可是，展開搜索後我卻沒得到任何回應。依我推測，瑪荷洛被奧斯卡擄走時，阿爾比昂就已經死了。之後，瑪荷洛也處於無法將阿爾比昂叫出來的狀態吧。」

校長無奈地用手將隨海風飛揚的頭髮向後梳。

「說不定瑪荷洛一直被迫處於睡眠狀態。」

諾亞低著頭，咬牙切齒道。因為奧斯卡的「誘惑沉眠」威力就是如此強大。

「瑪荷洛不是擁有強大的魔力嗎，他應該能使用那股魔力逃脫，或是攻擊敵人吧？雖然他多半做不出殺人這種事。」

里昂瞥了諾亞一眼後這麼說。齊格飛襲擊克里姆森島時，瑪荷洛在最後關頭逃離齊格飛身邊。當時瑪荷洛被光團包覆著，彷彿化為一束光般消失在森林裡。

「但願事情能這麼順利。畢竟對方應該也明白這點……」

校長抱著胳膊沉吟，垂下目光。

「假如奧斯卡真與齊格飛聯手，只能期待奧斯卡或齊格飛良心未泯了。不過，如果他們是窮凶惡極的壞蛋，不在乎瑪荷洛的意志，認為只要掌控身體就足夠的話……」

「校長。」

諾亞一臉凶相打斷校長的話。他一點也不希望發生這種事。

「我知道，我們要在發生這種事之前救出瑪荷洛。」

校長有點嚇到，從諾亞身旁走開。雖然諾亞不讓她繼續說下去，但大家都有類似的想法。如果齊格飛是個慈悲為懷、尊重人權之徒，當初就不會發生那樣的事件了。

「——看來快抵達了。準備下船。」

當太陽照亮整個海面之際，軍艦用一個半小時橫越了原本要花兩個小時的海域。碼頭映入視野，陸地逐漸顯露出來。待會兒要登陸的托爾涅林村是漁業盛行的村落，位在本土的西北方。這是個人口約莫百人的小村落，領主是雷魔法一族的尤諾思·杰曼里德。尤諾思擁有的西北部邊緣散布著數座小村落。這次，尤諾思接到軍方的聯絡，與負責護衛的部下一起在碼頭等待軍艦抵達。他們似乎也是搭船來的。

「恭候各位多時了。」

諾亞他們下了船後，一名年紀介於三十五至三十九歲、身材魁梧的男子走了過來。尤諾思是個黑髮藍眼的男人，有著一張國字臉，體格健壯。

「戴安娜。」

尤諾思注意到校長，一時間錯愕得張大了嘴巴。隨後露出難以形容的複雜表情，忍不住嘀咕一句「居然過了幾十年模樣還是沒變」。身上也流著雷魔法一族血統的校長，似乎與尤諾思相識。

尤諾思將諾亞他們請到蓋在海邊的簡易旅館。簡易旅館與燈塔設置在一起，到了夜晚值班者就會在這裡用火魔法點亮照明燈光，守著燈塔直到天亮。雖然是個小村落，不過沙灘上排列著好幾艘小船。眼前這幅恬靜的風景讓人不禁要懷疑，奧斯卡真的把瑪荷洛帶來這裡嗎？

「尤諾思，這位是魔法團的副團長尼可，負責指揮這次的任務。」

校長向尤諾思介紹尼可。諾亞心焦氣躁地暗想「現在哪有閒情逸致打招呼」，不過若沒先跟身為領主的尤諾思報備清楚，發生問題時就傷腦筋了。即便他們是魔法團的魔法士，而且還有正當理由，但擅自進入他人領地以及使用攻擊魔法的話仍會引發衝突。

簡易旅館裡只有一個供人集會談話的交誼廳，以及三個只擺了床鋪的狹窄房間。交誼廳裡有暖爐，以及擺成L字形的木製長椅。牆上掛著雷魔法一族與王室的紋章旗，兩面旗子並排在一起。

「我想情況您應該大致聽說了，有位重要證人被綁架到這個村子。希望您能准許魔法團的魔法士與軍方士兵進入村子。」

軍方士兵預計再過一、兩個小時就會抵達。聽完尼可的說明後，尤諾思大方地點頭。

「我明白了。剛剛已經派部下去村裡偵察了，這樣應該就能知道村裡的狀況吧。不過，有一點我很納悶。」

尤諾思依序注視校長他們，嚴肅地開口道。

「接到齊格飛那起事件的通知後我便下令，一旦在村裡發現陌生人或看似與事件有關的人物就要立刻通報。但是，那起事件之後，我完全沒收到這類報告。而且在燈塔上守望的人也沒看到龍。他們真的來到了這個村子嗎？」

見尤諾思困惑地這麼問，校長他們面面相覷。校長從窗口向正在燈塔上層守望的男人揮手，對方見狀隨即點頭回禮。

「有沒有可能全村窩藏齊格飛呢？」

尼可單刀直入地提出難以啟齒的問題。

「這不可能。托爾涅林的村民都是純樸之人，應該沒有人會協助闇魔法一族。我要求村長與警察隊每週報告一次村裡的狀況，但並未發現遭受威脅的跡象。」

尤諾思回答得斬釘截鐵。這是怎麼回事呢？本來以為這裡也有可能是齊格飛的潛伏地點，難道奧斯卡與齊格飛毫無關聯，他只是湊巧將瑪荷洛帶來這個村子嗎？

「也許他們為了避免被燈塔的守衛發現，乘著龍從山的那一側進入村子。總之，我們就等尤諾思大人的部下回報吧。」

尼可一臉愁容望著村子的方向。

「有沒有可能魔法器具其實早就取下，而瑪荷洛已被帶到完全無關的地方呢？」

里昂一副突然想到的樣子說道。校長、尼可與諾亞頓時表情僵硬，但這個猜測隨即遭到否定。

「取下魔法器具的那一刻，應該就會發出通知了，因為魔法器具一直在偵測瑪荷洛的生命徵象。不過，當然也有可能使用我不知道的方法來偽裝生命徵象。只是這種厲害的魔法，我既沒見過也沒聽過。」

聽到校長否定這個猜測，諾亞鬆了一口氣。都已經來到這裡了，他可不想白跑一趟。

「哦，部下回來了。」

尤諾思靠近窗戶，看到部下的面孔後，身體驀地一僵。

「好像……出了什麼事。」

見到部下策馬奔來的模樣，尤諾思察覺事情不單純，連忙衝出簡易旅館。諾亞他們也立刻跟著來到外面。那名男部下臉色大變，騎馬趕到尤諾思面前。

「不、不得了了！尤諾思大人！村、村民，村民……！」

男部下從馬背上滾下來，渾身抖得像篩糠。一股寒氣竄過諾亞的背脊，看樣子是發生了什麼最壞的情況。

「到底怎麼了!!」

尤諾思抓著男部下的肩膀吼道。

「死、死、死了……！村民死了……！」

男部下抖到牙齒打顫，尖聲報告。尤諾思激動大叫：「你說誰死了！」

「所有人……！所有人、都死了……！」

彷彿目睹這世上所有恐懼一般，男部下用細如蚊鳴的聲音回答。尤諾思與諾亞他們皆啞然失色，僵在原地。男人說，所有的村民都死了。怎麼會？不可能。

「去村裡看看！」

尤諾思跨上馬背，揮動鞭子。校長拿出掃帚，施展飄浮魔法。魔法團的魔法士也各自拿出掃帚騎上去。飄浮魔法是魔法團，或者能力可與魔法團匹敵的魔法師才會使用的魔法。還是學生的諾亞與里昂並未持有掃帚，於是諾亞坐在尼可後面，里昂則坐在校長後面，一行人騎著掃帚於空中飛行。

諾亞看著尼可的背影，急得五內如焚。

踏入村裡的諾亞他們，見到了悽慘的景象。

有的人在屋內，有的人在院子裡，有的人在道路上，有的人在店鋪前面，廣場上則有一大群人——所有的村民都死了。死因大多是以刀械割喉，當中也有人將繩索吊在大樹的樹枝上再套住自己的脖子。村裡到處都是屍體，眾人見狀只發得出痛苦的低吼。這也難怪，因為所有的村民——都是自殺。

絕大多數的屍體手上都握著刀械，看樣子是自行割斷脖子後倒地，最終大量失血而死。但怎麼可能會有如此離奇古怪的事。全村的人——從小孩到老人——居然全都自行選擇死亡。

整個村子充滿了血腥味。大概是覺得不舒服吧，里昂按著胸口粗喘著氣，雙腳不住發抖。諾亞裝作沒看到，在村裡跑來跑去尋找有關瑪荷洛的線索。太陽都升起了，這一帶卻寂靜無聲，唯有自己的心跳聽起來很大聲。

「這是什麼惡夢……」

尤諾思臉色鐵青地杵在廣場一隅。廣場上有許多屍體交疊在一起。有的人把臉埋進噴水池的水裡而溺死，也有人拿大柴刀割斷脖子。血噴得四處都是，這景象實在慘絕人寰。諾亞察看所有房屋，呼喊瑪荷洛的名字，但到處都沒有回應。

里昂則在廣場角落嘔吐。他的臉失去了血色，身體似乎就要倒下。這也難怪。因為就跟上回對抗齊格飛的時候一樣——這裡也上演了一場屠殺。

「這、這究竟是、怎麼回事……！真不敢相信，怎麼可能全村的人都選擇死亡！」

其中一名魔法士斷吼道，瘋狂地四處檢查是否還有人活著。

「不會、吧……怎麼會發生這種慘事……！」

其他的魔法士也臉色鐵青，站在屍體前握緊拳頭。

眾人分頭四處尋找倖存者，可惜最終仍是一無所獲。村裡有尤諾思那名部下認識的人，他喊著死者的名字嚎啕大哭。無論哪具屍體，應該都已死了半天吧。

「校長，這該不會是……齊格飛的闇魔法吧？」

尼可站在孩童的遺體前倒吸一口氣，而後緩慢地轉身面向校長問道。校長看似懊惱地咬著嘴脣，吐出一口悶氣。

「即便是闇魔法的力量，如此大規模的殺戮也是前所未見。之前對戰過的闇魔法師當中，不曾有人做出這等喪心病狂的事……」

校長的臉上也浮現明顯的困惑。

「記得有一種闇魔法，可操縱對方自行了斷性命。但要讓這麼多人自殺是不可能的。照理說看到村民受齊格飛操縱而自殺，其他人應該會逃出去吧？」

見校長以不敢置信的口吻這麼說，諾亞不由得咂嘴。

「該不會跟齊格飛的獨立魔法有關吧……」

諾亞將冰冷的目光投向天空，喃喃說道。

目前可以確定的是，齊格飛見過祭司，並且得到了異能，但是還不清楚他得到了何種異能。

「你是說，他用賦禮的能力讓全部的村民尋死嗎!?」

里昂總算站了起來，試圖藉由怒吼來排解難以承受的心情。如果不大聲吼出來，雙腳就沒辦法站穩吧。因為無論看向哪裡，眼角餘光都會瞥見屍體。

至於諾亞——他無法像其他人一樣悲嘆眼前的慘狀。對諾亞而言，重要的只有瑪荷洛一人，其餘的陌生人就算死了，他也不痛不癢。既然確定瑪荷洛不在這裡，他已沒必要繼續待在這個村落。

「找到倖存者了！」

這時諾亞的耳朵，竄入一聲魔法士的呼喊。說不定是發現瑪荷洛了，諾亞隨即打起精神。一道希望之光，照射在原本猶如墜入惡夢的眾人臉上，大家紛紛趕往聲音的來處。那名魔法士站在水井旁邊一棟木造房屋前面。大門是敞開的，年幼的男孩與女孩害怕地從陰影處走了出來。

「是小孩子嗎！幸好你們沒事！已經不要緊了！」

尤諾思衝過去，抱緊這些孩子。小男孩臉色蒼白，小女孩則緊緊抓住尤諾思不停發抖。

「地、地下室還有……」

男孩用沙啞的聲音說，尤諾思的部下便進入屋內。看來這是一棟有地下室的房子，不久尤諾思的部下便抱著一歲左右的嬰兒回來。大概是忍不住了吧，只見他眼裡泛著淚光。

「你們是蘇珊娜的孩子吧？究竟發生什麼事了!?」

尤諾思的部下激動地詢問男孩。男孩似乎是看到有人死在鄰居家的院子裡，嚇得發出尖叫摀住眼睛。

「紅頭髮的男人……紅毛鬼來了……那首歌是真的……」

男孩哆嗦地哭了出來。緊接著，嬰兒與女孩也哇哇大哭。現場陷入混亂，大人們個個手足無措。

「先把他們帶到安全的地方吧。待在這裡，精神會出毛病的。」

校長從尤諾思手中抱起女孩，輕輕拍著她的背說道。

雖然很想馬上知道發生了什麼事，但孩子們擔驚受怕的模樣讓人不忍睹卒，於是諾亞他們帶著這幾個孩子回到簡易旅館。讓孩子們進入交誼廳，坐到長椅上後，校長從廚房端來溫熱的牛奶。嬰兒則由魔法士抱著。

「孩子們！出了什麼事嗎⁉」

大概是在燈塔上面看到了孩子們的模樣吧，那名值班的男子跑了下來，一臉茫然。畢竟這裡是座小村落，看樣子他認識這些孩子。尤諾思告訴男子村民全都自盡了，一時之間他還不相信，直說「怎麼可能」。但是看到里昂他們的陰鬱神情後，男子察覺到不對勁，隨即僵著一張臉往村子的方向奔去。

「我來給孩子們施展鎮定心靈的魔法吧。」

校長讓孩子們坐在椅子上，然後取出法杖詠唱咒語。隨後鼻子便聞到了一股具放鬆效果的藥草味，溫暖的感覺在心裡擴散開來。這魔法不只安撫了孩子，也具有平復大人情緒的效果。里昂的臉色好轉了一點。不過，孩子們仍有段時間連聲音都發不出來。跑去村裡察看情況的守衛踉踉蹌蹌地回到簡易旅館，喘著氣喃喃地說：「為什麼……」

「大家都死了，大家……我的母親……朋友麥可……還有鄰居莎莉……」

男子癱坐在地上，嚎啕大哭起來。尤諾思的部下抱緊男子的肩膀安慰他。

「你有沒有發現什麼異狀？」

尤諾思表情嚴肅地抱著手臂坐在長椅上，詢問哭得抽抽搭搭的男子。

「完、完全沒有……村子反而比平常還要寧靜……沒想到竟然發生了這麼殘酷的事……」

男子嗚嗚咽咽，耷拉著腦袋。

「為什麼只有你沒事？而且，那些孩子也逃過了一劫。」

面對屍體始終保持冷靜的人，只有諾亞而已。即使看到村裡的屍體，諾亞的情緒也毫無波動。他自知這種反應很異常，但要掩飾又很麻煩。

「不、不知道，為什麼會這樣……？今天早上大家明明都很正常……他們怎麼可能自殺啊！」

男子憤怒地揮拳砸向地板。

「你先冷靜下來聽我說。這件事多半是齊格飛幹的。之前應該有個紅髮男子來到村裡才對。孩子們剛才說，紅毛鬼來到了這裡。」

校長站在男子旁邊，以和善的態度問道。男子益發困惑，搖了搖頭。

「我沒發現那樣的男人。要是出現紅頭髮的男人，我一定會立刻向上報告……我真的完全沒看到外來者。」

男子頑固地搖著頭。這時，剛剛一直在發抖的男孩，像是下定決心一般開口道。

「大家都變得好奇怪。自從那個男人來了以後……」

男孩細如蚊鳴的聲音，將在場所有人的目光都吸引了過去。男孩擺動小手。

「紅頭髮的男人來到村子時，大家都很驚慌……可是過了不久大家就像什麼事也沒發生般，開始招待那個男人……我的媽媽也是這樣。但是，爸爸說有點不對勁，叫我們躲在地下室。之後，爸爸也變得很奇怪。村裡的所有人，都在替那個紅頭髮的男人做事……我心想不能看他的眼睛，就跟妹妹和弟弟躲在地下室……」

男孩吐露的事實，令眾人寒毛直豎。

紅頭髮的男人就是齊格飛沒錯吧。齊格飛似乎擁有神祕的能力。操縱人心的能力——是嗎？居然能隨意操縱村裡的人，真是相當可怕的能力。而且，他還讓受到操縱的所有村民自行結束生命。

「紅頭髮的男人……？紅頭髮的男人……紅頭髮的男人……」

燈塔的守衛一再念著這幾個字，念著念著表情突然變得呆滯。之後那張臉又驀地變得僵硬，發起抖來。

「沒、沒錯，紅頭髮的男人來了……!!他帶著同伴來到村子！為什麼我會忘了這麼重要的事!?怎麼會這樣，我還跟那個男人打招呼……真不敢相信！」

男子似乎想起了什麼，他驚慌失措猛撓著頭。

「看樣子齊格飛的賦禮，應該就是——操縱人心的能力，沒錯吧。真是棘手的能力。」

校長語帶嘆息地說。

「他分明受到操縱，為什麼活了下來？」

尤諾思擦拭鬢邊噴出的汗水，皺起眉頭。

「我猜，原因會不會是——距離？」

諾亞站在窗邊，皺著秀麗的眉毛。

「齊格飛的賦禮，很可能只要拉開距離就會解除……因為齊格飛已經離開，魔法才會解除。」

諾亞瞇起眼睛提出見解。從現狀來看，只能想到這個原因了。

「以下是我的推測。齊格飛來到這個村子時，多半對所有村民施了獨立魔法。而且應該就像小男孩說的那樣，只要對上他的眼睛就會發動吧。燈塔的守衛也曾中了魔法。之所以沒人通報村裡出現闇魔法一族的男人，是因為心智受到操縱吧。最後，齊格飛在離開村子之前，使用闇魔法讓所有村民自行結束性命……如果能操縱人心，是有可能先將村民們聚集在目光所及範圍內再使用闇魔法令他們自殺。燈塔的守衛，只能說他運氣好。幸虧齊格飛忘了他的存在，才能逃過一劫吧。」

校長抱緊小女孩這麼說。

「齊格飛去了哪裡？如果他是因為注意到瑪荷洛所戴的魔法器具，才滅了這個村子……」

小男孩他們躲在地下室裡，所以沒看到瑪荷洛的身影。沒得到有關瑪荷洛的線索，令諾亞忍不住用焦躁的口氣質問男子，里昂見狀對他投以責備的目光。諾亞一與他四目相對，便看似不悅地別過頭。

「軍方的支援部隊來了！」

尤諾思的部下跑進來，大聲報告。

「遺體不能放著不管，必須安葬才行。校長，麻煩妳跟我一起去找軍方討論這件事。」

尤諾思總算起身說道。跟幾個小時前相比，他似乎一下子老了許多。

「我們去搜索齊格飛留下的痕跡。」

尼可努力保持冷靜這麼說。魔法團的魔法士隨尼可離開，諾亞也跟在他們後面。他以關懷的目光瞄了里昂一眼，因為他發覺這次事件對里昂的內心造成很大的創傷。也許當初不該帶里昂過來。面對齊格飛的邪惡，這男人過於善良到滑稽的地步。

「我也一起去。」

其實里昂很想留在這裡吧，但他卻逞強跟了上去。

瑪荷洛消失到哪兒去了呢？必須快點找出線索才行。焦躁感折磨著諾亞，使得他忍不住抓亂頭髮。

齊格飛留下的魔法痕跡，在離開村子後就中斷了。他們大概是乘著龍飛離這裡吧，地上殘留著龍的腳印。

齊格飛一行人似乎刻意不使用魔法，因此沒辦法用魔法追蹤痕跡。不過可以確定的是，齊格飛一行人曾待過這個村子。諾亞他們很快就發現龍的腳印、疑似他們住過的房子，以及在此生活的跡象。看樣子從克里姆森島撤退後，齊格飛一行人就是乘著龍逃進這個村子，潛伏在這裡。村子後方有個洞窟，裡面遺留著龍的糞便與疑似飼料、沒吃完的水果，由此可知這裡曾住著幾頭龍。

「他們乘著龍逃走嗎？即使如此應該也不會逃得太遠。我們去蒐集目擊到龍的消息吧。」

尼可請尤諾思幫忙準備馬匹，然後對魔法士下指示。此刻天已全黑，今晚只能放棄繼續搜索。

村裡可見神情憂鬱的士兵們，正在將屍體集中搬到廣場。諾亞他們也去幫忙，一同分擔哀悼死者的心情。

「……要是早一點察覺到奧斯卡的異狀，情況會不一樣嗎？是不是就能在齊格飛殺光村民之前，趕緊採取什麼對策呢？」

里昂露出空洞的眼神喃喃自語，諾亞默默無語地聽著。

諾亞本身也滿腦子都是無盡的後悔，心情鬱悶。無處宣洩的憤怒在心中翻騰。隨著時間流逝，精神越來越緊繃，氣氛也越來越緊張。

諾亞只能佇立在絕望的深淵，想像瑪荷洛此刻人在哪裡、正在做什麼。

3 被囚之身

齊格飛眼放金光的剎那，看不見的藤蔓纏上了瑪荷洛的身體。藤蔓束縛全身，生出無數棘刺勒緊瑪荷洛。想叫出聲，喉嚨卻完全發不出任何聲音。不僅如此，連手指都動不了了。

（怎麼搞的!?）

瑪荷洛既震驚又愕然，努力嘗試驅動身體。然而無論他怎麼掙扎也是枉然，身體早已失去控制。明明是自己的身體，卻無法隨心所欲地活動。瑪荷洛就這麼坐在陌生房間的床上，僵直不動。

「獨立魔法還真是麻煩的玩意兒啊。它會隨著持有者的情緒擅自發動嗎？」

身穿黑色西裝的齊格飛俯視著瑪荷洛，語帶嫌惡地喃喃說道。

獨立魔法——原來如此，這是齊格飛得到的賦禮。

瑪荷洛頓時眼前一暗。之前瑪荷洛以為，即使被奧斯卡強行帶來這裡，緊要關頭還是有辦法逃走。自己擁有強大的魔力，雖然不懂得控制，但只要能使出破壞性的一擊，總會有辦法脫離困境。不過前提是，他要能以自己的意志行動。瑪荷洛拚了命地嘗試發動魔法，可是嘴唇一動也不動，任何魔法都發動不了。

（齊格少爺的賦禮……是操縱他人的身體……？）

瑪荷洛後知後覺，內心陷入絕望。奧斯卡發動「誘惑沉眠」時，無論他如何抵抗仍舊被迫陷入睡眠狀態。這次同樣因為齊格飛的異能，導致身體無法動彈。

瑪荷洛死命嘗試掙扎。他使盡全身的力氣，卻還是動不了。眼睛看得到周遭景色，可身體卻宛如一尊人偶。

齊格飛像是突然注意到了什麼，伸手碰觸瑪荷洛的腳踝。他的手指摸著回報瑪荷洛所在位置的魔法器具。齊格飛輕聲念完咒語後，戴在腳踝上的銀環便於一瞬間冰凍、碎裂，掉落在床單上。本來只要魔法器具沒事，諾亞或校長理應就能追蹤瑪荷洛的下落才對。他們已經發現瑪荷洛不見了嗎？瑪荷洛不曉得這裡是什麼地方。移動期間他一直處於睡眠狀態，所以完全不知道這裡與克里姆森島相距多遠。

「瑪荷洛，吻我。」

齊格飛按著床單，以平板的聲調命令道。儘管瑪荷洛在心裡喊著「我不要」，使盡全身力氣拒絕，身體卻擅自行動，將自己的嘴脣壓在齊格飛的薄脣上。瑪荷洛並非第一次親吻齊格飛，但此前兩人之間只有過問候的輕吻。因此當齊格飛按住瑪荷洛的後頸，深深地交疊彼此的脣瓣時，瑪荷洛的心臟劇烈地跳動起來。齊格飛吸吮瑪荷洛的脣，變換角度將舌頭滑入脣間。

「多麼索然無味的吻。罷了，現在先將就一下吧。」

齊格飛越吻越深，長指拉下瑪荷洛身上那件高領毛衣的領口。突然間，齊格飛目露凶光，那件毛衣就像是被利刃割破般裂開到胸口的位置。

「這……難不成是那男人留下的吻痕？」

齊格飛將瑪荷洛的身體推倒在床上，惡狠狠地瞪著留在瑪荷洛脖頸與胸口上的吻痕。不寒而慄的恐懼感竄過背脊，瑪荷洛還以為自己會被齊格飛殺了。他在齊格飛身上感受到的憤怒與恐懼就是如此強烈。

齊格飛露出不敢置信的眼神，檢查瑪荷洛的身體。齊格飛應該是認定，諾亞是火魔法一族的人，所以無法與瑪荷洛發生關係吧。實際上，之前瑪荷洛差點被奧斯卡侵犯時，對方只是做出帶有性意味的接觸，魔法屏障就發動了。所以，看到瑪荷洛的身上殘留著歡愛過的痕跡，齊格飛肯定很驚訝。

「怎麼回事……？為什麼那個男人能碰瑪荷洛……？」

齊格飛猛力抓住瑪荷洛的肩膀，渾身散發暴戾之氣。瑪荷洛的身體失去了自由，因此只能像個人偶一樣躺著。雖然臉上沒有任何表情，不過齊格飛帶來的恐懼以及肩膀被抓的疼痛，皆讓瑪荷洛在心裡不斷掙扎反抗。齊格飛氣到忘了控制力道，指甲陷進瑪荷洛的皮膚而滲出血來。

——房內冷不防響起了敲門聲，齊格飛回過神來放開瑪荷洛。

「齊格飛，再不動身就麻煩了吧。」

房門開啟，一名態度輕浮的金髮男子慢吞吞地冒出來。他穿著黑色皮革大衣，以及黑色靴子，年紀看起來還不到三十歲。雖然是齊格飛身邊的人，卻沒有半點阿諛奉承的樣子。

「我知道，雷斯特。」

這個男人，就是校長之前提到的雷斯特・布萊爾嗎？齊格飛慢條斯理地下了床，以冰冷的眼神望向瑪荷洛。

「瑪荷洛，時時跟在我身邊。」

他語帶慍怒命令道，瑪荷洛便如機器一般起身。即使想逃跑，身體仍不受控制擅自行動，瑪荷洛面無表情地下床低聲說：「是，齊格少爺。」

「怎麼，你還是用了異能嗎？這樣一來，瑪荷洛不就成了傀儡嗎？哈哈哈，齊格飛，你克制不住衝動嗎？」

雷斯特倚著房門，用挖苦的口吻這麼說。就算齊格飛惡狠狠地瞪他，雷斯特也毫不在意繼續笑。待在齊格飛身邊的只有追隨者，或是能力受到肯定的人物。校長說過，雷斯特擁有「獸化魔法」這項異能。

「齊格飛大人，請穿上大衣。」

走出房間，外面是一條鋪著白色地板的走廊，一名眼尾有顆痣、留著黑色長捲髮的女子自後方走來，向齊格飛遞出大衣。她是瑪莉・艾爾嘉，曾在羅恩軍官學校擔任心理輔導員。瑪莉是齊格飛的追隨者，一注意到瑪荷洛便憎惡地瞪著他。不過，看到瑪荷洛面無表情跟著齊格飛後，她的表情立刻從厭惡轉為譏笑。

「齊格飛大人，您控制了瑪荷洛的心智呀？之前我就覺得應該這麼做。畢竟只要有他的身體就能派上用場——」

將大衣遞給齊格飛的同時，瑪莉擺出討好的態度貼近他說道。豈料齊格飛卻用煩躁的口氣回了一句「閉嘴」，將她推開。總是想討齊格飛歡心的瑪莉，不明白自己是哪裡惹惱了齊格飛，當即臉色發青哈腰欠身。

「對、對不起。」

齊格飛不理會低頭道歉的瑪莉，走向這間房屋的正門。一步出大門，雷斯特便叫眾人集合，齊格飛的男部下們立刻聚集過來。奧斯卡也在其中，他一副愛睏樣打著呵欠走到房屋大門前。

「又要騎龍嗎？能不能幫我準備柔軟的坐墊啊？」

不知是不是睡到一半被叫醒，奧斯卡邊說邊胡亂搔著頭髮。現場的人數總共有三十人左右吧。他們一直躲在這裡嗎？瑪荷洛真想快點通知校長這項事實。奧斯卡的背後，還看得到那位馴龍師安傑的身影。他跟那些追隨者不同，態度顯得有些不滿，一直看著地面。

「——準備前往下個地點。我會先一步抵達目的地，掌控當地村民的心。沒辦法騎龍移動的人，就騎馬過去。」

齊格飛這般命令現場的男人們。眾人整齊劃一地回答「是！」後，便匆匆忙忙地展開行動。齊格飛跨出大門，邁步走在村子裡。途中與少女及老夫婦錯身而過，每個人一見到齊格飛就面露微笑，深深地低頭行禮說：「我願為您效勞。」

「村民全到廣場集合。」

齊格飛這般指示後，每個村民都點頭回答「是，齊格飛大人」，一個接著一個走了起來。村民眼神渙散，這景象讓人看了毛骨悚然。原來齊格飛操縱了全村的人，所以才會沒人通報。

齊格飛徑直走向看似廣場的地方。跟在他身旁的人，有奧斯卡、雷斯特、安傑與瑪莉，以及一名戴著銀框眼鏡的陌生男子。

「奇怪，瑪荷洛，你怎麼了？」

奧斯卡走到一半才發現瑪荷洛的異狀，伸手遮擋在他的面前。見瑪荷洛沒有任何反應，奧斯卡隨即表露出厭惡感。

「齊格飛，為什麼奪走瑪荷洛的意志？這樣很無趣，簡直跟傀儡沒兩樣不是嗎？快讓他恢復原狀。」

奧斯卡一副不滿的態度粗聲厲語。瑪荷洛也希望齊格飛能讓自己恢復原狀。

「我不知道恢復的方法。」

然而齊格飛回答得很冷淡。雖然得到操縱人心的異能，但齊格飛似乎對解除的方法不感興趣。如此一來自己這輩子就得過著受人操縱的日子了。絕望感湧上心頭，瑪荷洛拚了命地對身體喊話，努力嘗試以自己的意志行動。但是，狀況沒有任何改變。身體就好似某個地方的神經斷了一般，連眼皮都不會抖動。

「啊!?你說什麼！喂喂喂，別讓我失望啊。你以為我是為了什麼才把瑪荷洛抓來的？可不是為了把他變成這種傀儡耶！」

「吵死了，閉上你那張無禮的嘴！你對齊格飛大人很沒禮貌耶！」

瑪莉被奧斯卡的放肆言論惹火了，忍不住插嘴道。齊格飛對兩人的爭吵聲充耳不聞，站在廣場中央的女神像前面。

「精靈泰納布瑞——」

齊格飛當著站在一旁的瑪荷洛面前，向天舉起法杖。奧斯卡與瑪莉回過神看向地面，雷斯特、安傑及銀框眼鏡男則背對著齊格飛。

「聚集在此，依附所有村民，奪其性命——」

齊格飛念著咒語，轉動法杖。下一刻，某種令人不舒服的神祕之物便從地底爬上來。靈氣在腳下飄動，整個村子瀰漫著令人不安的氣氛。奧斯卡一副噁心想吐的樣子捂著嘴巴，別開目光不去看周圍的村民。奧斯卡似乎看見了什麼。

「來吧，我可愛的村民們。為了我獻上你們的生命吧。」

齊格飛以瑪荷洛從未聽過的溫柔聲調如此說道，並且拍了一下每一位村民的肩膀。瑪荷洛不明白他在說什麼。隨後，被齊格飛拍肩的男子便從懷裡拿出刀子，割斷自己的脖子。

脖子噴出鮮紅的血液，男子搖搖晃晃癱倒在地。

「唔哇……」

雷斯特一臉厭惡地別過頭。

「這就是闇魔法……」

安傑掩著臉，以看著可怕之物的眼神凝視齊格飛。瑪荷洛無法理解眼前發生的事。他心想必須救這男人才行，然而四肢無法動彈，只能看著倒在地上的男人不斷痙攣。這男人為什麼自殺了？才這麼想沒多久，背後就陸續傳來人倒下去的聲響。

四名正要走進廣場的男女，依序使用男人攜帶的鐮刀割斷自己的脖子，一個個倒了下來。不只他們，對面的老人也自行上吊，痛苦掙扎。村民們就好似在進行某種作業般了結自己的生命。

——被齊格飛拍過肩膀的村民，每一個都在尋死。

「啊啊，多麼美妙的魔法……」

銀框眼鏡男陶醉地看著死去的村民。這是齊格飛的闇魔法嗎？真不敢相信。為什麼他們會自行選擇死亡？瑪荷洛拚命嘗試挪動手腳。他心想：必須阻止他們自殺才行；必須避免他們死亡才行。然而情況依舊沒有任何改變。瑪荷洛猶如傀儡，只會跟著齊格飛走。

「我很受不了這種血淋淋的景象耶。你該不會要殺光全村的人吧？」

血腥味飄了過來，奧斯卡捂著鼻子這麼說。

「臭小子，竟敢對齊格飛大人有意見。」

瑪莉面露凶相逼近奧斯卡。

「瑪莉，不必管他。」

齊格飛似乎對奧斯卡的口氣並不反感，抬手制止氣得豎眉瞪眼的瑪莉。

「你們先去關龍的地方等著。」

齊格飛指著村子的出入口說，奧斯卡、安傑與雷斯特便順從地離開現場。之後齊格飛帶著銀框眼鏡男與瑪莉，邁步走在村內。瑪荷洛不想跟他們一起行動，卻不得不緊跟著齊格飛走在他旁邊。

（啊啊……又來了……）

到處都有人在受苦。許多人拿刀械割斷脖子，結束自己的性命。從大人到小孩無一倖免，有的人死在屋內，有的人死在道路上，有的人死在牛舍裡，還有人在屋頂上斷氣。

（我又沒能阻止齊格少爺殺人了……）

瑪荷洛感到無以復加的絕望。他增強了齊格飛的闇魔法威力，那股力量強大到能令全村的人自我了斷。瑪荷洛無法理解。為什麼一點也不想死的村民們，會拿刀刺向自己呢？

「太棒了……真是一幅美夢般的光景。齊格飛大人，只要待在您身邊，我就能夠……永遠品嘗這絕頂的滋味。」

銀框眼鏡男著迷地看著大量的屍體，陶然如醉。

「哼，你這個屍體愛好者。真令人噁心。」

瑪莉嫌惡地咂嘴，看樣子她對銀框眼鏡男沒好感。齊格飛正冷靜地檢查村民是否全死了。這個銀框眼鏡男是什麼人呢？

「看來所有人都死了。走吧。」

齊格飛在村裡巡了一遍後，便一副毫不在乎的態度轉身離開。儘管瑪荷洛感到深沉的絕望，卻無法離開齊格飛身邊。無論他如何祈禱，身體就是不聽使喚。那些死去的村民，鐵定也是一樣的感受吧。該怎麼做才能解除齊格飛的獨立魔法呢？

（我會一直像這個樣子……在齊格少爺的旁邊，被迫成為殺人幫凶嗎……？身體一輩子都無法恢復自由……）

既然要把自己變成傀儡，怎麼不乾脆連情感都一併奪去？偏偏只有心靈是自由的，自己只能看著眼前的人死去，連一滴眼淚都流不出來。自己分明這麼痛苦，心痛欲裂。

（我受夠了……真想一死了之……只要有我在，齊格少爺的魔法就會一直變強……以現在的狀態來看，就算諾亞學長來救我，我也反抗不了齊格少爺……）

瑪荷洛鬱鬱寡歡，這束手無策的現狀令他憂心。要是自己的重要之人同樣遭到殺害，那可怎麼辦才好？

早知道情況會演變成這樣，當初與齊格飛對話時就該破壞房間逃走才對。想瞭解齊格飛的心情而與他交談的自己真是愚蠢。齊格飛當真變成了自己無法想像的怪物。

『如果說我有命中註定的對象，我認為那個人就是你了。』

腦中響起齊格飛對自己的告白，瑪荷洛感到心痛。

小時候齊格飛就知道自己是闇魔法一族的後裔，他不打算躲躲藏藏地活下去，而是選擇篡奪這個國家。很像身為強者的齊格飛會有的想法。如果齊格飛選擇過躲藏的生活——如果在引發事件之前，齊格飛表明自己的身世，並要求瑪荷洛跟他一起躲起來過活，瑪荷洛肯定會選擇跟他走。因為對瑪荷洛而言，齊格飛是他從小跟隨至今的主人。然而，齊格飛並未詢問瑪荷洛的想法，逕自踏上了最殘酷的道路。

齊格飛曾說，世上並不存在不可殺人的理由。

但是，瑪荷洛認為，世上同樣不存在可以殺人的理由。

瑪荷洛不想看到他人慘遭殺害的景象。無論在生理上還是在道德上，這件事他怎麼也無法接受。齊格飛殺的人越多，越讓瑪荷洛覺得，從前那個比任何人都要親近自己的男人離自己更遠了。

「出發吧。」

齊格飛走出設在村落邊界的木門後，便向等著他的奧斯卡、雷斯特與安傑發號施令。村子出入口前那塊開闊的土地上，有兩頭龍正不耐煩地拍動著翅膀。安傑厭惡地朝齊格飛看了一眼後，旋即跳上了龍背。

（馴龍師安傑……他不是齊格少爺的追隨者嗎……？）

瑪荷洛謹慎地解讀每個人表現出來的態度。現在只能請別人幫助自己了，無奈的是他找不到有可能背叛齊格飛的人物。雖然奧斯卡看起來並不完全算是齊格飛的手下，但瑪荷洛不認為擄走自己的他會願意放走自己。雷斯特是第一次見到的生面孔，難以捉摸他在想什麼。瑪莉與銀框眼鏡男就更不用說了，他們絕對不可能幫瑪荷洛吧。當中只有安傑是唯一態度不同於其他成員的人。他看起來不像是自願成為齊格飛的同夥。恐怕是因為安傑擁有駕馭龍的能力，齊格飛威脅他或掌握了他的弱點，才不得已提供協助吧。

「上來。」

聽到安傑的呼聲後，齊格飛便抱著瑪荷洛一同坐到龍背上。瑪莉也坐上安傑騎的那頭龍。奧斯卡、雷斯特與銀框眼鏡男則乘坐另一頭龍。

龍拍打黑色翅膀，飄浮起來。

（又要……離開了……）

瑪荷洛被齊格飛抱在懷裡，帶著悲傷的心情注視逐漸變小的村子。假如留在這裡，其他人說不定就能藉由追蹤魔法器具來發現自己的所在位置。無奈的是魔法器具已遭到破壞，想見的人也沒有出現。

（真的有人在找我嗎？搞不好，大家都還沒發現我不見了。）

一想到這兒，內心便一片漆黑。與諾亞繾綣纏綿，沉浸在滿足感中的那一夜，感覺好像已是許久以前的事了。

瑪荷洛只能懷著焦躁不安的心情，接受自己乘坐在龍背上，逐漸遠離村子的事實。

載著齊格飛一行人的龍，朝著東北方振翅飛翔。龍順著風在上空飛行了約兩個小時。途中越過好幾座山，經過幾個村落。安傑是運用指哨及模仿獨特叫聲的方式來駕馭龍。最後，龍朝著某個村子往下降。

當龍靠近中央的大廣場時，感覺得到底下的村民們驚慌鼓譟。畢竟突然有龍從天而降，會有這種反應也是很正常的。女人和小孩嚇得亂竄，但也有年輕人帶著武器衝出來。不過，發現有人坐在龍背上後，舉起武器的男人們便安心地放下武器。因為載著人的龍跟野生的龍不同，不會攻擊人。當距離近到可以看清楚村民的長相時，齊格飛將瑪荷洛的身子摟向自己，眼放金光。

「唔唔……」

「這是、怎麼回事……」

眼睛一對上齊格飛，村民們手中的武器便掉落在地上，人人露出空洞的眼神跪了下來。

齊格飛從龍背上一躍而下，以目光掃了一圈聚集在廣場上的村民。緊接著另一頭龍降落在附近，坐在上面的成員紛紛下來地面。

這是個規模比剛才的村子還大的村落，裡面也有店鋪、教堂、工坊等設施。由於是騎龍移動，瑪荷洛不曉得這個村落位在地圖上的哪個地方。附近有河川，遠遠望去還看得到像是領主城堡的建築物。

「必須看著對方的眼睛，才能使用『人心操縱』……效果也一樣。賦禮的能力不會增強嗎……」

齊格飛令現場所有的村民都跪下後，略皺著眉頭注視瑪荷洛。瑪荷洛體內埋著以龍心製成的魔法石，能夠增強魔法的威力。但是，從齊格飛剛才說的話聽來，賦禮的異能似乎不受影響。這讓瑪荷洛稍微鬆了口氣。

「我去控制這個村子。」

齊格飛將瑪荷洛託給雷斯特，然後召集村民。看來他打算用自己的異能，占領整個村子。齊格飛低聲說了幾句話後，村民們便露出尊敬的眼神向他鞠躬，接著往四面八方散去。

「唔哇，好噁心喔。」

奧斯卡站在水井旁邊看著齊格飛操縱人心的景象，嬉皮笑臉地這麼說。大概是覺得他的態度很不敬吧，瑪莉惡狠狠地瞪著奧斯卡。

「我這是誠實的感想啊。大家都變得跟傀儡沒兩樣，雖然不必多費功夫，但看上去很詭異耶。」

奧斯卡擺了擺手走近雷斯特。雷斯特目不轉睛地看著瑪荷洛，伸手捏起他的白髮。在無法抵抗的狀態下遭陌生男子觸碰，令瑪荷洛很不愉快。但可悲的是，瑪荷洛連要推開他都辦不到。

「你很受齊格飛的信賴嗎？他居然把瑪荷洛託給你。」

奧斯卡隔著瑪荷洛向雷斯特搭話。雷斯特瞄了一眼奧斯卡後，賊賊一笑。

「他是用刪除法吧。我看起來最無害不是嗎？話說回來，這孩子真的一身雪白耶。他是光魔法一族的人嗎？除了祭司以外，我還是頭一次見到這一族的人呢。」

雷斯特拍了拍瑪荷洛的頭，一副覺得稀奇的樣子歪著腦袋。

「居然被施上奇怪的魔法，真討厭哪。早知道瑪荷洛會變成一具無魂空殼，當初就不把他抓來了。」

奧斯卡伸手環住瑪荷洛的肩膀，將他拉離雷斯特。那隻大掌搔了搔他的頭髮，撫摸他的臉頰。

「臭小子，別隨便亂碰那個人，否則可是會惹齊格飛大人生氣的。」

瑪莉語帶責備地厲聲道。銀框眼鏡男對瑪荷洛沒興趣，安傑則在井邊打水給龍喝。

「齊格飛是很可怕啦，但我就是覺得瑪荷洛很可愛，怎麼也停不下來嘛。都變成一具空殼了，精靈卻沒消失。這孩子真不可思議呢～～」

奧斯卡握住瑪荷洛的下巴將他拉向自己，冷不防吻了上去。當下便產生靜電，奧斯卡隨即放手。

「接吻也不行嗎？好痛好痛，嘴唇都麻了。」

奧斯卡摀著嘴巴，一副很痛的模樣。雷斯特從旁看著這一幕，吃驚地探頭端詳瑪荷洛的臉。

「哦～～剛剛那個，是光魔法一族的拒絕反應？雖然早有耳聞，沒想到真的不准別人碰啊？太厲害了，根本就是貞操帶嘛。」

「你對瑪荷洛沒興趣嗎？」

面對奧斯卡的揶揄，雷斯特開懷大笑道。

「當然感興趣啊，他可是那位殺人不眨眼的魔王呵護備至的掌上明珠。既然發動了『人心操縱』，不就表示喪失了心的魔王，為了這孩子而情緒激動。」

「——你們在做什麼？」

圍著瑪荷洛閒聊的雷斯特與奧斯卡，一聽到齊格飛的聲音便趕緊收手。齊格飛冷冷地看向兩人，抬起下巴示意。

「村子已落入掌控了。走吧。」

齊格飛摟著瑪荷洛的肩膀，以不容拒絕的強勢口吻宣告後旋即轉身。這時一位穿著體面的白髮老人走到齊格飛的面前，笑容可掬地點頭打招呼。

「齊格飛大人，我是村長邁克。請到寒舍休息，我會為您準備最好的房間。」

自稱邁克的老人畢恭畢敬地行禮，彷彿女王陛下蒞臨似的。在邁克的帶領下，瑪荷洛來到一棟建在村子內側的大房子。寬敞的庭院裡種著五顏六色的花朵。一名白髮老婦人從這棟兩層樓的石造房屋裡現身，她似乎是這個家的女主人。白髮老婦人疑惑地看著突然造訪的齊格飛、瑪荷洛、雷斯特與奧斯卡。

「安娜，這位是齊格飛大人。可別怠慢了高貴的訪客。」

當邁克說完這句話時，白髮夫人——安娜已對齊格飛露出微笑。

「歡迎光臨寒舍，請進。」

安娜睜著失焦無神的眼睛邀請齊格飛進屋。走進屋內，便有年輕女傭向他深深鞠躬行禮。原來年輕女傭已被齊格飛奪走了心智。

「其他的部下之後會趕來，也替他們準備住所。」

齊格飛這麼吩咐村長，然後推著瑪荷洛往前走。村長低頭回答「好的」，接著表示要去做準備便離開了這棟房屋。

「齊格飛大人，請您使用這個房間。」

安娜領著他們來到位在二樓南側的房間。這似乎是間客房，房內擺放著乾淨的床鋪、衣櫥、桌子與長椅。

「您的同伴則住隔壁房間。」

雷斯特、奧斯卡、瑪莉與銀框眼鏡男也分配到鄰近的房間。馴龍師安傑詢問安娜附近有無洞窟。得知洞窟位在村子外圍，安傑便告訴齊格飛，他要跟龍一起睡在那裡。齊格飛同意安傑的要求，似乎一點也不認為他會逃走。

「我們要潛伏在這個村子嗎？」

傭人離開後，所有人到客房集合，雷斯特首先發問。

「只待幾天。既然已經得到瑪荷洛，我沒打算在這裡久留。掌握情報後就展開下一項行動。」

齊格飛坐到長椅上，命令瑪荷洛坐在他旁邊。雷斯特與瑪莉站在窗邊，銀框眼鏡男則站在齊格飛旁邊。奧斯卡逕自坐在床上。齊格飛朝銀框眼鏡男抬起下巴示意。

「是，根據事前調查，魔法團有個休假中的成員名叫夏勒・多恩，這男人目前應該在隔壁村。建議明天就將他抓起來。」

銀框眼鏡男流暢地說明。

（魔法團的男人……？）

瑪荷洛感到不安。這次齊格飛打算做什麼呢？

「要抓住魔法團成員可不容易呢。不過，只要有我和齊格飛的能力就不算什麼了。」

奧斯卡一面檢查床鋪的硬度，臉上露出冷笑。

「但是我可不幹喔。誰叫你把瑪荷洛變成這副模樣，我的氣還沒消呢。」

奧斯卡很乾脆地拒絕協助，瑪莉聞言鬢邊青筋暴起，逼近他大罵。

「臭小子，你以為自己是誰！只不過是得到賦禮罷了，那是什麼態度……!!」

「瑪莉。」

齊格飛制止氣急敗壞的瑪莉。奧斯卡與齊格飛的視線瞬間交會，房內的氣氛頓時緊張起來。

「奧斯卡，你想跟我拔槍決鬥嗎？我與你的能力，究竟何者更勝一籌呢——」

齊格飛對奧斯卡投以冷若冰霜的目光。奧斯卡則一語不發，面帶冷笑看著齊格飛。能夠操縱他人心智的齊格飛，與能讓任何人沉睡的奧斯卡。瑪荷洛暗自期待，這兩個人最好失和鬧翻。然而，雙方都很冷靜。

「怎麼會，我都專程把瑪荷洛帶來這裡了，才不做那種傻事呢。不過，可別以為我會對你唯命是從。齊格飛，你能夠操縱人心，但沒辦法讓被操縱者使用異能或魔法吧？」

奧斯卡站起來，雙手一攤。

（是這樣嗎……⁉要施展魔法，確實得藉助精靈的力量。在受到操縱的狀態下無法呼叫精靈……同樣的，賦禮的異能也無法在受到操縱的狀態下使用，是嗎？）

瑪荷洛心急如焚地聽著他們的對話。他真想將這項資訊告訴校長或諾亞。

「要不然，我們的心智也該早就受你控制才對。所以，別把我跟你的部下視同一律。有件事，我想以對等的立場給你忠告——以後不能像剛才的村子那樣，命令村民自刎。」

奧斯卡坐到齊格飛對面的單人椅上說道。瑪荷洛懷抱希望，心想奧斯卡說不定也反對屠殺。可惜，他的希望很快就被打碎了。

「血腥味那麼濃，精靈一下子就跑光了耶！精靈最討厭血腥味了。下次要殺人時，麻煩用不會流血的方式殺。」

奧斯卡這般強烈主張，雷斯特聽了傻眼笑道。

「人死了沒關係嗎？這位小哥居然一臉爽朗地講出這種話，真可怕呢。」

見雷斯特皺起眉頭，奧斯卡摸了摸戴著眼罩的那隻眼睛。

「其他人會怎麼樣，我一點也不在乎。不過，剛才說的事很重要。齊格飛，如果你不能遵守這一點，我就無法幫你。」

奧斯卡面帶微笑這麼說，齊格飛心平氣和地點頭。

「我盡量。」

以平板的聲調回答後，齊格飛看向門口。此時女傭正好按照人數送來茶水。

「兩位談完了嗎？那麼關於夏勒的事——」

等女傭離開房間後，銀框眼鏡男清了清喉嚨，繼續說下去。

夏勒．多恩來自土魔法一族，老家就在隔壁村，據說目前正帶著身懷六甲的妻子返鄉。銀框眼鏡男向眾人解說綁架夏勒的手段。既然隸屬魔法團，夏勒當然是一流的魔法士。原本的計畫似乎是由齊格飛親自出馬，不過銀框眼鏡男主張，如果有奧斯卡的「誘惑沉眠」，就能在不流血的情況下順利綁架對方。經過討論後，決定明天由奧斯卡、雷斯特、瑪莉這三人將夏勒騙出來，然後抓回到這裡。

看樣子，銀框眼鏡男在這個場合扮演的是智囊角色。他似乎很擅長蒐集情報，此刻正詳細說明當地的情況以及將人騙出來的手段。

（為什麼要綁架魔法團的魔法士呢……？）

瑪荷洛感到疑惑。齊格飛打算利用魔法團的魔法士做某件事嗎？又或者有其他目的？齊格飛只是默默聽著眾人的討論，直到最後瑪荷洛仍然不明白他的目的。

「齊格飛大人，部下們都在村子外圍的空屋待命。請您待會兒過去跟他們說幾句話。」

外出察看情況的瑪莉回到了屋內，向齊格飛報告這項消息。看樣子騎馬移動的部下抵達村子了吧。齊格飛起身應了一句「知道了」，眾人便暫停討論綁架夏勒的事宜。

到了晚餐時間，奧斯卡與雷斯特、銀框眼鏡男與瑪莉紛紛離開房間，最後只剩瑪荷洛一個人。

（要是能趁現在逃走的話就好了……）

此刻齊格飛不在房內，本來應該是逃走的好機會，無奈身體還是老樣子，連一根手指都動不了。心中充滿了焦急、痛苦與悲慘的情緒，可是瑪荷洛的表情卻沒有任何變化。難道這輩子只能像個傀儡一樣活下去嗎？

（本來以為，齊格少爺離開後，魔法或許就會解除……即使隔著一段物理距離，我的身體依舊不聽使喚。是因為我們都待在同一個村子嗎？）

此刻自己能做的只有思考，瑪荷洛漸漸難過起來。連視線都沒辦法移動。映入瑪荷洛眼底的，只有地毯的花樣而已。

過了一會兒，走廊傳來腳步聲，緊接著有人打開房門。齊格飛端著裝有食物的托盤過來。他將托盤放在桌上。

「瑪荷洛，吃飯。」

齊格飛心平靜氣地催促道。

「是，齊格少爺。」

瑪荷洛的嘴巴逕自吐出話語，剛才無論他如何努力都動不了，現在手卻自動伸向湯盤。托盤上擺著洋蔥湯、麵包與蒸魚料理。瑪荷洛默默地將這些食物吞進肚子裡。齊格飛坐在瑪荷洛旁邊，目不轉睛地看著他。

用完餐後，手無力地放下，瑪荷洛再度像尊人偶一樣僵硬不動。

「……瑪荷洛。」

齊格飛突然將手伸向瑪荷洛，撩起他的瀏海。冰冷的指尖撫摸臉頰，心臟因而多跳了一拍。齊格飛默默無語，注視著瑪荷洛很長一段時間。

「……不行哪，還是無法解除。」

齊格飛略微皺起眉頭喃喃自語。瑪荷洛凝視著齊格飛筆直的鼻梁。他沒想到齊格飛正試圖解除束縛。

「不過，這樣也許比較好。在事情結束之前，一直保持這個狀態你會比較輕鬆吧。之前我就覺得，你那過於善良的個性很危險。」

或許是因為房內別無他人，齊格飛將瑪荷洛摟了過去，手插進他的白髮裡。長指爬過後頸，沿著下巴的線條滑過。

「雖然你叫我別殺人，但這是無法答應的要求。生於闇魔法一族的我，從小就一直壓抑著殺人的欲望。你應該不知道吧，我也曾在鮑德溫的宅子裡殺過好幾個人。」

齊格飛摟著瑪荷洛的肩膀，自言自語似地說了起來。瑪荷洛曾懷疑齊格飛私下解決了礙眼的人，卻沒想到他竟然真的殺過好幾個人，這項事實令瑪荷洛震驚不已。

「闇之精靈喜好鮮血。如果不獻血，就會削弱魔法的威力，奪走我的生氣。」

齊格飛凝睇著半空，說出令人難以置信的真相。沒想到闇之精靈是那麼可怕的東西。

「我生來就註定要走上毀滅的道路。不是被殺，就是殺人，只有這兩個選擇。本來打算把你放在身邊一輩子，但我不認為過於善良的你會願意跟隨我。所以……維持現狀就好吧。」

齊格飛有些自嘲地說，將瑪荷洛的臉龐移向自己。齊格飛的唇覆蓋在瑪荷洛的唇上。即使心裡喊著「不可以」，身體仍舊沒表現出一絲一毫的抵抗，順從地接受齊格飛的吻。

「真沒意思啊……」

齊格飛對著毫無反應的瑪荷洛苦笑，接著抱起纖細的身子。他讓瑪荷洛躺在床上，自己也躺在旁邊。齊格飛讓瑪荷洛閉上眼睛，然後在臉頰與嘴脣上親了幾次。原本以為接下來會被迫發生關係，但齊格飛似乎沒有跟傀儡親熱的嗜好，只是擁著瑪荷洛入睡。

得知齊格飛那出人意料的心情後，瑪荷洛內心五味雜陳。雖然齊格飛性格殘酷，控制慾又強，但背後其實有著不得不這麼做的原因。自己是不是沒能在演變成這樣之前，拯救齊格飛呢？待在齊格飛身邊時，瑪荷洛光是執行命令就得竭盡全力了，從來沒想過要拯救等同於主人的他。

因為當時瑪荷洛以為，齊格飛是個完美的人。

可是這個世上，真有完美的人嗎？自己是不是應該早一點發現這件事呢？

（這是種什麼樣的心情呢……？我是在同情齊格少爺嗎？還是……？）

明明不想睡，瑪荷洛卻閉著眼睛。眼皮很沉重，瑪荷洛實在不認為，能夠憑自己的意志睜開眼睛的那一天會到來。

即使從沉睡中甦醒，瑪荷洛的眼皮仍閉得死緊。雖然透過房裡的氣氛及感覺得知早晨已來臨，但瑪荷洛的世界得等到齊格飛叫他「睜開眼睛」才會開始運作。

睜開眼睛時，齊格飛就站在瑪荷洛面前，盯著他的臉看。此刻瑪荷洛就坐在床上。齊格飛抬起瑪荷洛的下巴，一臉納悶地俯視著他。

「為什麼沒有我的命令，你就不會動呢？其他人就算心智受到控制，依舊能照常過日常生活。為什麼你的反應不同呢？」

齊格飛一面觀察瑪荷洛，一面喃喃自語。經他這麼一說，同樣中了異能的村民們，雖然對齊格飛唯命是從，但其他時候都很正常地過日常生活。沒有人像瑪荷洛這樣，必須下指令才會動。

「難道是因為我當時失去了冷靜嗎？還是因為，你是光魔法一族的人呢……？罷了。瑪荷洛，換好衣服跟我來。」

齊格飛一副很介意的樣子，披上斗篷對著瑪荷洛這麼說。齊格飛早已換好衣服。床上準備了瑪荷洛的替換衣物。瑪荷洛聽從指令換上絲質襯衫，並套著一件厚大衣。褲子與靴子似乎是某個身材相近者的東西。

換好衣服後，瑪荷洛跟在齊格飛身後，走出房間。傭人全站在齊格飛面前深深地鞠躬行禮，每個人都雙頰泛紅，簡直就像是把他當成主人敬愛的家僕。齊格飛並未遮掩那頭紅色長髮，換作平常，這些人應該會害怕、畏懼他的髮色。

「齊格飛大人，他們順利將人抓回來了。」

銀框眼鏡男等在房子的大門前，笑吟吟地報告。用不著問抓到誰，他說的應該就是昨天談論的那位魔法團成員夏勒吧。雖然內心有千百個不願意，瑪荷洛的雙腳仍逕自跟在齊格飛的身後。齊格飛在村子外圍一間空屋前面停下腳步，瑪莉開門出來迎接。

「他還處於睡眠狀態，不過我想差不多要醒了。」

進入空屋一看，室內出乎意料的乾淨，沒有髒汙與灰塵。部下可能已經打掃過了。屋內分成兩個房間，其中一間很寬敞，裡頭擺著桌椅，至於內側的房間似乎是廚房。寬敞的房間裡，有個手腳被繩子綁住的男人躺在地上。他有著茶色頭髮，一身毛衣配長褲的輕便打扮，年紀大約三十五歲。嘴巴被堵住，大概是要防止他念咒施展魔法吧。這男人肯定就是夏勒。房間裡還有幾名看似齊格飛部下的男人，大家都在等齊格飛的命令。瑪荷洛滿心不安，不知道這男人接下來會有什麼樣的遭遇。

「要拷問這男人，逼他吐露情報嗎？不嫌棄的話就由我來吧。」

銀框眼鏡男神情興奮地尖聲道，伸舌舔了舔嘴脣。看來這男人有著不正常的癖好。

「別小看魔法團。由你動手只會反被擊倒。」

齊格飛冷冰冰地回答，蹲在夏勒前面。

「起來。」

齊格飛推了推夏勒的肩膀，探頭盯著他的臉。夏勒哼哼唧唧地扭動身體，隨後睜大眼睛驚醒過來。夏勒的眼睛對上齊格飛那雙放出金光的眼睛，當他注意到時已經太遲了。夏勒的目光失去了焦點，露出呆滯的表情。齊格飛使用異能，掌握住夏勒的心智了。確定成功後，齊格飛便拿掉堵住夏勒嘴巴的東西。

「我叫做齊格飛。夏勒，我有件事想問你。」

齊格飛拉起夏勒的身體說道，夏勒隨即露出興奮的表情抬起頭。

「儘管問，齊格飛大人。」

夏勒的眼神及語氣，充滿了對齊格飛的敬愛。瑪荷洛原本以為，魔法團的魔法士或許有辦法抵抗齊格飛的異能，結果期待落空。

「一週之後，應該有一場王族的非公開聚會吧？」

齊格飛嘴角浮現笑意，這麼問道。瑪荷洛聞言緊張起來。王族的非公開聚會……？齊格飛打算做什麼呢？

「是的，沒錯。」

夏勒輕輕點頭。

「地點在哪裡？如果是負責警備的魔法團應該知道吧？」

被齊格飛直勾勾地注視著，夏勒的嘴唇顫抖了起來。

「地點、在……地點在……」

夏勒一再欲言又止，搖晃身體。瑪荷洛發現，他是因為這項情報不可洩漏，才會抗拒吐露詳情。瑪荷洛在心裡對著夏勒大喊：絕對不可以說出來！然而當齊格飛再度詢問後，夏勒終於吐露地點。

「地點、在……第一王子的寓所、珍珠塔……預定……十點開始。」

夏勒供出聚會地點後，齊格飛那些在一旁看著的部下當即鼓譟起來。齊格飛探聽王族的聚會地點是打算做什麼呢？瑪荷洛心中只有不祥的預感。

「舉辦這場非公開聚會的目的是什麼？」

齊格飛緊盯著夏勒的眼睛，再度提問。

「我……不、知道……那是王族的……祕密儀式……」

夏勒結結巴巴地回答。祕密儀式……？究竟是什麼儀式呢？

「夏勒，魔法團的團長擁有特殊的能力吧？」

接著，齊格飛瞇起眼睛提出下一個問題。夏勒的身體頓時劇烈一顫，並且不斷眨眼。

「是怎樣的能力？我知道團長得到了賦禮的力量。告訴我，那是什麼樣的異能？」

齊格飛扣住夏勒的下巴，冷冰冰地催促。魔法團的團長也擁有異能嗎？瑪荷洛緊張地看著夏勒。

「團長的能力是……團長的能、力、是……」

夏勒渾身抖個不停，看著齊格飛的眼睛。瑪荷洛不斷在心裡喊著「不可以說出來」，無奈齊格飛的力量實在強大。夏勒張開嘴巴，斷斷續續地吐出話語。

「可以跑得……很快……我只知道、這樣。」

結果還是招了。齊格飛情不自禁地揚起嘴角。之後他就像失去興趣一般放開夏勒的身體，站了起來。

「看來魔法團團長的異能沒什麼了不起。這樣就沒問題了，可以開始執行計畫。」

齊格飛朗聲宣布，部下們的目光皆流露著興奮之情。

「那麼，齊格飛大人，我們就著手進行襲擊的準備了。」

在房間一隅等候的瑪莉眉開眼笑地說。雷斯特與奧斯卡也不知何時出現在這裡，眾人士氣高漲激動不已。

「好，將王族趕盡殺絕——殺了這男人。這個村子也沒有用處了。」

齊格飛冷酷無情地下達指示。銀框眼鏡男喜孜孜地靠近夏勒，從懷中取出一只小瓶子。

「欸，小子，麻煩你當這瓶毒藥的實驗對象。我想確定致死量是多少。」

銀框眼鏡男神情陶醉地將瓶子湊到夏勒的嘴邊。夏勒一副不願意的態度別過頭，但因為手腳都被綁住，只能做出微不足道的抵抗。

「唔、咕……！」

銀框眼鏡男將小瓶子裡的液體倒進嘴裡後，夏勒的表情立即扭曲起來。他還喝不到半瓶，全身的血管就暴起，痛苦得在地上掙扎起來。只見夏勒臉色青到發白，口吐白沫，發出臨死前的慘叫。瑪荷洛想救他，無奈身體動不了，只能在心中流下血淚。待在齊格飛身邊，就會一而再，再而三地被迫目睹他人的死狀。自己分明不想再看到他人的死狀，可是又有人在眼前遭到殺害了。

「嘎……！咿、咕……！」

幾次劇烈的痙攣後，夏勒的動作終於放緩下來。銀框眼鏡男興味盎然地近距離察看夏勒的死狀。他似乎在寫筆記。

「原來如此，大約一半的劑量就會致死……以時間來看，大概只花了五分鐘吧。」

現場無人理睬面露獰笑觀察屍體的銀框眼鏡男。證明了這男人平常就會做出這種行徑。

（我受夠了……太過分了……我……）

瑪荷洛既沒辦法救人也沒辦法哭泣，只能呆立在原地。

突然間，皮膚感到一陣寒意。

瑪荷洛覺得有些不對勁，直盯著眼前的夏勒。化為遺體的夏勒仍舊躺在地上——但是，他的身體微微晃動，緊接著就看到身體出現疊影。

（這是、怎麼回事……？怎麼搞的……？他還活著？）

起初瑪荷洛一頭霧水，凝視著夏勒的遺體。夏勒的身上疊著另一個夏勒，後者緩慢地動了起來。被這個奇妙現象嚇到的人只有瑪荷洛而已，其他人的目光都不在夏勒身上。難不成，看得見的人只有自己而已嗎？

『唔唔、唔……唔唔……』

從夏勒的身體脫離出來的另一個夏勒，神情痛苦地按住喉嚨。定睛細看後發現，跟化為遺體躺在地上的夏勒相比，從身體脫離出來、神情痛苦的夏勒身影很淡，朦朧不清。

（咦，他該不會是……幽靈、吧？）

瑪荷洛看得目瞪口呆。脫離身體的夏勒搖搖晃晃地邁開腳步，一臉懊悔地狂抓著頭。

『我、我死了嗎……!?可惡，看了那小子的眼睛之後，身體就不聽使喚了！該死，怎麼會這樣……！我竟然洩漏了重要情報……！』

夏勒彷彿失去理性一般大吵大鬧起來，並且撲過去毆打周圍的男人們，然而無論他怎麼打，對方也沒有感覺。看樣子瑪荷洛看見的東西，的確是夏勒的靈魂。對了，研究光魔法一族的瓦特曾說，光魔法的特色就是可跟死者及神靈對話。這就是他說的那種能力嗎？

『唔啊啊啊啊，我該怎麼辦才好？我不想死、不想死、不想死……！』

雖然人已經死了，夏勒仍相當悲憤，難過得不斷用頭撞地板。瑪荷洛想安慰夏勒，無奈他什麼也做不了。

一陣呼天搶地之後，夏勒靠近瑪荷洛。

『這孩子，不是魔法團在尋找的光魔法一族後裔嗎……！為什麼會在這裡？他果然背叛了我們嗎？可是，我看他一動也不動。難不成這孩子也跟我一樣……？』

夏勒步履蹣跚地站到瑪荷洛面前，將手伸了過去。

——身體登時猛然一顫。

當化為靈魂的夏勒用他冰冷的手碰觸瑪荷洛時，原本一動也不動的身體突然動了。瑪荷洛求助似地試圖抓住夏勒的手。結果他的身體隨著夏勒那隻手的動作往前傾。

（可以、動了……!?不，不對，這是——）

瑪荷洛吃了一驚，夏勒的靈魂也驚訝地拉著瑪荷洛的手。緊接著瑪荷洛脫離沉重的肉體，一絲不掛地往前踏出一步。

『怎、怎麼回事……!?』

夏勒錯愕地張大了嘴巴。瑪荷洛走了幾步後，轉身面向後方。出現在眼前的是，無法動彈的自己，猶如人偶一般面無表情地呆立在原地。自己居然一分為二了，瑪荷洛驚詫到說不出話來。而且，這個身體異常的輕，好像一跳就會飄起來。

『靈、靈魂……!出竅了!』

這般大叫後，瑪荷洛更是嚇了一大跳。自己能夠說話。不，實際上瑪荷洛的聲音別說是齊格飛，在場所有人都聽不到。但是，夏勒的靈魂聽見了。

『你、你怎麼……!』

夏勒一副手足無措的樣子看著瑪荷洛。雖然不明白原因，總之瑪荷洛脫離了肉體，而且還是被夏勒拖出來的。

『我叫瑪荷洛。之前我一直動不了，多虧了你，現在終於恢復一點自由。對不起，剛剛救不了你……』

瑪荷洛對著夏勒的靈魂低頭道歉。夏勒瞠目結舌地回頭看向自己的遺體，接著又面向瑪荷洛。

『我、我不小心殺死你了嗎……?』

夏勒驚恐地看向脫離肉體的瑪荷洛。

『不知道，但看樣子我的肉體還活著，應該只是靈魂跑出來而已。況且，其他人都沒發現我們。』

偷偷觀察齊格飛與部下們交談的情況後，瑪荷洛如此確信。眾人都沒注意到，如影子一般飄飄蕩蕩的瑪荷洛與夏勒。

『請問，你……』

正當瑪荷洛要開啟話頭時，忽有一道光自夏勒的頭頂上方照射而來。發白的影子穿過天花板翩然降落，站在夏勒的面前，化為一道道人影。

『爸……！還有奶奶、潔西！啊啊，沒想到還能再見到你們……』

夏勒激動得顫抖，對著人影大聲呼喚。聚集在此的人們面帶微笑，圍繞著哭了出來的夏勒。就連瑪荷洛也曉得，他們是已經往生的故人。夏勒重要的那些人，來迎接他了。

『光魔法一族的後裔，看來我得走了。』

哭了好一會兒後，夏勒被前來接他的人說服，神情落寞地對瑪荷洛這麼說。看來他已接受自己的死亡了。夏勒一副悔恨的模樣狠狠瞪著齊格飛他們，來接他的那些人低聲說了幾句話後，他才像是死了心一般垂下頭來。

『如果有機會的話，麻煩你轉告我的妻子，說我愛她……雖然我很想看一眼即將出世的孩子……』

夏勒神情痛苦地低語，而後雙手掩面。瑪荷洛回答他，雖然現在的自己什麼也做不了，不過日後要是能恢復自由之身，一定會幫忙轉達。

『請問你們有辦法讓我的肉體恢復自由嗎？』

瑪荷洛死馬當活馬醫，試著詢問來接夏勒的那些人。然而他們全都搖頭，之後便包圍著夏勒，隨光芒一同升上空中。他們的身影驀地消失無蹤，瑪荷洛一籌莫展，不知如何是好。

要不要試著再次進到自己的肉體呢？如果沒辦法回到自己的肉體裡，搞不好這輩子就只能當一縷飄來飄去的遊魂了。儘管內心閃過這樣的不安，但瑪荷洛更擔心回到肉體後，自己又會陷入無法動彈的狀態而備受煎熬。

（不如離遠一點看看吧。）

為了打破眼下的困境，瑪荷洛認為需要做點改變，於是他離開仍在與人交談的齊格飛旁邊。要步出房間時，奧斯卡好像突然往這邊瞧，但瑪荷洛穿牆後他並沒有追過來。奧斯卡雖然擁有看得見精靈的眼睛，不過他應該看不見靈魂狀態的瑪荷洛吧。

來到屋外後，瑪荷洛衝向村子的中央。身體宛如一陣風般迅速移動，轉眼間就來到中央廣場。是因為此刻自己處於靈魂狀態嗎？身體十分輕盈，想飛的話也能在空中飄。

（真想就這麼逃走。）

在這股衝動的驅使下，瑪荷洛乘著風飛出村子。村子附近有座森林，瑪荷洛就像被吸進去一般鑽過樹木之間的縫隙往前飛。這時，他注意到，眼前的景色變得與過去截然不同。

『這是、怎麼回事？好驚人啊……』

他發現森林裡的樹木及花朵之間，存在著許多非人之物。那些長著翅膀的小人，一看到四處亂逛的瑪荷洛，便嘰嘰喳喳地鼓譟起來。祂們就是所謂的精靈嗎？外表閃閃發光，模樣看起來很神祕。

『是光之民呀。』

『真稀奇，是光之民耶。』

精靈七嘴八舌地說，聚集到瑪荷洛的旁邊。

『你、你們好。』

瑪荷洛一出聲打招呼，精靈便嚇到似地全部逃開，躲在樹葉的背後。不過，祂們很快又探出頭來，興致勃勃地偷偷觀察瑪荷洛。

（有沒有人能跟我對話啊？話說回來，真不可思議，是因為處於靈魂狀態才看得見精靈嗎？）

正當瑪荷洛打算接近祂們時，林木之間傳來痛苦的低吼聲。他感到好奇而接近聲音的來處，發現樹叢裡有隻白色野獸。由於情況不太對勁，瑪荷洛緩慢地靠近一看，原來是一頭長著雄偉大角的白鹿。可能是中了陷阱吧，牠以奇怪的姿勢倒在地上。

『沒、沒事吧……？』

瑪荷洛趕緊靠過去，探頭察看白鹿。白鹿用那雙漂亮的眸子直盯著瑪荷洛。

『幫幫我，光之子。』

白鹿的聲音在腦中響起，瑪荷洛當即往後一倒。鹿說話了！瑪荷洛驚訝得目瞪口呆，一臉茫然。雖然不知道這能否稱為念波，總之聲音直接在腦中響起。

『是我在說話。我是水之精靈貝菈的僕從，散步時不小心踩中了陷阱。』

得知不是自己聽錯，真的是白鹿在說話後，瑪荷洛便將身子往前探。白鹿要瑪荷洛幫牠，但該怎麼做才好？瑪荷洛知道如何解開白鹿踩中的陷阱，可是處於靈魂狀態的瑪荷洛沒辦法操作陷阱。

『呃，只要按下這個鈕，陷阱就會打開了，但現在的我按不了。對不起。』

儘管試了各種辦法，但就是操作不了陷阱，瑪荷洛露出可憐兮兮的表情向白鹿道歉。

『只要按下這裡就行了吧？』

白鹿拚了命地用鼻頭去按瑪荷洛所指的地方。起先一直無法成功，後來剛剛跑掉的精靈紛紛聚集過來，替白鹿加油打氣，過了一會兒總算解開了陷阱。精靈們都很開心，在瑪荷洛的臉部周圍飛舞。白鹿舔了舔受傷的後腳，舐去流出的血。

『看起來好痛……我很想幫你包紮，可是我碰不到你……』

瑪荷洛很努力地伸手試圖幫忙治療，但他連白鹿都碰不到。就好像雙方處在不同的世界一般，手直接穿了過去。

『不要緊，我請貝菈大人治療就好。』

白鹿忍著痛站起來，剛強地面向前方，然後小步小步地快速走了起來。

『請、請問我也可以一起去嗎？如果你要去見水之精靈，我也想見見祂。我的靈魂出竅了，所以……』

為了設法解除這奇異的狀態，瑪荷洛這般詢問白鹿。白鹿似乎不是普通的野獸，牠的模樣很有威嚴，眼神流露著知性。

『跟我來。』

白鹿輕輕甩頭，轉身背對瑪荷洛。瑪荷洛趕緊追在後面。白鹿忍著痛，一蹦一蹦地往蒼鬱森林的深處奔去。最後牠將瑪荷洛帶到森林深處的湖泊。

白鹿站在湖泊前面，發出不可思議的聲音。那是一種既可算是吼聲，又可算是呼叫的奇妙聲音。隨後彷彿呼應牠的聲音一般，湖面泛起漣漪，一名美麗的女子自水底現身。

『哇……』

瑪荷洛一見到那名女子便覺得閃亮耀眼，不自覺跪了下來。自湖中出現的女子有著白灰色的亮麗長髮，髮絲漂浮於湖面，身上穿著白得發亮的衣裳。

『貝菈大人，有個人類迷路了。他似乎是光之民。』

白鹿這麼向女子報告。女子名叫貝菈——事後白鹿告訴瑪荷洛，貝菈是高等的水之精靈。

『哦，真稀奇。光之民居然出現在地面上。』

貝菈面帶微笑看著瑪荷洛。突然間，那雙眼睛望向村子的方位，略微皺起眉頭。

『村子飄來血腥味。出了什麼事嗎？而且……還張設著奇怪的結界。』

貝菈慢條斯理地滑過湖面，走上瑪荷洛所在的岸邊。隨著距離縮短，光芒變得更加強烈，瑪荷洛覺得晃眼，眼睛都快睜不開了。

『哎呀，你受傷了。踩中了陷阱對吧？』

貝菈先看向白鹿，抬起指尖釋放飛沫。飛沫覆蓋在白鹿的後腳，轉眼間傷口就癒合了。白鹿完全復原，開心地踢起後腳。太好了，瑪荷洛也露出微笑。

貝菈接著俯視瑪荷洛，他趕緊收斂表情，認真地開口道。

『那個……！其實……』

瑪荷洛將自己來到這裡的經過告訴貝菈。自己遭人強行從克里姆森島帶來這裡，後來肉體受到控制失去了自由，此外身為闇魔法一族後裔的齊格飛操縱了村民的意識——貝菈聽完瑪荷洛的說明後，不悅地皺起眉頭。

『你叫瑪荷洛是嗎，如果離開肉體太久，有可能會回不去喔。即便是光之民，過度使用力量的話，仍會使靈魂與肉體錯位。』

貝菈側著頭說，瑪荷洛聞言心頭一驚。

『可是，回到肉體的話我又會無法動彈……請問您知道如何解除施加在我肉體上的束縛嗎？』

瑪荷洛雙手合十向貝菈求助。

『嗯……闇魔法嗎……？不，不對。哦……是那座島的賦禮造成的哪。只要跟施術者保持物理距離，過了一段時間後就會解除吧。大概需要相隔兩個村子的距離。』

聽完貝菈的回答，瑪荷洛的表情頓時開朗起來，但隨即又失望地垂下目光。齊格飛不可能離開瑪荷洛。瑪荷洛具有增強魔法的能力，所以齊格飛總是將他放在身邊。

『齊格少爺擬定了可怕的計畫，我想阻止他。請問有沒有什麼辦法呢？』

瑪荷洛咬著嘴唇這麼說。齊格飛已得知王族聚會的時間與地點，而他一直想要推翻這個國家的體制。因此瑪荷洛推測，齊格飛打算殺害王族，終結安穩的時代。

『無論哪個時代，闇之子的思想都與野獸如出一轍呢……瑪荷洛，我沒有辦法解放你。既然你是光之子，不如去拜託光之精靈王看看？』

『光之……精靈王……？』

聽貝菈提起不曾聽過的名諱，瑪荷洛頓時一臉茫然。貝菈說，精靈王是地位在祂這種高等精靈之上、統領整個種族的王。如果是統領光之精靈的光之精靈王，或許就幫得了他。

『請問光之精靈王在哪裡呢？只要見了面就能認出祂嗎？』

沒見過精靈王的瑪荷洛實在無從想像祂的模樣。對於瑪荷洛的杞憂，貝菈置之一笑。

『光之精靈王就在剛才提到的那座島上。你一眼就能認出來，因為祂擁有我無法比擬的神聖氣質。』

光之精靈王就在克里姆森島上嗎——瑪荷洛一顆心撲通狂跳，冷靜不下來。祂一定就在禁入區吧，只可惜上次造訪時不曉得此事。

『我該怎麼過去呢……？』

瑪荷洛將身子往前探，於是貝菈轉了轉纖長的白指，將水沫噴灑在瑪荷洛身上。

『現在的你脫離了肉體，想去哪裡都去得了。不過，如果你還想當個活人，就不能離開肉體太久。』

當貝菈說完這句話後，瑪荷洛的身體就自動飄浮在空中。祂說自己想去哪裡都去得了，於是瑪荷洛開始在空中飛行。

（好厲害！我在空中飛！）

瑪荷洛用比鳥還快的速度在空中飛行，開心得忍不住歡呼。他以光速飛越好幾個村落，又飛越河川，輕輕鬆鬆就超越鳥獸的速度。

（想去的地方——）

剛剛聽貝菈提起光之精靈王，瑪荷洛認為自己必須立刻前往克里姆森島才行。想是這麼想，但——最先浮上心頭的，卻是諾亞的面孔。他想見諾亞。瑪荷洛突然消失不見，諾亞應該很擔心才是。他想知道諾亞現在怎麼樣了。瑪荷洛隨風前行，心裡只有這一個念頭。

他邊飛邊想著諾亞的面容，突然間一股強勁的力量將他拉走。瑪荷洛還來不及抵抗，身體就被吸向地面。他看到許多建築物，發現這裡是王都。不僅看得到王宮，貴族的宅邸也隨處可見。瑪荷洛被吸進其中一棟位在王宮旁邊、四層樓的石造建築。

（怎麼回事⁉啊……！諾亞學長！）

最後瑪荷洛降落在像是大會議室的地方。十幾名魔法團的魔法士與看似貴族的中高年齡男性，還有諾亞、校長及里昂正圍著長桌談話。是因為自己想著諾亞的面容嗎？瑪荷洛滿心歡喜地趕到諾亞旁邊。

「所以之前我不就說過嗎！那個叫瑪荷洛的孩子應該處死！」

一名剛邁入老年、身材肥胖的男性拍桌大聲發言，嚇了瑪荷洛一跳。他沒想到會突然聽見自己的名字。

「他們殺光了全村的人耶！連當作魔法增幅器的孩子都被搶走了！羅恩軍官學校打算怎麼負責‼」

這名肥胖的老先生擺出高壓姿態俯視校長。原來他們正在討論自己與齊格飛的事。軍方人士似乎沒有出席，但可看到五大世家赫赫有名的貴族們齊聚一堂。

「凱文大人，關於這件事——」

正當校長一臉不悅地開口時，那位名叫凱文的老先生所坐的位置發出嘎叭一聲，桌子瞬間凹陷變形。凱文登時臉色發青往後退，毫不掩飾煩躁情緒的諾亞將上半身往前探。

「豬就別說人話了。」

諾亞對凱文投以冷到幾乎要凍結的目光，撂下這句話。凱文目瞪口呆，氣得渾身發抖。

「噢，失敬，光是可以食用這點，豬就比你更有價值。凱文大人，記得上次作戰時，你也是不出錢出力，只會出一張嘴隔岸觀火。我知道，上次你是怕令郎參與了犯行吧？」

諾亞優雅地起身，露出會讓人看出神的美麗微笑，辛辣地給凱文定罪。

「什……！那、那是……！」

凱文頓時滿臉通紅，坐在旁邊身材魁梧的男性見狀咂嘴道。

「令郎跟您聯絡了嗎？雖然您矢口否認令郎參與其中，但很遺憾，他確實投奔齊格飛成為他的手下了。有倖存的村民可以作證。」

「怎、怎麼可能……！」

凱文勃然變色，抓住旁邊那男人的手臂。

「說、說到底，你們這些學生為什麼來參加這場會議！就算你們是五大世家的直系子弟……！」

「我參加會議用不著你同意。再不閉上你的髒嘴，我的理智就要斷線了。」

相對於激動得大吼大叫的凱文，諾亞的態度越來越冷靜。

「——就此打住吧，諾亞·聖約翰。同意你出席會議，不是為了讓你口出惡言。」

有個男人介入針鋒相對的諾亞與凱文之間。他是坐在中央座位的魔法團魔法士，有著銀色頭髮與紅色眼珠，給人的印象很深刻。年紀大概介於三十五到三十九歲吧，這男人擁有一副鍛鍊過的強壯肉體，衣領別著象徵團長的勛章。

「抱歉，雷蒙團長。」

諾亞順從地坐回位子上，彷彿什麼事也沒發生。凱文低著頭，臉色鐵青。自己的兒子參與犯罪一事曝了光，想必讓他六神無主直打哆嗦吧。

「根據目擊到齊格飛手下或龍的證人所提供的線索，敵人應該就潛伏在這一帶。」

團長使用魔法，在半空中畫出地圖。他們已大致推斷出瑪荷洛被帶去的村落在哪個範圍，對瑪荷洛而言這是很大的鼓舞。

「目前正逐一搜索鄰近的村落。本次的任務是搶回瑪荷洛，以及殲滅齊格飛一行人，各位沒有異議吧？」

團長以詢問的目光掃視會議室裡的與會者。

「萬一敵人拿瑪荷洛當肉盾要怎麼辦？不好意思，我不認為他有人質的價值。他的存在太危險了，這次的任務希望能不問其生死。」

有位魔法士用難以啟齒的語氣這麼說。諾亞聞言目露凶光，團長立即予以否決。

「不，女王陛下已表明不准殺瑪荷洛。齊格飛的魔法，只要拉開物理距離應該就能解除。這件事就照陛下的旨意去辦。」

團長鄭重地宣布。

「團長，剛剛收到消息，返回老家村落的夏勒・多恩失蹤了。他是陪懷孕的妻子返鄉待產，沒理由不告而別。目前已派幾名部下搜索村子。」

坐在團長旁邊的尼可，打開使者送來的信轉述內容。

「鄰近的村子也要找。這件事有些蹊蹺。」

團長聞言目光一閃。得知搜索隊已來到附近，讓瑪荷洛打起了精神。他很想消除夏勒的遺憾，因此祈禱他們早日發現夏勒的遺體。

（諾亞學長他……果真在找我。對不起，害你擔心了。）

在眾人進行討論的期間，瑪荷洛淚眼婆娑地站在諾亞背後。他從後方輕輕抱住諾亞，諾亞當即身子一顫回頭察看。一時之間瑪荷洛開心暗想，諾亞是不是發現自己了，結果諾亞只說了一句「是我多心了嗎」，接著以手將頭髮往後一梳，再度面向前方。現場完全沒有人注意到瑪荷洛的存在。

由於待在這裡也幫不上半點忙，瑪荷洛只好死心，悄然離開。其實他很想一直待在諾亞身旁，但他還有該去的地方。

瑪荷洛再度飄上空中，心裡想著克里姆森島。

下一刻，身體就好似受強勁的引力導引一般飛向西方。這也讓瑪荷洛終於明白，現在的自己只要想著要去的地方，就能抵達目的地。

要前往的那座島轉眼間就逼近眼前，瑪荷洛打算從空中進入禁入區。不料，即便處於靈魂狀態，他仍遭到魔法屏障阻擋而進不去。無可奈何之下，瑪荷洛降落在演習場，準備從之前跟校長走過的那道門進去。

（對了……聽說齊格少爺曾在這附近召喚了某樣東西……）

在森林裡行進途中，瑪荷洛突然想起這件事。瑪荷洛入學之前，這個地方曾發生一起事件，導致魔法社暫時停止活動。當時齊格飛在這裡召喚了某人或某物，之後就失蹤了一段時間。

『咦……!?』

瑪荷洛漫不經心地回憶這件事，想著想著突然踩空，嚇了一大跳。地面消失不見，身體墜入一個很深的洞穴裡。他連忙擺動手腳，但這個洞很深，身體不斷往下墜。就算想飛上去，也有一股無法抵抗的力量將他往下拖。

（怎、怎麼回事!?）

就在他急得正要大叫時，身體輕飄飄地降落在地面上。瑪荷洛嚇得東張西望，結果發現剛才自己分明下墜很長一段距離，此刻卻依然站在原本的森林裡。唯一不同的是——眼前的地面畫著魔法陣，身穿軍官學校制服的齊格飛就站在那裡。

（咦！為什麼!?齊格少爺怎麼會在這裡!?）

本想立刻逃走，但瑪荷洛發覺情況不對勁。齊格飛打開一本頗厚的書，站在魔法陣的中央念著咒語。腳邊擺放著開膛破肚的野獸、青銅製酒杯、照明用的蠟燭與魔法石。

『回應我的命令，在此現身——亞歷山大・瓦倫帝諾。』

現場響起齊格飛嘹亮的聲音。瑪荷洛目不轉睛地看著眼前的光景。齊格飛完全沒發現站在視線範圍內的瑪荷洛，自顧自地揮動法杖。於是瑪荷洛領悟到，這並非現實中正在發生的事。這該不會是……過去的記憶？

瑪荷洛看到，法杖前端綻放七彩光芒，一道白影逐漸在齊格飛的面前形成。

（這難道是，齊格少爺施展召喚術時的……!?）

他屏氣斂息地在一旁看著，出現在齊格飛面前的白影逐漸化為人形。

『喔喔喔、喔喔喔……我的孩子——齊格飛……』

此刻白影變成了男性的模樣，搖搖晃晃地以低沉到不能再低的聲音說起話來。瑪荷洛頓時背脊發涼，想逃出這個地方。齊格飛召喚出來的是他的父親，那名創立邪教團體神國崔尼誦，企圖發動政變的重罪犯。

『父親……』

齊格飛目不轉睛地盯著亞歷山大的身影。

『替我們報仇雪恨……摧毀這個國家……克里姆森島是我們的……去見祭司，取得賦禮……』

亞歷山大搖搖晃晃，用聽不清楚的聲音說道。那道人影滔滔不絕地訴說自己受到的遭遇，並且不斷咒罵女王陛下。齊格飛默默無語地聽著這些話。即使看了他的表情，瑪荷洛也不曉得他在想什麼。

就在亞歷山大千咒萬罵之際，好像有人從學校的方向朝這裡靠近。齊格飛很快就察覺到了，他低聲說了一句『再見了，父親』，然後闔上書本，對著四方揮動法杖，於一瞬間消去魔法陣。野獸的屍骸與青銅製酒杯都扔到草叢裡，接著熄滅蠟燭的火光。

『齊格飛！你剛剛做了什麼!?』

自遠處發出怒吼的人，是諾亞、奧斯卡與里昂。齊格飛並未回應他們的質問，之後就被騎掃帚趕來的校長束縛手腳。戴上鐐銬的剎那，齊格飛露出猙獰的凶相，瑪荷洛還以為校長會被殺死。不過齊格飛隨即恢復理性，乖乖服從。

瑪荷洛懷著不安的心情，目送被帶走的齊格飛。

接下來，瑪荷洛的身體被拉向旁邊，在綠林中移動。一路上只看得到草木，令瑪荷洛十分困惑。途中經過朽壞的神殿，這時他終於發現自己進入禁入區了。就在瑪荷洛感覺到身體被拋到空中的瞬間，璀璨耀眼的水晶光芒包圍著他。

（啊，這、這裡是……水晶宮！）

不知不覺間，瑪荷洛來到了水晶宮。眼前有位用白頭巾蓋住頭髮，身穿全白衣裳的中年男子。看了長相後發現，他是從前瑪荷洛尊稱為導師的祭司。祭司手握一根長木杖，與齊格飛相對而立。大概是沒透過森人引見吧，齊格飛身上的制服有點髒。

『授予你的賦禮為「人心操縱」。代價是——心。』

祭司的聲音響徹水晶宮，下一刻齊格飛抓著心臟的位置，神情痛苦地倒了下去。這一定是齊格飛得到賦禮的那一日。

（齊格少爺失去的是……心？）

瑪荷洛受到雷劈一般的打擊，凝視往日的光景。

齊格飛喘著氣，死瞪著祭司。

『你這是……要我墮落成野獸嗎……！』

面露絕望之色的齊格飛揪著祭司。

『可憐的闇魔法一族倖存者，你將失去許多東西吧。因為喪失了心，今後你將走上血淋淋的道路，成為毀滅國家的唯一者。』

祭司以冷淡的聲調回答，撥開齊格飛的手。看上去力道不怎麼強，然而齊格飛卻好似被彈開一般向後飛去。

（啊啊，原來如此……所以……）

瑪荷洛難過地注視著齊格飛。久別重逢時，齊格飛的冷酷令他耿耿於懷，原來——這就是原因。當時齊格飛愉悅地看著人被燒死的景象。這一切都是因為他失去了心。

齊格飛與祭司消失後，瑪荷洛環顧四周。雖然不明白自己怎麼會來到過去，也許自己有必要知道這些往事。不過，他差不多想回到現在了。

（原本的地點……原本的地點……對了，我要去見光之精靈王。）

瑪荷洛在心裡拚命地這麼想後，身體驀地被抬了起來，這次是被拉向上方。他先是被吸進明亮的光芒裡，而後被扔在草叢上。想見諾亞時自己能前往諾亞的所在之處，但現在想見光之精靈王，來到的地方卻空無一人。難道沒辦法前往素未謀面的對象所在的地方嗎？

『回來了……嗎？』

瑪荷洛張望著四周，站了起來。也許回到原本的地點了，但天空不知何時已變暗，閃爍著星光。瑪荷洛忍不住摩擦雙臂。總覺得好冷。之前他幾乎感覺不到溫度，現在卻突然覺得寒冷。

（這是……通往另一邊的門。）

走著走著，瑪荷洛來到通往禁入區的岩壁。岩壁高聳入雲。變成這副模樣後，瑪荷洛能穿越任何牆壁或天花板，但卻無法直接通過這面岩壁。記得當時校長對著岩壁講了一段話。

『我叫……瑪荷洛，不知道雙親的名字……想前往另一邊，與光之精靈王見上一面……』

瑪荷洛講不出校長之前所說的內容，於是試著向岩壁報上名字。記得校長還在岩壁上畫了某種圖案。瑪荷洛試著將手掌貼在岩壁上。下一刻，一道光線照射在岩壁上，岩壁消失，變成一道門。瑪荷洛開心得雙眼發亮，推開那道門，來到另一邊。

『瑪荷洛來了。』

『光之子回來了。』

瑪荷洛一踏進禁入區，光點便從四面八方靠了過來，七嘴八舌地竊竊私語。上次瑪荷洛只看得到光點，現在他可以看清楚精靈的模樣。祂們張著金色的翅膀，親暱地在瑪荷洛的周圍飛舞。

『呃，不好意思，我想見光之精靈王……』

瑪荷洛下定決心，對著精靈們說道。

『這邊。』

『在這邊～～』

精靈們在空中飛舞，引導瑪荷洛。瑪荷洛追著精靈，心想這樣一定能見到光之精靈王。

到底走了多久呢？感覺越來越寒冷，冷到牙齒都打顫了。身體沉甸甸的，連要挪動雙腳都很勉強，呼吸也變得急促。全身冷得像要結凍一樣，走起路來也踉踉蹌蹌。好奇怪，禁入區有地熱，理應一直都很溫暖才對，而且察看周圍也沒發現令人寒冷的東西呀。

（我是、怎麼了呢……？糟糕，意識……快要……）

瑪荷洛痛苦地呼吸，最後終於倒在草叢上。在前面帶路的精靈們驚訝地聚集過來。

『瑪荷洛～～』

『你怎麼了？為什麼睡著了？』

『他是不是死了？』

『咦～～』

聚集到瑪荷洛身上的精靈們七嘴八舌地鼓譟起來。有的精靈拉扯瑪荷洛的頭髮，有的精靈試圖搬動他的手指，但瑪荷洛意識模糊，連聲音都發不出來。

『快去請光之精靈王過來～～』

幾名精靈這般大叫，飛去某個地方。這就是最後的記憶，接下來瑪荷洛便失去了意識。

口感清涼的液體灌入嘴裡。

瑪荷洛撐開沉重的眼皮，頂著昏沉的腦袋仰望抱著自己的人。那人太過耀眼，讓他睜不開眼睛。抱著瑪荷洛的是一名俊美的男子，金色長髮披垂而下。男子全身發光，散發著一股難以言喻的芳香。

『瑪荷洛。』

聽到對方呼喚自己的名字，閉起眼睛的瑪荷洛戰戰兢兢地再次睜眼。英俊到令人害怕的男子，正慈祥地凝睇著自己。他身穿白衣，頭戴黃金王冠，有著一雙清澈如黃水晶的眼眸。視線交會的瞬間，瑪荷洛一下子就想起眼前的男子是誰。

——光之精靈王。祂是統轄此地的特殊存在。

不知怎的，淚水奪眶而出，胸口發熱發燙。也許是面對光之精靈王，靈魂情不自禁地感到歡喜吧，眼淚流個不停。小時候，自己似乎很親近這位精靈王。

『您是……您是光之精靈王，對吧？』

瑪荷洛的聲音在顫抖。面對接近神的存在，原來這麼令人滿心喜悅與感動嗎？

『光之子——瑪荷洛，我在你誕生之時，曾贈與你祝福之吻。』

光之精靈王露出溫柔的微笑，親吻瑪荷洛的額頭。原本綿軟的身體立刻恢復力氣，呼吸變得順暢多了。他趕緊從光之精靈王的臂彎裡爬起來，跪在地上。自己不知何時來到了草原。這裡是森人聚落的附近嗎？

『我、我是最近才得知，自己是光魔法一族的人……然後，現在……』

瑪荷洛正要說明時，光之精靈王優雅地站起來，白衣的下襬隨之搖曳。

『我很想跟你慢慢聊，但你穿越時光了吧？靈魂離開肉體太久，此刻正處於很危險的狀態。你最好趕緊回到肉體裡。』

光之精靈王望向東方，冷靜地說道。

『咦……！啊，剛剛果真是回到了過去？您說危險，我離開了那麼久嗎？』

光之精靈王的俊美臉龐蒙上陰影，瑪荷洛頓時感到不安。

『穿越時光後，時間感會與現實世界產生落差。你離開肉體後，已經過了七

天吧。再不回去的話，肉體與靈魂便會錯位，導致四肢再也無法動彈。』

『什麼!?』

瑪荷洛以為才過了幾個小時，沒想到現實世界似乎已過了七天。瑪荷洛當即臉色發青。

『我、我的肉體被齊格少爺控制住了……！』

雖然知道必須快點回到肉體裡才行，但原本來到這裡的目的，是為了解除齊格飛的異能。瑪荷洛著急地這麼說後，光之精靈王朝瑪荷洛吹了一口氣。

『回到肉體後，只需等半個時辰就能動了吧。你快走吧。』

光之精靈王輕聲說道，瑪荷洛低頭向祂道謝。這一趟沒有白跑。一想到這樣就能打破現狀，他便感到安心而紅了眼眶。

『精靈王……您……您是不是在我還小的時候，曾對我說……』

離開之前，瑪荷洛無論如何都想問這件事。光之精靈王露出微笑，周圍開始閃爍著光芒。

『我對你說，打開那道門。你有你的使命。』

光之精靈王以充滿慈愛的嗓音喃喃細語。小時候對自己說「打開那道門」的人，原來是光之精靈王啊。為什麼自己會忘了這麼重要的事呢？

『動作快，王都已化為戰場。』

光之精靈王的眼裡閃動著嚴肅的光。瑪荷洛告訴祂『我會再來的』，隨後就邁步離開了現場。王都已化為戰場——在這七天的時間裡，齊格飛肯定為了殺害王族而展開行動。既然自己能增強魔法的威力，為了保護諾亞他們，自己必須盡快趕回去才行。

瑪荷洛宛如一陣風般疾速飛了出去。

4 流轉

瑪荷洛在心裡祈求「我想回到自己的肉體」，隨即有一股相當強勁的力道拉走他的靈魂。他橫越大海，經過好幾座村落與山岳，一路被拉回到王都。瑪荷洛看見位在王都東邊的某棟宅邸，猜想自己的肉體就在那裡。脫離肉體的這七天，瑪荷洛被帶到王都，此刻就在眼前的宅邸裡。正當瑪荷洛為可怕的預感而膽寒時，靈魂穿過了那棟宅邸的屋頂，飛進一樓大廳。

齊格飛與他的手下，以及王國的禁衛騎士、禁衛兵與魔法團的魔法士正陷入混戰。幾十頭闇魔獸在大廳裡跑來跑去，地板化為一片血海。幾名身穿豪華禮服的女性倒在地上，氣絕身亡。下任國王亨利王太子的遺體躺在紅色地毯上。

（啊、啊、啊……）

儘管有股強烈的排斥感，瑪荷洛的靈魂最終仍成功回到肉體裡。身體突然感受到重力，連要站立都很困難。瑪荷洛透過自己的眼睛觀察四周。齊格飛正站在他的旁邊，揮動法杖使禁衛兵飄浮在空中。

（必須、逃走、才行……）

瑪荷洛試圖挪動沉重的身體，但他依舊連一根手指都無法隨意活動。光之精靈王說只要等半個時辰就能動，可現在一刻也不容耽擱。自己必須快點阻止這場殺戮才行。

「瑪荷洛？」

將幾名禁衛兵摔死在地上後，齊格飛似乎注意到了什麼而轉頭察看。突然間，眼前的景物翻轉過來，瑪荷洛倒在地上。就像提線木偶的線斷了一般，雙腳再也站不住。本來以為自己終於能靠自己的意志活動身體，結果並非如此。瑪荷洛的身體倒下來後依舊動彈不得。

（該不會是……全身癱瘓？）

光之精靈王說過，長時間離開肉體的話，四肢就會無法動彈。瑪荷洛相當驚慌。齊格飛困惑地抱起瑪荷洛的身體。

「怎麼回事？看起來也不像是異能解除了……」

他納悶地喃喃自語，將瑪荷洛扛在肩上。大廳裡隨處可見正在戰鬥的魔獸與魔法團魔法士。禁衛騎士與禁衛兵幾乎陷入無法戰鬥的狀態，亨利王太子的次子遺體則垂掛在天花板的枝形吊燈上。鮮血滴落而下，將地毯染成深紅色。

『齊格飛大人，倖存的王族似乎逃進祕密通道了。』

齊格飛走向大廳的門口時，一頭黑色野獸跑到他的眼前。野獸用瑪莉的聲音說話。原來瑪莉變身成野獸屠殺敵人。

「那裡已經攻陷了。」

齊格飛扛著瑪荷洛步出大廳。綿長的走廊上到處都是禁衛兵的屍體。背後傳來數道腳步聲，一顆火熱的大球緊接著飛了過來。齊格飛揮一下法杖，輕而易舉地閃過火球使之爆炸。走廊中央轟出一個大洞，現場煙霧瀰漫。

「齊格飛!!」

聽到熟悉的聲音，瑪荷洛試圖抬起頭。然而，身體不聽使喚，連要出聲都沒辦法。諾亞就在煙霧的另一邊，瑪荷洛在他身上感受到一股強烈的怒意。

「把瑪荷洛還給我!!」

腳下的地板出現裂痕，齊格飛猛力一跳。剎那間，齊格飛與諾亞隔著煙霧互瞪。但就在諾亞要追上去時，天花板崩落下來堵在走廊中間。

「走吧。」

齊格飛呼叫瑪莉，繼續往內側跑。繞進轉角後，前方是一條死路。不過，齊格飛從懷裡取出某個東西按在牆壁上。接著，牆上突然畫出魔法陣。

齊格飛拿著的是從手腕處砍下來的「人手」。那隻手的主人不久之前還活著吧。切面很新，皮膚與滲出的血也都很新鮮。

（是某位王族的……手。）

瑪荷洛頓時毛骨悚然。

原來這面牆要感應到王族的手才會開啟。看到眼前的牆壁變成一扇門，瑪荷洛膽顫心驚。齊格飛推開那扇門，走進黑暗的走廊。

『這是……只供王族使用的祕密通道……!!』

瑪莉抽動鼻子嗅了嗅，奔跑在幽暗的走廊上。齊格飛扛著瑪荷洛，以法杖當作照明跑在前頭。祕密通道的前方有扇發光的門。隨著亮光逼近，瑪荷洛逐漸感受到動盪不安的氛圍。

齊格飛推開那扇門，眼前又是長長的走廊。不過，這次分成左右兩條路。齊格飛毫不猶豫地往右邊的走廊前進。

「闇魔獸，聚來。」

齊格飛邊跑邊念咒語，接著拿法杖敲地板。隨後，闇魔獸便哮吼著從地板現出身影。法杖每敲一次，就有一頭闇魔獸跳出來。

跑了五分鐘後，又看到一扇門。那扇門浮現在微光之中，齊格飛、瑪莉以及闇魔獸群朝著那個地方奔去。地板略微傾斜，看樣子他們正逐漸往高處移動吧。

（啊啊……）

瑪荷洛拚了命地嘗試活動手腳，可身體還是動不了。說不定異能早已解除，只是自己不幸陷入全身癱瘓的狀態——腦海倏地閃過這個疑念，瑪荷洛希望不是如此。畢竟諾亞就近在咫尺了呀。

齊格飛抵達那扇門，猛力將門打開。明亮的光線占據視野，被齊格飛扛在肩上的瑪荷洛試著觀察現在的狀況。

這是一個格外寬敞的房間，應該是王宮裡的某處吧。延伸至天花板的粗柱等距排列，長長的紅地毯前端是黃金寶座。這裡說不定是謁見廳。窗外看得到的景色只有一片天空。人們的怒號，劍撞擊彈開的聲響，以及——倒在地上的無數男女。一時之間瑪荷洛感到恐懼，但他沒聞到血腥味。所有人可能都被迫陷入睡眠狀態了吧。

（倒在地上的是王族……!?而且，禁衛騎士與禁衛兵居然……自相殘殺!?）

瑪荷洛會吃驚也是正常的。因為正在拿劍互砍的那些人，是屬於同個陣營的禁衛騎士與禁衛兵。他們肯定被齊格飛的異能操縱了。

『我去把手下帶過來。』

維持野獸模樣的瑪莉奔向後方的出口。

「奧斯卡!!」

齊格飛的視線前方，有位老婦人從另一扇門出現。身穿深紫藍色禮服的老婦人一副懊悔的表情，將法杖揮向牆壁。站在牆邊的奧斯卡見狀當即畏縮退卻。

「糟糕，奶奶來了呀。這下麻煩啦，我先溜了。『誘惑沉眠』已經失效，你們可以進來了。」

奧斯卡一見到老婦人的臉就轉身要跑。老婦人在念咒的同時，不斷用力揮動法杖。緊接著，現場突然颳起一陣強風，纏住奧斯卡的腳。見身體飄浮起來，奧斯卡「哇！」地大叫一聲並在半空中揮動法杖。

「少礙事。」

齊格飛朝老婦人放出闇魔獸。闇魔獸發出讓人想摀住耳朵的咆哮，一同對老婦人露出獠牙。老婦人立即施展風魔法，以風刃割裂魔獸。儘管肉體遭割裂而噴出鮮血，仍有幾頭魔獸咬住老婦人的手腳。

「啊！慢著，放過我奶奶啦！反正她來日不多了！」

站到地上的奧斯卡趕向遭魔獸襲擊的老婦人。

「女王在哪裡？」

齊格飛走近寶座，察看倒在旁邊的男女。

「不知道，不過倒在那邊的都是魔法團的魔法士和王族啦。唔哇！奶奶挺厲害的嘛！」

奧斯卡望著闇魔獸被拋到空中的景象，以不合乎場合的開朗態度讚嘆道。反觀自相殘殺的禁衛騎士與禁衛兵接二連三倒下。

「奧斯卡，你……！居然背叛家族……！」

老婦人氣得表情扭曲，將最後一頭魔獸摺倒在地。

「奶奶，生氣對身體不好喔。妳先睡一下吧。」

奧斯卡面露苦笑，抬手指著老婦人。老婦人聞到濃烈的花香，旋即感到強烈的睡意，膝蓋一軟跪在地上，但她迅速從懷裡拿出刀子，刺入自己的腳。老婦人疼得瞪大雙眼，使勁站穩腳步。

「奧斯卡……!!這是愚蠢到指定你為繼承人的我，必須完成的最後一項工作！我要殺了你，盡到我們家族的責任！」

血滴落在老婦人的腳下。她將自己的腳刺到流血，試圖靠疼痛與強韌的精神力擊退奧斯卡的獨立魔法。老婦人念起咒語，將法杖舉向空中。

「不會吧，奶奶好厲害啊。有一大群精靈聚集過來了。」

奧斯卡一副看得入迷的樣子讚美老婦人。真不敢置信，老婦人正使用強大的魔法對抗異能。空氣遭到壓縮，皮膚發麻刺痛。

「喂喂喂，現在是欽佩的時候嗎？這下不妙了。」

雷斯特從柱子後面探出頭來，將手掌貼在地板上，下一刻就變身成一頭紅色野獸。他的模樣跟瑪莉不同，是一頭比人類大上好幾倍的巨獸。鬃毛飄揚，身軀柔韌，額頭還長角。雷斯特以驚人的速度衝向老婦人。

「唔、咕……!!」

老婦人沒能完全避開雷斯特，被他撞飛到牆壁附近。老婦人積而未發的強大魔法則轟向天花板，地板因這股衝擊而震動搖晃。

「咦——！等等，奶奶，剛才妳是真的想殺了我嗎？我有點受到打擊呢。」

被魔法威力嚇到的奧斯卡接近老婦人，將左手掌朝向她的臉龐。

「奶奶，我不想讓妳受傷，妳就睡一下吧。」

「女王陛下！」

奧斯卡再度發動「誘惑沉眠」，幾乎同一時間，門猛地敞開，身穿魔法團制服的一群人也趕到現場。除了雷蒙團長、尼可與大批魔法士外，諾亞與里昂也在其中。魔法士立刻將法杖舉向齊格飛他們，念起咒語。突然颳起的強風將奧斯卡的「誘惑沉眠」吹向他的後方。奧斯卡輕輕咂嘴，繞到齊格飛的背後。緊接著使用了防禦魔法，只見他施展水魔法製造屏障，擋住魔法士施展的火魔法。

『齊格飛大人！』

瑪莉帶著齊格飛的手下從另一扇門回來。齊格飛將法杖朝向地板念著咒語，隨後闇魔獸就接二連三地從地板冒出來，發出咆哮衝向魔法士。齊格飛一直轉著法杖，低聲念著咒語。瑪荷洛感到一股令皮膚刺痛的沉重壓力。雞皮疙瘩都爬了起來，背脊一陣顫慄。

齊格飛靠近交疊倒臥在地上的男女。他們都擁有王室血統，因為中了奧斯卡的異能而陷入沉睡。當中有女王陛下與亨利王太子的妻子，以及王太子的兒子與女兒。約有十個人躺在這裡。齊格飛以法杖對著空氣畫圓。

「『惡食幽靈』，出來吧。」

齊格飛對著畫出的圓圈這麼呼叫。下一刻，白色的人形之物就從法杖畫出的圓圈現身。瑪荷洛登時發出無聲的尖叫。這景象就是如此的令人震驚，沒想到齊格飛竟然能將「惡食幽靈」呼喚出來。那是之前，瑪荷洛在克里姆森島的禁入區遇過的恐怖怪物。祂的眼睛是兩個黑色窟窿，全身垂掛著猶如海藻的東西。一發現活動之物，「惡食幽靈」就會在瞬間奪走其性命，齊格飛卻在現場接連喚出這種災厄。

「服從我命，聽我號令。奪走倒地者的生命。」

令人驚訝的是，齊格飛居然在操縱「惡食幽靈」。

七隻「惡食幽靈」聽從齊格飛的命令，完全不理會活動中的魔法士或闇魔獸，搖搖晃晃地進入倒地的男女體內。之後，遭「惡食幽靈」附身的男女便身體抽搐，口流鮮血，恐懼地瞪大眼睛，就此一命嗚呼。「惡食幽靈」一旦進入活物體內奪走其性命，就會在那具肉體裡待上一晚。

「先殺女王！數量不夠嗎……！」

齊格飛焦躁地這般罵道，與此同時發生了一件神奇的事。眼前的空間突然扭曲，有個人出現在昏倒的女王陛下身前——是銀髮紅眼的魔法團團長。齊格飛為了防止礙事的魔法士接近他，一直保持距離進行攻擊，所以才會在一瞬間，被突然出現的團長乘虛而入。

團長抓住女王陛下，以及最靠近他的青年身體。下個剎那，他死盯著齊格飛，於腳下喚出魔法陣。

「你該不會——」

就在齊格飛打算派「惡食幽靈」發動攻擊時，團長與他抓著的那名青年消失了。那個地方已空無一人，讓人有種看到幻影的錯覺。

「剛剛那是怎樣？」

奧斯卡看傻了眼，這般喃喃自語。

「原來如此，團長的賦禮是『轉移魔法』……！女王被他帶走了！」

齊格飛憤恨地吐出這句話。

「到此為止了嗎？全員撤退——！」

發覺自己誤判團長的異能後，齊格飛當機立斷退到窗邊。魔法士以劍劈開闇魔獸，並試圖以火魔法斬斷敵人的退路。然而，化身為紅色巨獸的雷斯特即使遭火吞噬也不會燒傷，他用銳利的爪子撕裂魔法團的魔法士，逐漸破壞他們的陣形。

「『惡食幽靈』，吃光他們。」

齊格飛再度畫圓，喚出「惡食幽靈」。從圓圈裡出現的無數隻「惡食幽靈」，搖搖晃晃地走向剩餘的王族與魔法士。任何魔法與攻擊，都會直接穿過「惡食幽靈」，只見王族與魔法士接連遭到附身而斃命。

這樣下去大家都會被殺死的。一隻「惡食幽靈」就夠凶惡了，威脅卻接二連三地增加。得快點想個辦法才行！瑪荷洛急得如熱鍋上的螞蟻。

（啊……）

手指微微動了一下。瑪荷洛拚了命地使出身體的力氣。眼皮痙攣似地抖動，瑪荷洛感覺到神經一點一點地連接起來。

「齊格飛!!」

「惡食幽靈」減弱了魔法團的攻勢，齊格飛便趁機扛著瑪荷洛準備從窗戶撤退。這時諾亞繞了過來。一看到受齊格飛控制的瑪荷洛，諾亞頓時怒髮衝冠。

「我絕對不會……讓你逃掉！」

這般大吼後，諾亞隨即朝著齊格飛伸出雙手。他發出低吼聲，握緊拳頭。

下一刻，齊格飛與奧斯卡的法杖應聲裂開，地板出現裂痕。瑪莉與其他的獸化者們發出慘叫跳上空中。他們的身上出現無數傷口，血沫橫飛。

「唔！這是……！諾亞！」

奧斯卡施展風魔法以空氣包圍身體，一邊進行防禦一邊擠出聲音吼道。奧斯卡、齊格飛、瑪莉與雷斯特這些能使用魔法的人立刻施展防禦魔法，但齊格飛那些無法使用魔法的手下，則一同發出臨死前的慘叫。

「唔嘎啊啊啊啊!!」

「咕啊啊……!!」

「呀啊啊!!」

恐怖的骨頭粉碎聲此起彼落。一轉眼鮮血就噴濺到地板與天花板上，有的人手腳被扯斷，有的人腹部破裂，一瞬間就沒了命。這幅慘絕人寰的景象，不光是齊格飛他們，連魔法士們都嚇得僵立原地。

轉瞬之間，大量的生命便慘遭消滅。

「唔、唔……」

諾亞的黑色長髮倒豎，身體抖個不停。看到現場的慘狀，就連齊格飛都瞪大了雙眼。因為諾亞並未念咒語，就殺死了齊格飛大批的手下。此刻，諾亞的身體周圍爆出火花。原本的高貴美貌扭曲猙獰，呼吸急促紊亂。

「『惡食幽靈』，吞噬諾亞。」

齊格飛這般命令搖來晃去的「惡食幽靈」。數隻「惡食幽靈」搖搖晃晃地接近諾亞。可是，當祂們前進了一段距離後就停下來，轉個方向離開諾亞。

「怎麼回事⁉」

這情景看得齊格飛心焦氣躁。至於諾亞本人則因體內的力量失控，連要站著都很勉強。

「力量……沒辦法控制……！」

諾亞用痛苦的聲調喃喃自語，四肢不斷發抖。瑪荷洛滿心焦慮。必須快點阻止才行，還差一點自己就能動了啊！

「唔……！」

齊格飛逸出一聲忍痛的悶哼，將瑪荷洛放下來，護在背後。他的手臂承受著看不見的壓力，逐漸彎曲變形。面對諾亞散發的駭人壓迫感，齊格飛的手臂終於承受不住而發出骨折聲。他痛得攢眉蹙鼻，凝神死盯著諾亞。

諾亞正試圖破除防禦魔法，殺死齊格飛。但是，諾亞的魔法不只針對齊格飛，齊格飛周圍的人也全遭到看不見的壓力襲擊。要不是被齊格飛護在背後，瑪荷洛的四肢也早就斷了吧。

「臭小子，你的頭髮……⁉」

也難怪齊格飛會激動到聲音拔尖。因為，在諾亞周圍迸濺的火花越漸猛烈，他的頭髮也隨之由黑轉紅。

「諾亞！不可以！」

某處傳來尼可的呼喊聲，但諾亞摀住雙耳大吼：「唔唔唔唔啊啊！」

當下地板崩塌，附近的柱子爆炸噴飛。瑪莉被碎片撞倒，當她踉踉蹌蹌地爬起來時，渾身都是傷。儘管如此，她依然拚了命地奔向齊格飛。

「啊啊啊……!!不可原諒！殺了你，我要殺了你!!」

諾亞嘶聲厲吼，完全失去理智，滿腦子只有對齊格飛的殺意。地板上的破洞逐漸擴大，建築物開始崩毀。齊格飛目不轉睛地盯著諾亞。此時又有鄰近的柱子崩裂倒塌，碎片與煙霧降低了能見度。

「原來如此，我在你身上感到的異常是……諾亞——殺人很快樂吧？」

齊格飛的手臂分明很痛才對，可是臉上卻掛著微笑，彷彿感到愉悅似的。諾亞眼神渙散，跪在地上喃喃說著：「我……我……！」諾亞周圍的東西全都應聲破壞、壓扁、粉碎。

——突然間，瑪荷洛能夠正常呼吸了。

身體終於恢復自由了。他從齊格飛的背後溜走，穿過崩塌的地板，喘著氣奔向諾亞。齊格飛回過神來，伸手要抓瑪荷洛，但此時雙方已拉開距離。在諾亞引發的破壞下，地板震動搖晃，噴飛的碎片割傷了臉頰與手臂。儘管如此，瑪荷洛依舊毫不猶豫地朝諾亞奔去。

「諾亞學長！」

諾亞甩亂倒豎的紅髮，大吼大叫。強風在他的周圍旋繞。尼可無法靠近他，只能束手無策地在一旁乾著急。

「諾亞學長!!」

瑪荷洛再一次大聲呼喚。諾亞略微抬起頭，包圍著他的強風緩和下來。瑪荷洛趁機衝過去抱住諾亞，連同凌亂的頭髮一起擁入懷裡。

「我在你身邊！諾亞學長！」

瑪荷洛大聲叫道，緊緊抱住諾亞。沒想到能夠隨心所欲地使用雙手，竟是如此令人欣喜的事。旋轉的強風切斷瑪荷洛的頭髮，劃破衣服與皮膚，但他依舊用力抱緊諾亞。火花迸散，身上到處都覺得滾燙，還有刺刺麻麻的痛。之前瑪荷洛的魔力失控時，諾亞也是這麼抱緊他。

——諾亞學長，快想起那一日的事。拜託你，冷靜下來。

「瑪荷、洛……」

諾亞的眼睛逐漸找回焦點，旋繞著他的風也隨之平息下來，不久火花也消停了。

可是，諾亞的頭髮仍是紅色的。

諾亞茫然地喃喃說道，注視著瑪荷洛。他不自覺地抱緊瑪荷洛後，便突然失去力氣。雖然呼吸聽起來很難受，但或許是躺在瑪荷洛臂彎裡的緣故，他的表情很平靜。

「我……做了什麼……」

魔法團的某個人喊道，各方陣營的人在快要崩塌的建築物內混雜交錯。瑪荷洛像是要保護諾亞般一直抱著他。

「齊格飛逃走了！」

齊格飛一行人撤退後，現場依舊混亂到了極點。「惡食幽靈」全跑進留在現場的王族與魔法士的身體裡。遭「惡食幽靈」侵入的身體必死無疑，團員們的怒號與悲嘆此起彼落。

尼可帶著僵硬的表情，趕到緊抱著諾亞的瑪荷洛身邊。諾亞失去意識，尚未清醒。原本的黑色長髮，現在變成紅色的。瑪荷洛不明白，為什麼諾亞的頭髮會變紅，也不明白尼可為何毫不驚訝。

「瑪荷洛，幸好你平安無事。」

尼可蹲下來，將手貼在諾亞的臉頰上。諾亞和瑪荷洛的手、臉頰、身體都有無數的燒傷，諾亞的紅髮也有部分燒焦了。

「我一併治療你們兩個吧。」

尼可取出法杖，施展水屬性的回復魔法。溫暖的光芒傾注而下，治癒瑪荷洛身上的割傷與燒傷。眼前可見治療傷患的魔法士，以及將一息尚存的闇魔獸收拾乾淨的禁衛騎士。在這些身影當中，還看得到面無血色地辨認王族遺體的里昂。

「團長！」

團長回到混亂的現場，快要崩塌的建築物與現狀看得他表情嚴肅。

「女王陛下已到安全的地方避難了，有餘力的人去追擊逃亡者。無法用回復魔法治療的傷患就抬到外面，這裡搞不好會崩塌。」

團長以宏亮的嗓音下達指示。大概是因為得知女王陛下平安無事，以及見到團長本人而鬆了一口氣吧，魔法士們明顯恢復了活力。

「唔……」

諾亞在瑪荷洛的臂彎裡醒來。尼可的回復魔法發揮了效果。諾亞皺著臉爬起來，一看到瑪荷洛便抖動著嘴脣。

「瑪荷洛……」

諾亞抬起沉甸甸的手臂，抱緊瑪荷洛。闊別多日再次感受到諾亞的體溫，瑪荷洛不由得熱淚盈眶。諾亞不斷叫著瑪荷洛的名字。

「諾亞學長，對不起。因為我的身體無法動彈……」

一想像自己待在齊格飛身邊的期間，諾亞有多擔心自己而急得發狂，瑪荷洛就覺得很對不起他，淚水再也止不住。諾亞親吻瑪荷洛的頭髮與臉頰。

「諾亞學——」

話說到一半就被吻堵住，瑪荷洛默默地環抱著諾亞的背。正當諾亞深吻著瑪荷洛時，團長出現在他的背後，站在旁邊的尼可面露苦澀的表情。

「諾亞·聖約翰。」

團長自背後呼叫名字。諾亞鬆開瑪荷洛的唇，擺出「別打擾我們」的表情回頭看向團長。

「我是魔法團團長，雷蒙·杰曼里德。」團長對上瑪荷洛的目光，以沉穩的聲調報上姓名，「諾亞，我明白你驅敵有功，但我們必須針對你的髮色進行審訊。不好意思，我要逮捕你。」

團長一副公事公辦的態度這麼說。瑪荷洛心跳加快，仰望尼可向他求助。尼可神情痛苦地別開目光。

諾亞的髮色——現在的諾亞有著一頭紅髮。在這個國家，紅髮是闇魔法一族的象徵。可是不久之前，諾亞的頭髮分明是黑色的呀。

「怎麼這樣……」

瑪荷洛抱住諾亞，以央求的眼神看著團長。

「要是拒絕呢？」

諾亞擺出嫌煩的樣子仰頭看著團長說。

「希望你別反抗，畢竟這次的事也要感謝你的協助。如果你不想跟那位少年分開，那就兩個人一起拘禁吧。」

團長揚起眉毛這麼回答後，叫來一名魔法士。諾亞瞥了瑪荷洛一眼，嘆了口氣。自稱伊莎貝爾的女魔法士，臉色鐵青地站在諾亞前面。

「知道了，如果跟他關在一起我就配合。先聲明，我也不知道頭髮為什麼會變紅。」

諾亞一手勾著瑪荷洛的肩膀，懶洋洋地站起身。瑪荷洛也站起來，不安地依偎著諾亞。尼可一副有話想說的表情看著團長，但最終咬著嘴唇，收起法杖。

「那麼伊莎貝爾，帶這兩人到魔法團的地下隔離室。」

「遵命。」

伊莎貝爾向團長敬禮，接著拿出法杖念咒語。下一刻，瑪荷洛與諾亞的手腕就戴上了手銬。

「我不是說了嗎，就算沒這玩意兒我也不會反抗。」

諾亞目露凶光俯視伊莎貝爾，下個瞬間手銬就粉碎了。這股力量是諾亞擁有的異能「空間干預」吧。伊莎貝爾嚇得往後一退，以眼神請示團長。見團長沉穩地點頭，伊莎貝爾便用膽怯的語氣催促諾亞與瑪荷洛：「往這邊走。」

「尼可，待會兒我有事要跟你談。」

跟在伊莎貝爾的後面時，瑪荷洛聽到團長低聲對尼可這麼說。諾亞也回頭看向尼可。

「大哥他知道什麼。」

諾亞悄聲說，將瑪荷洛的肩膀摟向自己。

瑪荷洛跟著伊莎貝爾的背影，邊走邊察看吵嘈雜沓的四周。現場有許多死者及傷患。魔法士正激烈爭論，該怎麼處理遭「惡食幽靈」殺害的人。校長說過，「惡食幽靈」若是跑進身體裡，最後只能將遺體燒毀。要不然過了一晚，遺體就會爬起來，再去殺害其他人。這個國家一般都是採取土葬，焚燒遺體代表死者是犯罪者或染上疫病而死。這種行為會給遺族帶來難以承受的痛苦。尤其這次，絕大多數的王族都被「惡食幽靈」殺死。究竟該怎麼辦才好？

（諾亞學長……）

至於最大的問題，就是發揮了驚人威力的諾亞。他的異能差點就摧毀王宮。目前仍有一部分的地板持續崩塌，甚至能從這裡看見樓下的內部裝潢。齊格飛應該沒料到諾亞的力量竟如此強大。他也誤判團長的能力，所以才會在計畫執行到一半時選擇撤退。齊格飛似乎能不斷叫出「惡食幽靈」。恐怕「惡食幽靈」就跟闇魔獸一樣，是闇魔法一族能駕馭的東西。魔法對「惡食幽靈」無效，拿劍砍祂們也會直接穿過去，換言之，魔法攻擊與物理攻擊對祂們都是沒用的。而且，祂們還聽從齊格飛的命令。

（為什麼「惡食幽靈」不攻擊諾亞學長呢？難道是因為，諾亞學長是闇魔法一族的人……？學長不是火魔法一族的人嗎？這麼說來，之前在禁入區的地下道裡，「惡食幽靈」也一直盯著諾亞學長……）

腦中閃現了好幾段記憶。瑪荷洛帶著紛亂的思緒邁動步伐。

瑪荷洛與諾亞被帶到蓋在王宮旁邊的魔法團總部，也就是瑪荷洛靈魂出竅時，從上空俯瞰到的四層樓石造建築。這座大型設施裡，包含了魔法團團員使用的練習場、會議室與宿舍等空間。伊莎貝爾領著瑪荷洛他們走入正門，經過長長的走廊，再從內側的樓梯前往地下室。

地下室的牆壁散發淡淡的光芒，每個房間都畫著魔法陣。房間大小各異，伊莎貝爾帶瑪荷洛他們到最裡面的房間。

「在處置決定之前，請兩位在此等候。這裡張設了結界，無法使用魔法。」

伊莎貝爾瞄了諾亞一眼，看似難以啟齒地說明。寬敞的室內只有一張靠牆的床鋪，再加上簡易廁所。這或許可以說是一間跟牢房差不多的房間。大概是看到諾亞的臉上寫著不滿吧，伊莎貝爾急忙離開房間。伊莎貝爾一離開房間，門就自動關閉，整面牆上的魔法陣亮起後又消失。瑪荷洛忍不住伸手去碰房門，頓時有股輕微的麻痺感。

「瑪荷洛，過來這裡。」

諾亞一副像是要說「別管那扇門了」的態度，坐在床上呼叫瑪荷洛。瑪荷洛趕緊靠過去，諾亞讓他坐在旁邊，目不轉睛地凝視著他。很久沒用這具身軀跟諾亞見面，瑪荷洛頓時心跳加快，緊張地眨了眨眼。諾亞那雙宛如寶石般美麗的眼眸注視著瑪荷洛。雖然看不習慣那頭紅髮，感覺很奇怪，但依舊無損諾亞的俊美。由於經歷了一場戰鬥再加上力量失控，制服和斗篷都燒焦破裂，實在慘不忍睹。

「你終於回來了。」

諾亞撫摸瑪荷洛的臉頰，霸道地吻了下去。瑪荷洛感受著諾亞的呼吸、氣味與體溫，臉頰泛起兩抹紅暈。

「諾亞學長，我是被奧斯卡學長……」

瑪荷洛擔心自己突然消失一事會造成誤會，因此試圖趁接吻的空檔向諾亞說明。

「那件事之後再說。」

比起聽瑪荷洛解釋，諾亞更沉迷於接吻，不斷深深地吸吮瑪荷洛的唇瓣。他撫摸瑪荷洛的頭髮與臉頰，繞到背後的手將瑪荷洛的身子摟向自己。瑪荷洛被吻得氣喘吁吁，連講話的機會都沒有。諾亞的唇移到頸子，用力吸吮，瑪荷洛的身子登時一顫。

「諾亞學長！不可以在這種地方做更超過的事！」

見諾亞的手開始不安分地觸碰身體，瑪荷洛連忙大聲制止，推開諾亞的胸膛。這個人知道他們現在處於被拘捕的狀態嗎？

「不可以嗎？我現在就想要你。」

諾亞銜著瑪荷洛那推拒的手指，喃喃說道。他真打算在這種地方發生性行為嗎？瑪荷洛傻眼到無言以對。

「當然不行啊！諾亞學長，你明白現在的狀況嗎⁉學長的頭髮……一個弄不好可是會被處死耶？」

瑪荷洛碰觸諾亞的頭髮，不知所措地這麼說。在這個國家，擁有紅髮的人會被抓起來送進審判會。象徵闇魔法一族的紅髮，就算是後天染成的，也會被視為有謀反的嫌疑而受到軍方監控。光是染成紅髮就會面臨這種下場了，偏偏諾亞的紅髮怎麼看都像是天生的。

「你覺得我是闇魔法一族的人嗎？」

諾亞抬起瑪荷洛的下巴，冷靜地問道。

「這……我不知道，但我希望不是……」

瑪荷洛小聲回答。光是想像諾亞遭到國家聲討，他就覺得難受。

「是嗎？我反倒希望自己是闇魔法一族的人耶。」

聽到諾亞吐露意想不到的心願，瑪荷洛大吃一驚。什麼不當，偏偏想當闇魔法一族的人，任誰聽了都會覺得他的腦子壞了。

「別用那種奇怪的眼神看我。你好像忘記了，如果是闇魔法一族，就能跟你結合了不是嗎？這樣一來我跟齊格飛就能站在對等的立場了。所以我才想立刻在這裡要了你，確認這件事。」

諾亞親吻瑪荷洛的手背，閃動著興奮的目光這麼說。

「這……或許、是吧，不過，學長就只為了這種理由？」

瑪荷洛無法理解諾亞的心情，臉不由得抽搐了一下。比起有可能面臨被處死的命運，跟自己性交更重要嗎？這個人的價值觀是怎麼回事？瑪荷洛的迷惑表露無遺。他忘了闇魔法一族走過的歷史嗎？

「對我來說這很重要，除此之外都無所謂。假如我是闇魔法一族的人，就表示老爸的外遇對象是闇魔法一族的女人吧。雖然很難相信那個人曾經談過這種禁忌之戀，事到如今我反而很感謝他。我會受你吸引，或許也是因為身上流著一半的闇魔法血統。不，說不定我與老爸根本不是親生父子。就像齊格飛是被山繆・鮑德溫收養，我可能也是被老爸收養的。雖然我覺得那個人不可能會收養闇魔法一族的孩子就是了。」

諾亞憐愛地撫摸瑪荷洛的臉頰，用事不關己的口吻說道。瑪荷洛覺得有點奇怪，皺起眉頭。諾亞似乎滿腦子只想著能跟瑪荷洛結合這件事，完全沒考慮其他的事。是不是剛才那場戰鬥，導致他精神方面出了問題呢？

「諾亞學長……你說無所謂……難道力量失控這件事，你也覺得無所謂嗎？諾亞學長的戰友當中……也有很多人去世了。」

瑪荷洛想確定這股奇怪的感覺從何而來，於是拐個彎問道。雖說對方是敵人，但諾亞的確殺了許多人。換作是瑪荷洛，一定會產生罪惡感而興起想死的念頭。諾亞對此有什麼感受呢？此外，這次的戰鬥中也有許多魔法士受傷，還有人死去。至於王族，更是有相當多的人都慘遭殺害了。

「哦……說得也是呢……」

諾亞似乎是聽到瑪荷洛這麼問後才去想那件事，視線移到了半空中。不過，他很快就將視線拉回到瑪荷洛身上，面露苦笑。

「我用異能殺了很多人哪，魔法士好像也死了幾個人。你是要我為此哀傷悼念吧？我不想撒謊騙你，所以就老實說吧。不管死了多少人，不管死的是誰，只要那個人不是你，對我來說都無所謂。」

諾亞的口氣就像是真心覺得無所謂，瑪荷洛的心臟頓時劇烈跳動。因為有那麼一瞬間，諾亞與齊格飛重疊在一起。

「當時齊格飛對我說，『殺人很快樂吧』。我不覺得快樂，但也不覺得難過。我的心沒有任何感覺。我不認識那些魔法士，對於敵人，我更是沒有半點良心的苛責。我只不過是，除掉了想妨礙我的傢伙而已。」

瑪荷洛感覺到，諾亞是打從心底這麼想的。諾亞是在頭髮變紅後才變得不一樣嗎？又或者以前就是這樣的人呢？瑪荷洛不曉得答案，但諾亞能毫不在乎地殺人這件事，對他造成打擊。這樣一來不就跟齊格飛沒兩樣了嗎？

「這是會讓人想哭的事嗎？」

諾亞收回撫摸臉頰的那隻手，驚訝地探頭察看瑪荷洛的臉。瑪荷洛發現自己哭了，抬手抹掉落下的眼淚。他覺得諾亞那顆沒有任何感覺的心很可悲，眼淚才會擅自掉了下來。瑪荷洛差點死掉時，諾亞險些精神崩潰，但其他連名字都不曉得的陌生人就算死了，對諾亞而言感覺就跟死了一隻蟲子差不多。是自己太多愁善感嗎？諾亞真的流著闇魔法一族的血統嗎？是這個緣故嗎？真是如此的話，怎麼能夠斷言，今後諾亞不會變得跟齊格飛一樣。

「看你默默哭泣，會讓我覺得自己被狠狠地責備。我還以為，你早就曉得我是這樣的人。也對……跟你相處時，我的情感會豐富許多，所以你才會沒發現吧。」

諾亞搔了搔紅髮，嘆了一口大氣。

「我本來就是這個樣子啦，從以前就無法對他人產生興趣。」

他看向拭淚的瑪荷洛，以冷漠的語氣說道。

「可是……學長對尼可先生，還有你的母親……」

瑪荷洛調整呼吸，注視諾亞。

「我對母親以及尼可的確懷有親情。此外因為相處久了，我對提歐、奧斯卡與里昂也有感情。但就只有這樣了，其他人對我而言都無關緊要。不，就連剛才提到的那些人，有必要時我也能夠毫不遲疑地拋棄吧。所以我才會百思不解，自己怎麼會對你動了那麼深的感情。」

諾亞向瑪荷洛表明自己的真實心情。瑪荷洛覺得願意實話實說的諾亞很可怕，但又想要抱緊他，內心五味雜陳。諾亞擁有的獨特感受性，超乎瑪荷洛原先的認知。

「現在我明白了，自己不喜歡齊格飛的原因。這就是所謂的同類相斥吧。」

諾亞像是突然想到一般這麼說，不知怎的開懷地笑了出來。他的笑容逐漸收斂，冷不防露出銳利的眼神回過頭。

「你——討厭我了嗎？」

諾亞以壓抑情緒的聲調問道，瑪荷洛頓時覺得胸口疼得彷彿被勒緊似的。諾亞的周圍瀰漫著緊繃氣氛，似乎隨時有可能因為瑪荷洛的一句回答而情緒激動。雖然諾亞斬釘截鐵地說自己不在乎其他的人事物，但瑪荷洛的答覆對他而言是特別的。

「我喜歡諾亞學長，所以覺得非常悲傷。」

瑪荷洛按著發疼的胸口回答。緊繃的氣氛緩和下來，諾亞放鬆表情，像是鬆了口氣般將瑪荷洛摟向自己。

「我——」

諾亞才剛開口，房門就出現魔法陣並發出亮光。門一打開，校長便衝了進來。

「瑪荷洛！」

校長一看到坐在床上的瑪荷洛，就大聲呼叫他的名字。諾亞移開放在瑪荷洛肩上的手，瞄向校長的背後。校長的後方，看得到魔法團團長的身影。團長站在門前，臉上沒有一絲笑意，不曉得他是不是那種情緒不外露的類型。

「幸好你平安無事！本來想保護你，結果卻發生這種事，真的很抱歉。」

校長看到瑪荷洛安然無恙，便放下心來抱緊他。瑪荷洛起身環抱校長的背部，胸口熱了起來。瑪荷洛與校長曾短暫地一起生活，因此他也很開心彼此能夠重逢。

校長抱著瑪荷洛，看向諾亞，接著對站在後面的團長使眼色。這舉動似乎暗藏著只有他們自己才懂的意思，讓瑪荷洛感到好奇。

「瑪荷洛，我想確定一件事。你是被奧斯卡擄走的嗎？」

校長將手搭在瑪荷洛的肩上，苦惱地輕皺眉頭這般詢問。

「是、是的……我中了奧斯卡學長的『誘惑沉眠』，被帶回齊格少爺……不對，被帶回那個人的身邊。之後中了他的『人心操縱』，什麼也做不了……」

瑪荷洛還是無法直呼齊格飛的名字，結結巴巴地說明，校長聞言用力咬著嘴脣。她一定是為了奧斯卡的背叛而擔憂，瑪荷洛感到難過。至今瑪荷洛仍不明白奧斯卡的真正想法。他一直以為，奧斯卡在羅恩軍官學校跟大家都相處得很融洽，為什麼會協助齊格飛呢？

「雷蒙，麻煩別把瑪荷洛關在這種地方。你剛才也聽到了，他只是在不可抗力的情況下被人擄走。就算要問話，也可以選在其他房間吧？」

校長回頭看向團長，用強硬的口氣這麼說。

「那個……！這次會造成傷亡，都要怪我不好……」

瑪荷洛不記得靈魂脫離肉體的那段期間，自己做過什麼事。當靈魂回到肉體時，雙方人馬已在交戰了。此刻面對團長，瑪荷洛才想到這件事，不由得臉色發青。

「不必跟我道歉。不過，我有很多問題想問你。可以麻煩你前往另一個房間嗎？」

在團長那雙紅眼的注視下，瑪荷洛緊張地點頭回答：「好、好的。」他覺得團長那副銀髮紅眼的特殊容貌和自己有幾分相似，忍不住感到好奇。

「等一下，瑪荷洛要走的話我也要去。」

見校長拉著瑪荷洛的手，諾亞拉住另一隻手阻止她。

「麻煩你待在這裡。你需要接受調查。」

團長帶著冷靜的眼神抬手制止諾亞。諾亞焦躁得面露凶相，背後的房門登時發出扭曲變形的聲響。回頭一看，房門已嚴重變形。

「看來就算無法使用魔法，還是能使用賦禮的能力呢。」

諾亞露出嘲諷的笑容，朝著房門抬起下巴示意。剛才伊莎貝爾說，這個房間張設了結界，沒辦法使用魔法。但是，諾亞擁有的異能「空間干預」依舊可以使用。只要有心，諾亞輕易就能離開這裡。

「諾亞，你這小子真是……」

校長一個頭兩個大。即使見到諾亞的異能，團長也面不改色。對了，團長在戰鬥時也用了神奇的能力——齊格飛稱之為「轉移魔法」。

「瑪荷洛，他是四賢者之一，就是之前提到的那個獲得賦禮的男人。」

聽校長這般說明，瑪荷洛驚訝地仰望團長。原來魔法團團長是四賢者之一啊。校長曾說，從前四賢者去禁入區見祭司時，只有一個人得到了賦禮。既然如此，他也失去了什麼重要的東西嗎？

「看來他只聽你的話。你能不能說服他留在這個地方？聖約翰家的直系少爺變成紅髮這件事已不脛而走。要是他隨意外出，應該會引發衝突吧。」

團長以平靜的口吻對瑪荷洛這麼說。他似乎很清楚瑪荷洛與諾亞的關係。瑪荷洛懷著不知所措的心情執起諾亞的手。

「諾亞學長，我不要緊的，請你乖乖在這裡等一下。出去外面很危險。」

瑪荷洛緊握他的手勸道，諾亞沒好氣地冷哼一聲。不過，諾亞也明白，頂著一頭紅髮在外面走動很危險吧。他故意嘆一口氣，躺到床上。

「沒辦法，我就暫時乖乖在這兒等吧。」

諾亞一副不情不願的樣子點頭道，瑪荷洛見狀笑逐顏開。幸好諾亞沒做出魯莽的行為。諾亞的確很強，可如果總是不管三七二十一地除掉與他為敵的人，遲早一定會走向毀滅。

「我會乖乖等，不過你們就沒有更像樣的房間嗎？這麼硬的床我睡不了。牆壁和地板也毫無情調可言，這裡難道連一組會客家具都沒有嗎？」

諾亞一點也不怕團長，毫不客氣地提出要求。本來擔心諾亞的態度會惹團長不高興，沒想到團長卻脫下黑色手套，對著空氣畫起圓圈。

「哇！」

空間裡突然出現精美的床鋪，瑪荷洛嚇了一跳往後退。團長陸續從空間裡取出長椅、桌子、衣櫥、燈，甚至還有貓腳浴缸。接著他讓諾亞剛才躺的那張樸素床鋪浮上空間，然後轉身面向諾亞。

「還有其他要求嗎？」

團長面無表情地詢問，這下子連諾亞也看傻了眼，老實回答「滿意了」。這到底是怎麼回事呢？物品居然從空間裡出現。

「他的賦禮是『轉移魔法』，可將物質從A地點移動到B地點。此外也可讓自己，以及接觸到的對象移動到其他地方。」

校長笑著向瞠目結舌的瑪荷洛解釋。他就是用這項異能讓女王陛下逃出那個地方嗎？

「要轉移活人不容易。自己也必須移動才行，而且回來要花時間。當時沒有其他辦法，才將女王陛下移往他處，但……事出突然，我只救得到剛好在觸手可及之處的艾佛烈殿下，沒能拯救其他王族。」

團長再度戴上手套，低聲說明。團長的手套，該不會跟諾亞的頸環是一樣的作用吧？

房間一下子就變得舒適許多，日用家具備妥後，諾亞打開衣櫥拿出替換衣物。

「這不是我擺在宿舍裡的衣櫥嗎？你是怎麼拿過來的？」

諾亞嘴裡嘟嘟囔囔，動手脫掉變得破破爛爛的制服。儘管放心不下諾亞，瑪荷洛還是在校長的催促下，與團長一起離開房間。被諾亞的異能弄凹的房門嚴重變形，需要修理。

瑪荷洛前往上面的樓層。三樓內側有用來接待訪客的房間，團長與校長就在那裡要求瑪荷洛說明事情始末。瑪荷洛和校長並肩坐在長沙發上，團長則坐在對面的單人沙發上。據說瑪荷洛講的話會用魔法器具錄音機記錄下來。

「被擄走時我大多被迫處於睡眠狀態，所以不曉得去了什麼地方。應該是某個村子，但就我所知在那裡只停留了幾個小時。後來那個人，就用闇魔法……把所有村民都……」

腦海浮現村民聽從齊格飛的命令而死的悲慘模樣，瑪荷洛頓時說不出話來。雖然他吐露了村民全部自盡的真相，但回想到一半就覺得呼吸困難，沒辦法講到最後。坐在長沙發上的瑪荷洛將上半身往前傾，上下顫動肩膀。

「我知道，大概在你們離開四、五個小時後我們也抵達那個村子。你不必回想當時的情形。不過有件事我要跟你說。雖然人數不多，還是有村民倖存下來。有幾個孩子躲起來，平安逃過一劫。還有一個守望燈塔的男人，在齊格飛離開之後，異能就解除了。我猜齊格飛的異能，只要拉開物理距離就能解除，沒錯吧？」

見瑪荷洛險些過度換氣，校長順了順他的背溫柔說道。得知有人倖存，好歹算是安慰。

「是……我想應該是這樣。聽說要相隔兩個村子的距離。他說那項異能叫做『人心操縱』……」

水之精靈貝菈也說過，齊格飛的魔法只要拉開物理距離就會解除。

「這麼說來，齊格飛的異能，可以隨隨便便操縱王宮內的人囉？事實上，禁衛騎士與禁衛兵都受到異能的影響，一直自相殘殺到齊格飛離開為止。真是相當強大的能力，戰鬥現場簡直亂成一團。」

校長露出認真的表情，看向坐在對面的團長。

「一看到齊格飛的眼睛，就會變成他的追隨者呀。」

團長將下巴擱在交握的手上，吐出一口氣。

「之後……我們前往另一座村子。請問，魔法團裡有沒有一個……叫做夏勒的男人呢？」

瑪荷洛想起慘遭殺害的夏勒，這般詢問團長。團長聞言表情略顯苦澀，輕輕點頭。

「他果然是被敵人抓走的嗎？」

魔法團在開會時也曾提到夏勒的名字。當時見到的光景確實是現實中發生的事，如今回想起來才覺得害怕。

「夏勒……先生他，因為那個人、的魔法……被迫吐露王族聚會的地點與時間，還有團長的異能……不過，夏勒先生誤以為您的異能是『能夠跑得很快』。」

聽完瑪荷洛的陳述，團長露出遺憾的神情摸了摸額頭。

「我可以藉由移動空間，迅速抵達目的地。夏勒加入魔法團的時間不長，應該是某次見到我應用『轉移魔法』才這麼以為吧。如果齊格飛正確掌握了我的異能，他應該會率先殺掉女王陛下，或是以我為目標。」

「夏勒先生最後……被那個人、的同伴殺死了。他很擔心太太，要我幫忙傳話，說他很愛她……」

瑪荷洛回想當時的情形，低下頭來，校長搭著他的背給予鼓勵。

「關於齊格飛的同夥，希望你能把知道的事都說出來。」

校長與團長似乎格外重視這件事，氣氛頓時變得凝重。

「當中有個叫做雷斯特的男人，奧斯卡學長與瑪莉也在。另外還有一個戴著銀框眼鏡的男人……我不知道他的名字。這個人用毒藥殺死了夏勒先生，他給人的感覺很不好……似乎以殺人為樂……還有一個是……馴龍師安傑，在我看來他並非心甘情願地跟著他們行動。」

至於其他在場的部下，瑪荷洛也都盡量回想描述。雖然大部分的人都因為諾亞力量失控而化為屍體，但倖存下來的成員應該也不少。

「戴銀框眼鏡的男人呀……說不定是逃獄中的雷德克利夫。那男人是犯下濫殺重罪的淫樂殺人犯。是他嗎？」

團長從櫃子取出檔案夾，給瑪荷洛看相片。瑪荷洛立即點頭。

「他沒有魔法迴路。」

團長重看一次雷德克利夫的相片，喃喃說道。瑪荷洛聞言吃了一驚。他還以為齊格飛的手下全都會使用魔法。不過仔細想想，不使用魔法的人確實也很多。

「不具備魔法迴路的人當中，也有不少人對這個會用魔法就吃得開的國家感到憤懣。齊格飛就是利用他們的這種心態吧。」

收起雷德克利夫的相片後，團長直盯著瑪荷洛。

「齊格飛奪走了大量的魔法石。你曾在潛伏地點見過那些魔法石嗎？他們是不是把魔法石藏到了某個地方？畢竟他們奪走的量實在多到用不完。」

被團長這麼一問，瑪荷洛頓時心慌，抬手捂著嘴巴。

（魔法石……餵給龍吃了！）

掀起叛亂的齊格飛一行人，從各地的保管所搶走大量的魔法石。這些魔法石目前仍然下落不明。就連團長也認為，魔法石還藏在某個地方。但是，瑪荷洛知道魔法石的另一種用途。之前在生死邊緣徘徊時，瑪荷洛尊稱為導師的祭司告訴他這個祕密：只要以大量的魔法石餵養龍，再取出那頭龍的心臟，就能得到特殊的魔法石——即是埋在瑪荷洛心臟裡的魔法增幅器。只要移植龍心，光之民就能擺脫短命的命運。

（但是，我可以說出來嗎⁉）

瑪荷洛非常猶豫。知道這項事實的人不多。如果其他人知道了，就會拿大量的魔法石餵食龍，再將龍心當成魔法增幅器運用吧。雖然不曉得龍心是可直接使用，還是必須埋進人體才能使用，無論如何這項資訊非常危險。

難不成齊格飛知道這件事嗎？所以他才會搶走大量的魔法石？

「魔法石……我沒看到，不知道他們藏在哪裡。」

經過一番苦思後，瑪荷洛決定這麼回答。沒看到是事實，因此他只能這麼說。瑪荷洛隱約能夠想像，齊格飛拉攏馴龍師安傑加入他們的原因，以及安傑對齊格飛懷有敵意的原因。

（這件事不能告訴任何人……）

瑪荷洛決定將這個祕密藏在自己心裡。幸好，團長雖然一副有話想說的表情，但並未追問下去。

「話說回來，剛才你告訴我們夏勒的遺言，但遭到操縱的夏勒有辦法留下遺言嗎？而且還是在被人灌了毒藥之後？」

團長並未漏聽，瑪荷洛不經意說出口的話。瑪荷洛煩惱著該怎麼說明在那之後發生的事，不由得沉默下來。

「在剛剛的戰鬥中，你也一直待在齊格飛旁邊。為什麼後來能夠自由行動？」

團長露出犀利的眼神，漫長的沉默似乎害瑪荷洛無端遭到懷疑。

「呃……不曉得兩位願不願意相信……」

瑪荷洛輪流看著校長與團長，畏畏縮縮地開口。

「當時我……看到夏勒先生的身體，冒出了像是靈魂的人影。」

雖然擔心他們會嘲笑自己，或是對自己翻白眼，瑪荷洛仍是鼓起勇氣說出口。一時之間，兩人都一頭霧水地互看彼此，之後又將視線拉回到瑪荷洛身上。

「理應已經死去的夏勒先生非常悲憤。之後他伸手碰我。結果，我的靈魂也脫離了肉體。」

瑪荷洛偷偷觀察兩人的反應。團長催促他繼續說下去。

「處於靈魂狀態的我，可以自由地飛到外面。其實……各位開會的時候我也在場。當時有位胖胖的貴族跟諾亞學長發生爭執對不對？」

瑪荷洛鉅細靡遺地告訴團長自己見到的光景。他感覺到，團長的眼中燃起了熱情。

「之後，我前往克里姆森島，見了光之精靈王。是光之精靈王幫助我的肉體擺脫束縛。不過，當時我好像不小心穿越了時光，話才說到一半，光之精靈王就叫我回到肉體裡。據說穿越時光後，靈魂會隨著時間流逝，脫離肉體很長一段時間，時間一久就有可能無法恢復原狀。因為這個緣故，從夏勒先生死亡到剛才那場戰鬥為止的這段期間，我肉體的記憶是空白的。」

雖然擔心他們不會相信，瑪荷洛仍舊坦白說出發生在自己身上的事。

「穿越時光……難道你前往了過去或未來嗎？麻煩你說得詳細一點。」

團長探出身子說道，校長也一副興致勃勃的樣子。

「我看到的是過去。那個人穿著軍官學校的制服，在演習場的森林裡施展召喚術，召喚出來的是他的父親亞歷山大・瓦倫帝諾。亞歷山大叫他去取得賦禮。之後，我還看到他在那座水晶宮得到賦禮的那一刻。他得到了『人心操縱』這項異能，但代價是……失去自己的心。」

瑪荷洛毫不保留地說出自己所見的事物。聽完之後，校長躺靠在椅背上，嘆了口氣。團長則放鬆原本繃緊的嘴角，露出笑容。

「看來你的確是光魔法一族的後裔。」

團長面帶微笑，以疼惜的目光注視著瑪荷洛。

「是啊，他確實使用了只有光魔法一族能用的魔法。」

校長像是突然感到疲憊一般，仰頭望著天花板。

「兩位願意相信我嗎？不過，肉體恢復自由後，我就看不到精靈了。靈魂出竅時明明看得很清楚。」

正是如此，當時瑪荷洛看得到許多精靈，但回到肉體後就完全看不見了。施展魔法時精靈會聚集過來，因此剛剛戰鬥時現場理應有許多精靈才對。

見瑪荷洛失望地這麼說，校長摸著下巴沉吟。

「畢竟我們對光魔法一族也不是很瞭解哪。或許……即便是光魔法一族，也不是隨時都看得見精靈。」

校長瞄了一眼團長，驀地收斂起表情。

「在河裡發現夏勒的遺體是三天前的事，當時推斷他已死亡四天。看來齊格飛他們事前就知道，王族會齊聚一堂舉行那場儀式。」

團長垂下目光，彷彿在悼念夏勒的死。

「住在王宮裡的王族，是走祕密通道聚集在珍珠塔。雖然王宮的周圍有禁衛兵、禁衛騎士以及魔法團加強守備，但敵人兵分三路，從正面入口、下水道以及空中發動襲擊。空中與正面入口多半是佯攻，齊格飛那些獸化後的部下是從正面入口侵入。由於齊格飛就在那裡，闇魔獸也被叫出來助陣，造成多人死傷。主力部隊則是從王宮後方的護城河過來。奧斯卡屬於這支部隊，他讓守衛那條路線的禁衛兵與魔法士全都睡著。為了提防奧斯卡的『誘惑沉眠』，之前就要求他們務必定期通風，但城內有許多地方空氣容易滯留不散，所以『誘惑沉眠』的威力才會那麼大。」

團長為瑪荷洛解說當時的狀況。瑪荷洛的靈魂回到肉體的時間點，應該就在奧斯卡從下水道抵達大廳的那個時候吧。雖然不具殺傷力，但奧斯卡的異能很強大，敵人越多越能發揮效果。

「那個……我記得奧斯卡學長的奶奶也在現場……」

瑪荷洛突然想起這件事，開口詢問。那位老婦人沒事吧？

「愛蜜莉沒有生命危險，目前正由家人照顧。當時愛蜜莉居然能抵抗奧斯卡的異能，只能說她太了不起了。」

太好了，瑪荷洛鬆了一口氣。老婦人——愛蜜莉似乎對奧斯卡抱持很強的責任感。她一定很疼奧斯卡吧。當時愛蜜莉無疑是豁出性命，不計一切阻止孫子。

「——諾亞學長他，接下來會怎麼樣呢？」

瑪荷洛輪流看著團長與校長的臉，提出最在意的問題。諾亞那頭變紅的長髮，代表了什麼意思呢？諾亞真的流著闇魔法一族的血統嗎？若真如此，接下來諾亞會有什麼樣的遭遇呢？

「擁有紅髮，而且還流著闇魔法一族血統的人，照慣例是要處死的。」

團長說得斬釘截鐵，瑪荷洛的表情頓時僵硬。諾亞真會因為這種理由而遭到處決嗎？

「——但是，之前諾亞毫無疑問是火魔法一族的人。不知道是哪裡質變了……戴安娜，剛才見到諾亞時，我沒看到闇之精靈。妳呢？」

團長這般詢問校長。原來團長和校長都擁有看得見精靈的眼睛。既然被尊稱為四賢者，擁有這種能力或許也是理所當然的。

「嗯，他的身邊只有火魔法的精靈。當然也有可能是沒使用闇魔法的關係……總之只要把頭髮染黑，應該就能騙過大人物吧。至於普通人之間的流言蜚語，只能等它自動平息下來了。不能讓諾亞遭到處決。現階段，他可是重要的戰力。」

校長泰然自若地說，瑪荷洛聞言感到忐忑不安。居然用「騙」這個字眼——難道校長認為諾亞流著闇魔法一族的血統嗎？

「就跟大人物及魔法士們說，髮色會改變是因為異能失控吧。由擁有異能的我來解釋，應該會更有真實性。關於這件事尼可似乎知道些什麼，但他怎麼也不肯透露。還有戴安娜，妳好像也知道什麼，但妳沒打算在這裡說出來吧？」

彷彿代替瑪荷洛提出疑問似的，團長直盯著校長這麼說。校長與尼可，知道諾亞的祕密？面對團長的問題，校長只是聳了聳肩，並未給出任何答覆。

「看來這個問題得去問西奧多大人哪。假如諾亞流著闇魔法一族的血統，原因就只可能是他與闇魔法一族的女子發生關係。既然如此，那名女子會是與亞歷山大・瓦倫帝諾發起政變一事有關的人嗎……？」

聽到團長自言自語似地嘀咕，瑪荷洛心頭一驚。齊格飛和諾亞的年齡也很相近。雖然瑪荷洛不敢相信諾亞的父親會與本該是敵人的女子搞外遇，但這樣一來就說得通了。

「我什麼都不會說喔。這件事只能靜待女王陛下的判斷了。」

校長如此強調，臉上沒有一絲笑意。既然校長都這麼說了，這件事要交由女王陛下決斷吧。

「……總之，瑪荷洛，我希望你暫時留在魔法團的宿舍裡。聽說之前戴的魔法器具遭到破壞了，保險起見，可以麻煩你再戴上嗎？」

話題再度回到瑪荷洛身上，團長從抽屜裡拿出魔法器具。這個魔法器具跟之前一樣都是銀環，能夠追蹤所在位置。雖然是給罪人戴的東西，瑪荷洛只能乖乖接受。團長將魔法器具銬在瑪荷洛的腳踝上。

「話說回來，聽說你擁有增強魔法的能力。現在，我們有許多傷患，手上的魔法石也很有限，所以正請水魔法一族與風魔法一族的人，施展無須使用魔法石的回復魔法來進行治療。希望你務必到現場幫忙。」

聽到團長這麼說，瑪荷洛認為這樣至少能贖點罪，便點頭答應了。

「瑪荷洛，雖然你的力量被人用在壞的方面，但你也可以用在好的方面喔。所以，與其傷心苦惱，不如想想自己辦得到的事吧。」

校長起身抱住瑪荷洛的肩膀。

傷患集中安置在魔法團設施的一樓大廳裡。能夠施展回復魔法的風魔法一族及水魔法一族，正站在各處治療傷患。傷患遠比瑪荷洛想像的還多，幾乎塞滿大廳。血腥味與人們的呻吟令他怕得雙腳發軟。受傷的禁衛騎士、禁衛兵與軍方士兵，比穿著魔法團制服的人還多。在齊格飛的闇魔法肆虐下，許多人成了犧牲品，死的死、傷的傷。

「正在施展回復魔法的人，麻煩暫停一下。」

團長一進入大廳，便用宏亮的聲音這麼說。疲勞表露無遺的風魔法一族與水魔法一族，全都鬆了一口氣似地抬起頭。每個人的魔力都要撐不住了吧。傷患太多，魔力就快用盡了。

「他是瑪荷洛，來自傳說中已滅亡的光魔法一族。瑪荷洛擁有增強魔法的能力，接下來就請他依序從旁協助你們。」

團長將站在校長旁邊的瑪荷洛帶到大廳中央。瑪荷洛不知道該怎麼做，可憐兮兮地看著校長。受到大廳裡所有人的注視，讓他很緊張。當中還有人對瑪荷洛投以質疑的目光，看得他如坐針氈。

「先從中央開始。他們是水魔法一族的魔法士。」

在團長的指示下，站在瑪荷洛旁邊的水魔法一族魔法士們念起了咒語。

瑪荷洛自己也想盡一份心力，便交握雙手閉上眼睛。

水之精靈啊，請治療在場的所有人。

（拜託！回復魔法一定要有效！）

就在瑪荷洛如此祈禱之際，一股壓力驟然籠罩整個大廳，站著的人都差點腿軟跪下。地震嗎!?地面搖晃不已，瑪荷洛著急地察看周圍。校長與團長驚訝地看向天花板，制止瑪荷洛。

「等、等一下，等級相當高的精靈來了！是我沒見過的模樣，祂有著白灰色的頭髮，可以確定是水之精靈沒錯，但是……！祂戴著王冠，該不會是……!?」

高等精靈似乎降臨現場了，只不過瑪荷洛看不見，校長則是一副驚慌失措的模樣。團長也驚訝地瞪大雙眼，扶著瑪荷洛的背嚷著：「祂正在說話耶。」

「我們雖然看得見，卻沒辦法跟祂交談啊。瑪荷洛，高等的水之精靈在跟你說話，你聽不見嗎!?」

「就、就算您這麼說……」

雖然感覺到上方有著某個神聖、令人想要跪下的事物，但瑪荷洛看不見身影，也聽不見聲音。這異常的狀況讓大廳喧鬧不已。說到高等的水之精靈，會是貝菈嗎？正當瑪荷洛瞇著眼努力細看時，有水珠灑落在頭上，嚇得他身子一抖。不過，嚇了一跳的人只有瑪荷洛而已。看樣子水珠只有瑪荷洛看得見。

『光之子。』

突然聽見了聲音，瑪荷洛驚訝到說不出話來。剛剛分明什麼也看不見，現在眼前卻出現一位頭戴水晶王冠，身穿水藍色衣裳，有著白灰色頭髮的美麗女神。祂不是貝菈。一股跟見到光之精靈王時一樣，令靈魂震顫的感覺包圍著瑪荷洛。降臨在這裡的是——水之精靈王。瑪荷洛的直覺這麼告訴他。

「您、您是……水之精靈王，對嗎？」

瑪荷洛戰戰兢兢地問，水之精靈王擺動衣裳。白灰色的頭髮散發璀璨耀眼的光芒。藍色眼眸澄澈如水，頭上的水晶王冠閃閃發亮。

『正是。我聽貝菈說了，你救了鹿王，牠很感謝你呢。』

水之精靈王露出微笑，瑪荷洛感到晃眼而瞇起眼睛。那頭白鹿原來是鹿王呀。水之精靈王是一位充滿慈愛的美麗女神。

『我對光之子很感興趣，就直接來見你了。不是孩童模樣的光之子很罕見呢。你是怎麼延長壽命的？』

「咦？呃，我的心臟……」

瑪荷洛被水之精靈王的氣勢壓倒，講起話來囁囁嚅嚅。這時，一條細細的水絲伸了過來，碰到瑪荷洛的額頭後，隨即融入他的身體裡。

『呵呵，原來是用了那種手段呀……還真是有趣的想法呢……』

水之精靈王擺動手臂輕輕笑了笑。不久，細絲一般的水觸手便從瑪荷洛的額頭抽了出來。水之精靈王似乎明白了瑪荷洛延長壽命的祕密。

『話說回來，你似乎想使用回復魔法，但要治癒傷患，不應該找我，藉助光之精靈王的力量會比較好吧。憑我的力量無法讓缺損的肉體恢復原狀，不過單純療傷的話倒是沒問題。』

見水之精靈王展露美得奪人心魂的笑容，瑪荷洛不由得心跳加速。雖然搞不清楚狀況，總之只要呼喚光之精靈王就行了嗎？

「可、可是，我不知道怎麼呼喚光之精靈王……」

校長和團長驚詫地聽著，瑪荷洛與水之精靈王的對話。兩人已從瑪荷洛所說的內容料想到，他正在跟誰交談。不過，看在不曉得瑪荷洛有何能力的其他人眼裡，只覺得瑪荷洛是在自言自語。

『我來教你呼喚光之精靈王的符號吧。你已與光之精靈王建立連結，只要你呼喚，祂應該就會立刻出現吧。』

水之精靈王直接在瑪荷洛的腦中告訴他光的符號。雖然形狀很複雜，但不知為何瑪荷洛很快就記住了。瑪荷洛道謝後，水之精靈王便留下一抹微笑，瞬間消失得無影無蹤。與此同時，壓力也一口氣解除，身體變得輕鬆多了。

「怎、怎麼回事？剛剛那是？咦？你說祂是水之精靈王？」

校長慌張到語無倫次。水之精靈王消失後，大廳變得更加吵鬧嘈雜。因為每個人都感覺到，剛才發生了非比尋常的事。

「不好意思……水之精靈王建議我向光之精靈王求助，我要試試看囉。剛剛祂已經教過我呼喚的符號了。」

聽到瑪荷洛如此回答，校長登時訝異得張大了嘴巴。

「你、你、你知道你在說什麼嗎?瑪荷洛,你是說除了光之精靈王外,你也能跟水之精靈王溝通嗎!?」

校長驚慌失措地問。瑪荷洛深呼吸,對著空氣畫出光的符號。

「光之精靈王,請回應我的呼喚。懇請您救救這個大廳裡的傷患。」

畫完符號後,瑪荷洛這般祈求道。下一刻,比剛才更加強烈的壓力籠罩而下,校長和團長皆抬手掩面。光之精靈王現身,揮動手中的錫杖。

『我明白了。』

光之精靈王如此回答後,大廳裡隨即充滿光芒。溫暖的柔光灑瀉在皮膚上,生命活力泉湧而出。光芒陸續灑落在傷患的身上,將他們照得發亮。

「這是……沒想到居然這麼的……」

團長察看躺著的傷患,驚訝到說不出話來。轉眼間傷勢就痊癒了。原本在施展回復魔法的人,以及包紮傷口的人,全都屏氣斂息,看傻了眼。

「真、真不敢相信,世上有這樣的回復魔法嗎……!」

校長蹲在傷患的前面,看到被砍斷而失去的腳重新長了出來,內心既驚訝又錯愕。瑪荷洛發現自己的身體正在發光。充盈大廳的光芒,原來是透過瑪荷洛的身體流瀉而出。

「我的手臂……手臂復原了!」

重傷者紛紛站了起來，為恢復原狀的身體開心歡呼。本來躺著無法動彈的傷患陸續爬起來，為身體恢復活力一事激動不已。瑪荷洛也目睹，右手被砍斷的士兵重新長出手臂的景象。

「是奇蹟，這麼嚴重的傷居然一瞬間就痊癒了！」

「我的腳！神啊，感謝您！」

大廳裡的人歡天喜地大呼小叫，瑪荷洛都聽不到站在旁邊的校長與團長的聲音了。

『如果要治癒現場所有人，會對你的身體造成負擔，你想怎麼做？』

光之精靈王詢問瑪荷洛。

「請您治癒所有的人。」

瑪荷洛沒有一絲一毫的猶豫。光之精靈王點頭，將錫杖往旁邊一揮。看到所有傷患都恢復原狀後，瑪荷洛心想「太好了」，鬆了一口氣。然而下個瞬間，身體就變得異常沉重，雙腿一軟跪在地上。瑪荷洛汗流如雨，體溫下降，臉色越來越蒼白。

「瑪荷洛!?」

團長注意到瑪荷洛的異狀，趕緊撐住他的身體。

『再繼續下去會有生命危險。』

光之精靈王這般提醒後，身影便消失了。瑪荷洛向祂道謝，隨後意識就突然中斷了。

再次清醒時，瑪荷洛躺在看似客房的房間床上。撐開沉重的眼皮，便看到校長正探頭覷看自己。校長登時笑逐顏開。身體沉甸甸的，整個人疲軟無力，連手臂都抬不起來。

（奇怪，我是怎麼了……？對了，我施展了回復魔法……）

這是個明亮的房間。陽光從窗戶照射進來，將插在床邊櫃子上的黃花照得閃閃發光。校長則頂著水藍色的頭髮，穿著黑色毛衣與長到遮住腳踝的裙子。

「終於醒了，太好了！你因為魔力消耗過度，當場昏了過去呢，後來又睡了三天。我想你差不多該醒了，才過來看看。」

聽完校長的說明後，瑪荷洛覺得丟臉而垂下目光。他從未聽說過，有人使用魔法後昏迷了三天。原來自己不僅控制不了魔力，而且還缺乏體力。居然睡了三天，諾亞不要緊吧？大廳裡的那些人呢？

「請問……所有的傷患都痊癒了嗎？」

瑪荷洛緩慢挪動沉重的身子問道。昏倒前的記憶模模糊糊，朦朧不清。光之精靈王應該是中途就從瑪荷洛的身邊消失，他擔心還有人沒得到治療。

「好得不得了！真是難以置信的魔法。我從沒聽說過，有回復魔法能讓被砍斷的手腳恢復原狀。你的能力是貨真價實的！我親眼見識到了光魔法的厲害。那是精靈王的力量吧？祂可是我們四賢者也無法呼喚出來的存在。」

校長那副興奮激動的模樣，看得瑪荷洛目瞪口呆。

「能夠呼喚的精靈等級，取決於施術者的能力。不過，精靈王是相當於神的存在，再強大的魔法師都沒辦法呼喚出來。水之精靈王戴著王冠，所以我還認得出來，但光之精靈王太耀眼了，耀眼到我什麼也看不見。」

據校長表示，使用魔法修復身體缺損的部位可是前所未聞的事。對了，水之精靈王也說過，祂無法讓缺損的部位恢復原狀。五大世家使用的魔法當中並不包含光魔法。瑪荷洛在大廳施展的光魔法，似乎被歸類為奇蹟。

與其說那是光魔法，更正確地說是以瑪荷洛為媒介，將光之精靈王的力量分給眾人。不過，如果沒有具備光魔法一族血統的瑪荷洛，的確就辦不到這種事。

與校長談話的期間，有人打開了房門，原來是身穿全新白色制服的團長。

「瑪荷洛，你醒了呀。感謝你治癒了所有人。我似乎小看你的能力了。本來以為你只是個增幅器罷了……希望你原諒我的無禮。」

團長帶著正經八百的表情站在床邊，深深一鞠躬。

「別、別這麼說，能幫上忙真是太好了。」

團長和校長都向自己道謝，這讓瑪荷洛害臊得雙頰泛紅。突然間，他發覺腳踝上的異物感消失了，便扭動身體想要察看。

「魔法器具已經拿下來了。畢竟你是能夠呼喚精靈王的稀有人物，而且被你救了一命的團員們也抗議，不能把拚命治療傷患的恩人當成罪人對待。女王陛下也贊同這件事。現在你是自由之身，軍方也解除了對你的監控。」

團長微笑道。戴在瑪荷洛腳踝上的魔法器具已經取下了。原以為自己得一直過著受到監控的生活，這讓瑪荷洛開心得眼泛淚光。打從齊格飛襲擊克里姆森島的那日起，有很長一段時間，他的內心也戴著鬱悶的枷鎖。不過，現在他終於重獲自由了。

「讓我再重新說一次。瑪荷洛——光魔法一族的後裔，請你協助我們，對抗齊格飛。你好像不擅長控制魔法，但只要能施展那種回復魔法，任誰都會肯定你的能力。」

團長收起笑容正色道。瑪荷洛請校長幫忙扶起他的上半身，以枕頭當作背墊靠著，仰頭望著團長。

「團長……我沒辦法協助你們打倒他。」

明知道有可能惹怒團長，但這是無法迴避的問題，瑪荷洛只得鼓起勇氣開口。團長與校長的態度起了變化。

「我無法討厭他。明知道他的行為是不可原諒的，卻怎麼也無法恨他。但是……看到別人被殺、被傷害，我真的很難受。所以，如果需要回復魔法，我會盡己所能協助你們。這樣可以嗎？」

瑪荷洛的想法很天真，就算對方不接受也莫可奈何。可是，假使說謊答應幫忙，到了最後關頭瑪荷洛一定會順從自己的心。在校長他們看來，這種行為只能算是背叛吧。自己的立場當然不能這樣搖擺不定。瑪荷洛以央求的眼神看著團長後，頭頂便降下一聲輕輕的嘆息。

「你的遭遇我聽說了，這是你真正的心情吧——現在這樣就好。發生戰鬥時，就麻煩你治療傷患了。你還有沒有其他要求？我會盡量實現你的願望。聽說你沒有親屬，所以我會替你準備住處與照料生活起居的人。此外也會安排護衛，以防你的力量遭到濫用，並防範敵人襲擊你。」

團長連珠炮似地說明，以及突如其來的優渥待遇，皆令瑪荷洛驚訝不已。畢竟就讀羅恩軍官學校之前，他一直過著服侍別人的傭人生活。就算對方說要找人照料自己的生活起居，心理上也還無法坦然接受。而且比起自己的事——

「既然這樣，請幫幫諾亞學長。我希望諾亞學長能跟以前一樣自由行動。」

瑪荷洛噙著淚水，低頭拜託團長。諾亞像個罪人一樣遭到囚禁，是最令瑪荷洛難受的事。

「諾亞啊……關於他的事，需要花一點時間，還在努力中。比起自己，你更擔心他嗎？你可以說說自己的願望啊。」

團長露出看著小孩子的眼神這麼說，瑪荷洛聞言眨了眨眼。諾亞的事，只能祈禱往好的方向發展嗎？既然這樣……

「要不然，呃……我是有一個，希望能夠實現的願望啦……」

瑪荷洛瞄了校長一眼，用力咬著嘴唇。既然恢復自由了，他想做一件事。

「可不可以……讓我回學校呢!?」

瑪荷洛緊張到聲音都拉尖了。

之前因為齊格飛那件事，自己變得跟罪人沒兩樣，所以瑪荷洛對於重返學校一事早已死心。不過，如果是現在的狀況——既然嫌疑洗清了，而且還有護衛保護自己，他想回到羅恩軍官學校重新當一名學生。他很想再次學習魔法與其他學科。如今自己能夠呼喚光之精靈王與水之精靈王，瑪荷洛認為自己用不著害怕齊格飛。

聽到瑪荷洛的願望，校長與團長當場愣住，眼中流露驚詫之色。看來兩人都沒料到瑪荷洛會提出這種願望。

「……學校這種地方，我一點也不覺得有趣耶？」

團長側著頭，徵求校長的意見。既然擁有成為四賢者的才能，想必團長的在校成績也是頂尖水準吧，不過他似乎無法理解瑪荷洛對學校的執著。

「那是因為羅恩軍官學校有我這樣的好校長嘛！我覺得挺好的呀，就讓瑪荷洛回學校啦。如果是現在的他絕對沒問題。」

校長抱緊瑪荷洛，露出笑容。瑪荷洛懷著期待注視團長，最後團長苦笑著點頭說：「好吧。」

「坦白說，無論你身在何處都一樣會面臨威脅，既然這是你的願望，就讓你重返學校吧。」

瑪荷洛大聲回答：「謝謝您！」

能夠重返學校——沒有比這更令人開心的事了。要不是瑪荷洛睡了三天，身體還沉甸甸的，他早就開心得跳了起來。之前以孩童模樣待在學校時，每次看到學生，瑪荷洛就很羨慕他們。

校長說要立刻去辦手續，親了一下瑪荷洛的額頭。

「諾亞學長怎麼樣了？有沒有鬧事？」

因為睡了三天，不曉得諾亞怎麼樣了，瑪荷洛不安地觀察兩人的臉色。聽說諾亞姑且還算安分，乖乖被隔離在地下室。

「女王陛下要求我們保留處分，再者那些有名的魔法士也無法判斷，諾亞是否為闇魔法一族的人。」

看來是名為保留，實則接近拘禁的處置。瑪荷洛所在的房間是位於魔法團宿舍四樓的客房，要前往諾亞所在的地下室時需要獲得許可。

「諾亞學長他……要不要緊呢？」

瑪荷洛不由得擔心諾亞，面露鬱色。字典裡沒有「忍耐」這個字眼的那個人，居然願意乖乖關在地下室裡，瑪荷洛不禁感到欽佩。畢竟以諾亞的異能，無論對手是誰應該都能制伏才對。

「得知你昏倒時，諾亞是有大吵大鬧企圖離開地下室啦。但我開導他，這麼做反而會使你和他的立場惡化，他才心不甘情不願地服從。諾亞是因為知道你昏倒的原因，純粹是魔力消耗過度，所以才有辦法忍耐。假如是因為受傷，他一定會破壞房間趕過來吧。」

校長笑著說。魔力用盡時，無法以回復魔法復原，只能一直睡等體力恢復。瑪荷洛決定恢復力氣後再去見諾亞。睡醒之後身體的倦怠感消除了許多，這樣看來，再過幾個小時應該就能走動了。

閒聊幾個話題後，校長與團長便離開房間。瑪荷洛在床上躺了一會兒，努力恢復體力。

到了傍晚，一名身穿魔法團制服的女子送晚餐過來。

「我叫夏洛特，來自拉瑟福家族。晚餐幫你送來了，你起得來嗎？」

將頭髮束在腦後、有著一雙下垂眼的女子，把裝有食物的托盤擺在床邊桌上。聽說魔法團宿舍二樓有餐廳，等自己能夠走動，就可以隨時到那裡用餐。

「啊……我想向你道謝……那個時候，你的魔法讓我重獲失去的那條腿。」

夏洛特眼眶泛淚，握住瑪荷洛的手。

「真的很謝謝你。本來以為自己的人生已經完了，所以身體能復原真的讓我開心得要命。你好厲害。今後如果有什麼事，我一定會幫你的。」

見夏洛特激動地道謝，瑪荷洛害臊地頻頻點頭。只是施展魔法而已就得到他人如此熱情的感謝，真教他不好意思。

夏洛特離開後，瑪荷洛便吃起晚餐。菜色有燉菜、牛角麵包與涼拌醃章魚。吃了食物後，身體變得輕盈許多，總算有力氣下床了。

（不曉得能不能去找諾亞學長。）

因為身上穿著睡衣，瑪荷洛打開衣櫥，找找看有沒有衣服可換。之前戰鬥時瑪荷洛所穿的衣服已變得破破爛爛，於是他換上衣櫥裡準備的白襯衫與長褲，不過褲腳得摺好幾折。

（對了，不知道能不能把阿爾比昂叫出來……）

換好衣服後，瑪荷洛決定呼叫使魔阿爾比昂。因為奧斯卡擄走瑪荷洛時，把阿爾比昂丟進了熾熱的烤箱裡。不過校長曾說，只要主人還活著，使魔就不會死。瑪荷洛一面在心裡祈禱一面念咒語。

「汪！」

白色吉娃娃回應呼喚驀地出現，一副開心的模樣在房間裡跑來跑去。

「阿爾比昂！」

見瑪荷洛笑吟吟地張開雙臂，阿爾比昂笑容滿面地撲進他的懷裡，在他的臉上舔來舔去。瑪荷洛則以臉頰磨蹭牠，直嚷著「太好了」。

帶著阿爾比昂步出房間一看，門外是一條白色走廊。瑪荷洛的房間門牌寫著「四號客房」，由此得知每個房間都有編號。這樣回來時應該就不會搞錯房間了。在長長的走廊上行進時，幾度與魔法團的團員或職員擦身而過，這時對方都會叫他「光之子！」，含淚向他道謝，或者要求握手。瑪荷洛的白髮與白皮膚很引人注目，被絆住的期間，人不斷聚集過來，讓他大傷腦筋。

擺脫聚集的人群後，瑪荷洛找到樓梯前往地下室。地下室有幾名魔法士值勤，向他們說明自己是來見諾亞後，對方就很乾脆地讓瑪荷洛通過。

（地下室果真是隔離問題人物的地方嗎？）

地下室的走廊到處都畫著魔法紋樣，看來這裡限制使用魔法。畢竟這棟設施位在王宮隔壁，地下室應該不是收容犯罪者的牢房，也許這裡是用來關押引發問題的五大世家人士及其他情況特殊者。瑪荷洛曾聽說，專門收容犯罪者的設施位在與本土相距遙遠的島上。

瑪荷洛經過幾個房間，來到最內側那間房門壞掉的房間。房門仍舊處於扭曲變形的狀態，可從縫隙偷窺房內的情況。

「諾亞學長，是我。」

從門縫出聲打招呼後，裡面便傳出奔跑過來的腳步聲。

「瑪荷洛！你已經沒事了嗎!?」

一見到瑪荷洛的身影，諾亞的臉色頓時明亮起來。諾亞穿著絲質襯衫與作工精緻的長褲，套上一件有金色鈕釦的西裝背心。瑪荷洛打開壞掉的門進入房內，打算跟著進去的阿爾比昂卻被某種東西彈開，摔倒在走廊上。阿爾比昂一再嘗試，卻怎麼也進不了房間。

「這房間做了處理，無法使用魔法，所以使魔不能進來喔。」

聽到諾亞冷淡地這麼說，阿爾比昂受到打擊愣在原地。使魔進得了無法使用魔法的禁入區，卻進不了這個房間嗎？這是什麼道理？瑪荷洛摸不著頭腦，陷入沉思。難道是禁入區比較特別嗎？

「抱歉，阿爾比昂。你先回到我體內。」

瑪荷洛再度走到房間外面，將阿爾比昂收回身體裡。阿爾比昂似乎比較喜歡待在外面，牠看起來有點不滿。

進入房間，兩人終於獨處後，諾亞立即抱緊瑪荷洛，給了他熱烈的吻。

「幸好你沒事。本來打算不顧一切地跑去見你，結果那個兔男威脅我『你想被當成囚犯對待嗎』。校長也叫我要考慮你的立場。」

諾亞憐愛地摸著瑪荷洛的臉頰這麼說。他說的兔男……該不會是指團長吧？瑪荷洛知道諾亞不擅長記人名，但當事人聽了絕對會不高興。

「絕對、絕對不能對本人用這個稱呼喔！」

瑪荷洛一再叮囑，但諾亞卻完全沒放在心上，帶著瑪荷洛走到裡面的房間。他讓瑪荷洛坐在看起來很高級的皮革長椅上，接著拿出餅乾與冷茶。跟瑪荷洛離開這裡時相比，房內的東西變多變充實了。木製櫃子裡擺著點心，還有裝在瓶子裡的牛奶與茶水。

「魔法用不了，所以沒辦法喝熱茶。雖然讓人不滿意，但也無可奈何。」

即便享有這麼好的待遇，諾亞似乎仍不滿意，傲慢地抱怨。他是天生不適合當囚犯的那種人吧。坦白說，這裡比諾亞在學校住的個人房還要一應俱全。

「聽說你施展了很厲害的回復魔法？」

諾亞撫摸瑪荷洛的頭髮，瞇起眼睛說道。許久不曾面對諾亞的俊美臉龐，瑪荷洛的臉頰頓時泛起兩抹紅暈。

「對，我應該可以回學校了，腳上的魔法器具也可以取下了。」

瑪荷洛喜孜孜地告訴諾亞之前發生的事。諾亞被瑪荷洛的笑容感染，也跟著露出微笑，親吻他的臉頰。

「這樣啊，太好了呢。」

肩膀被諾亞摟了過去，瑪荷洛滿臉通紅，依偎著健壯的身體。諾亞親吻瑪荷洛的鬢邊、額頭以及脖子，緊緊地擁著他。

「——既然你要回學校，我也必須回去才行哪。」

諾亞將手繞到瑪荷洛的背後，喃喃地說。瑪荷洛期待得雙眼發亮。如果彼此都能重返學校，沒有比這更幸福的事了。可是，諾亞有辦法回學校嗎？

「不過，這件事之後再說。現在更重要的是——」

諾亞解開瑪荷洛的襯衫鈕釦，吸吮肩頭留下吻痕。瑪荷洛身體一顫，發現諾亞正以充滿熱情的眼神近距離注視著自己。

「我想要你。」

諾亞邊說邊隔著布料觸摸下腹部，瑪荷洛嚇了一跳，連忙東張西望。

「但、但是諾亞學長，呃——外面的人可以從門縫看見裡面耶⋯⋯」

雖然床擺在內側，但最重要的房門被諾亞弄壞，不僅外面的人可以偷窺，裡面的聲音也會洩漏出去。在這種狀況下做出淫猥的行為，不是會被別人發現嗎？

「別在意。」

諾亞推倒瑪荷洛，給了他一個深吻，瑪荷洛著急地搥打諾亞的背部。

「怎麼了？」

因為瑪荷洛死命地搥打背部，諾亞鬆開被他堵住的嘴巴，擺出一張臭臉。

「還問怎麼了！我不是說了嗎！可能會被別人看到啊！聲音也有可能會被別人聽見，所以不行！」

瑪荷洛從諾亞身下爬出來，提出強烈的抗議。諾亞輕輕咂嘴後，橫抱著瑪荷洛站起來。

「要不然，你就憋住聲音吧。我已經忍到極限了。而且——我想確定一件事。」

諾亞輕鬆抱起瑪荷洛，走到擺在內側的床鋪。輕柔地將瑪荷洛放到床上後，諾亞壓覆在他身上。見對方以認真的眼神盯著自己，瑪荷洛心慌意亂，無法動彈。

「如果我跟你能做到最後，就表示我流著闇魔法一族的血統——對吧？」

諾亞低聲這麼說，瑪荷洛什麼話也說不出來，只是仰望著他。

兩人也許有辦法做到最後。瑪荷洛有這種預感，嘴脣不由得顫抖。被奧斯卡擄走時，他曾試圖對瑪荷洛做出帶有性意味的行為。當時就連輕吻都會促使魔法屏障發動，打斷這類行為。反觀諾亞，在他變成紅髮之前，兩人只有插入性器的行為會被打斷。如果這是因為他流著闇魔法一族的血統——

要是證明了諾亞確實流著闇魔法一族的血統，會面臨什麼樣的下場呢？

「諾亞學長，我……不想做。」

瑪荷洛表情僵硬地拒絕。諾亞皺起眉頭，明顯散發著怒氣。

「如果可以做到最後……如果諾亞學長被處死，我……」

聽到瑪荷洛顫抖的話音，原本板著臉的諾亞突然放鬆表情，動手去解西裝背心的鈕釦。

「那種事以後再想。瑪荷洛，我想知道真相。」

儘管瑪荷洛愁容滿面，諾亞依舊冷冷地將他的不安推到一旁。因為諾亞最受不了這個不清不楚的現狀了。即使會揭曉殘酷的真相，他對知道真相一事也沒有一絲一毫的猶豫。

「真的……？」

瑪荷洛注視諾亞那張俊美的臉龐，他不想看到這張漂亮的臉蛋扭曲猙獰。

「不准再說了。今天無論如何，我就是要抱你。」

諾亞脫掉絲質襯衫，彎下身子靠近瑪荷洛。瑪荷洛無法閃躲那個吻。他放棄抵抗，伸手環抱諾亞的背部。

諾亞將瑪荷洛的衣物全脫掉後，像是在檢查般親吻身體的每個地方。瑪荷洛還看不習慣諾亞的紅髮，伸手去碰自肩膀垂落下來的髮絲。

距離在教員宿舍相擁的那天，分明還過不到一個月，這段期間卻發生了許多事。彼此還能這樣互相觸碰，簡直就像在作夢一樣。瑪荷洛親吻諾亞的頭髮，手臂繞到他的背後。如果能做到最後，一切或許就會變得不一樣，一想到這兒淚水便湧上眼眶。諾亞原本將臉湊向瑪荷洛的鎖骨，發現他淚眼婆娑，便挪動身體吸吮他的脣瓣。

「……齊格飛對你下手了嗎？」

親吻數次後，諾亞冷不防這麼問，瑪荷洛頓時僵住。諾亞的眼神很認真，看上去也像是做好了心理準備。

「我不知道。」

瑪荷洛垂下目光老實回答。

「頭兩天我還有意識，但之後我的靈魂脫離了肉體，所以……不過，我不認為他會跟傀儡發生關係。」

雖然這只是一廂情願的推測，但齊格飛的自尊心很高，瑪荷洛不認為他會侵犯毫無反應的自己。不過這也可能只是瑪荷洛自己的期望罷了。就算齊格飛真與沒有意識的瑪荷洛發生了關係，瑪荷洛也不記得這件事，所以他無法回答。

「是嗎？如果是我，就算你沒意識還是會下手喔？」

諾亞將瑪荷洛的瀏海往上梳，額頭與他相抵，口吐驚人之語。

「那是因為諾亞學長是變態……」

「你剛剛說我什麼？」

諾亞沒漏聽瑪荷洛那句低語，瞇起眼睛拉扯他的臉頰。由於實在很痛，瑪荷洛搥了搥諾亞的後背。

「……如果我被他侵犯了，諾亞學長會討厭我嗎？」

瑪荷洛想起自己被齊格飛吻了的事，忐忑不安地問道，諾亞極為不悅地揉亂瑪荷洛的頭髮。

「我的嫉妒心意外地強哪。一想到你和齊格飛的事，我就按捺不住心中的焦躁，見不到你的期間一直在破壞東西，還害提歐受傷了。」

諾亞若無其事地吐露重要的訊息，瑪荷洛驚訝地將他的頭轉過來面向自己。

「提歐學長沒事吧⁉」

「啊？哦……他只是被我破壞的東西砸到，割傷了手臂而已。事後我也反省過了，不再衝動行事。你那是什麼眼神？我有替他好好治療啦。」

大概是感受到瑪荷洛的責備目光吧，諾亞擺出一張臭臉。據說諾亞為了尋找瑪荷洛，這段期間都與魔法團一起行動，不過提歐沒獲准參與搜索，所以留在學校待命。

「啊啊真是的，不要再聊天了。」

諾亞一副不耐煩的樣子撥開頭髮，捏住瑪荷洛的乳頭。那個部位很久沒被指尖玩弄，不一會兒就興起體驗過的感覺。與諾亞分隔兩地的期間，瑪荷洛一次也不曾注意過那個部位，然而遭人這樣觸碰後，身體很快就疼了起來。

「……呼……唔、哈……」

諾亞將左邊的乳頭含入口中，並以手指彈撥右邊的乳頭。受到這樣的愛撫，體內深處逐漸熱了起來，瑪荷洛在床單上扭動背部。諾亞扶著瑪荷洛的背，將單薄的胸膛抬向自己，再以舌頭戳弄。

「你的身體好甜哪。」

諾亞吸著乳頭製造聲響，說出令瑪荷洛害羞的話。乳頭遭手指按壓揉轉、遭舌頭彈撥，使得身體越來越敏感，忍不住一抖。兩邊同時遭到玩弄，呼吸也隨之變得紊亂。

「諾亞學長……胸部……不要再、弄了。」

瑪荷洛為光是愛撫乳頭就很亢奮的自己感到羞恥，不由得扭動身子。但是，諾亞仍堅持只愛撫胸部。由於彼此的身體幾乎交疊在一起，他應該也曉得瑪荷洛的性器已經硬了才對，可是卻完全不碰那裡，而是持續折磨乳頭製造出猥褻的聲響。

「你已經有感覺了。這裡很舒服吧？」

諾亞用牙齒叼著變硬的乳頭，露出撩人的笑容。乳頭遭到輕咬拉扯，腰肢忍不住一彈。自己分明不是女人，那個部位卻有感覺，這樣的反應令瑪荷洛覺得難堪，於是他打算推開諾亞的頭。結果，諾亞反而刻意用力捏住乳頭。

「哈……！啊、啊……！嗯、唔！」

瑪荷洛擔心，發出聲音的話可能會被別人聽見，於是用手臂捂住自己的嘴巴。

「你很介意嗎？反正魔法團的人都知道我迷戀你，應該沒關係吧？幸好這個房間位在最裡面，沒有人會沒事經過這裡。就算有事走過來……看氣氛也知道我們在幹麼吧。」

諾亞看向憋住呻吟的瑪荷洛，露出壞心眼的笑容。瑪荷洛很想回他「並不是知道就沒關係」，但手臂一挪開可能就會逸出嬌吟，所以只好忍耐。

「我要使用香氛油囉？」

狠狠地玩弄瑪荷洛的胸部後，諾亞從床邊的桌子拿出一只小瓶子。不知道這玩意兒是如何取得的，諾亞將瑪荷洛的身體翻了過來，把液體倒在股溝裡。

「唔唔唔……」

瑪荷洛趴在床上，忍受著奇怪的觸感。

「……奧斯卡有對你做什麼嗎？」

諾亞以小瓶子裡的液體將股溝弄得黏黏滑滑的，邊抹邊向瑪荷洛提出這個問題。

「奧斯卡……學、長……連接吻、都、沒辦法……！」

講到一半，溼滑的手指鑽進了後庭，害瑪荷洛回答得斷斷續續。諾亞並未在意，把臉湊了過去。

「連接吻都不行嗎!?那麼，我可以做到一半是怎麼回事？搞不好今天真的能做到最後呢。」

諾亞興奮地喘氣，抽動插進瑪荷洛後庭的手指。手指搗弄內壁製造出咕啾咕啾的水聲，瑪荷洛抱緊枕頭憋住聲音。

「……嗯……嗯、哈啊……！」

諾亞的手指動得很急，而且還強行增加手指，逐步擴張入口。空著的那隻手則愛撫背部或側腹，但就是不碰前面的性器。

「學、長……啊……啊……！」

諾亞一語不發，專心一意地放鬆瑪荷洛的後庭。埋在裡面的右手手指不知不覺增加到三根，壓迫感令瑪荷洛覺得難受，諾亞的左手則揉著臀瓣碰觸穴口。

「那個……諾亞學長……？唔、唔……你說點什麼嘛……」

諾亞不說話，房內就只聽得到臀部發出的猥褻水聲，以及自己急促的呼吸聲。瑪荷洛感到害怕，於是轉頭望向後方。諾亞正在愛撫瑪荷洛的後庭，表情顯得相當興奮，看到這一幕，瑪荷洛頓時一陣顫慄。

（真的要進去……嗎？）

諾亞的性器要進入，之前只埋過手指的地方──一想到這兒，頭腦就快要沸騰，瑪荷洛吐出火熱的氣息。如果能與諾亞結合，就代表諾亞流著闇魔法一族的血統。喜悅與不安混合在一塊，瑪荷洛的胸口劇烈地上下起伏。

「抱歉，因為我想快點進到裡面。」

諾亞以亢奮的聲調低語。從聲音聽來，可以知道結合對諾亞而言只代表歡愉。原本這證明了自己擁有只會令人絕望的闇之血統，但渴求瑪荷洛的欲望更勝於絕望。

「啊……！咿、啊……！」

諾亞的手指戳到內部隆起的部分，使得瑪荷洛忍不住發出高亢的叫聲。他趕緊摀住嘴巴，但諾亞卻故意集中摩擦那個部位。

「刺激裡面讓你很有感覺呢……如果將我的插進去，你會怎麼樣呢？」

諾亞親吻瑪荷洛的肩頭，手指反覆進出後庭。身體已徹底熱了起來，呼吸也紊亂不已。每當手指在裡面探索，身體就會忍不住扭動以釋放熱度。三根手指已將入口塞得滿滿的，諾亞卻還強行抽動手指進一步擴張內壁。

「諾亞學長……已、經夠、了……！」

繼續搗弄後庭的話，有可能只靠手指就達到高潮，於是瑪荷洛趕緊喊停。諾亞吐出一大口氣，含住瑪荷洛的耳垂。

「……真的沒關係嗎？因為很興奮，我的已經變大了。」

諾亞舔著飽滿的耳垂，在耳邊低語。瑪荷洛點了點頭，火熱的氣息便噴吐在耳垂上。

「瑪荷洛，面向我。」

手指滑順地抽出來後，瑪荷洛感覺到諾亞脫掉了褲子。轉身一看，諾亞正在幫賁張的性器塗滿香氛油。那玩意兒真的要進入自己體內嗎？瑪荷洛頓時害怕起來。

「抬著你的腿。」

瑪荷洛仰躺後，諾亞抬起他的雙腿這麼說。瑪荷洛屈起雙腳，將羞恥的地方暴露在諾亞面前。諾亞屏住氣，將變硬的性器前端抵在瑪荷洛的後庭。

「我要、進去囉……」

諾亞帶著苦惱的嚴肅表情俯視著瑪荷洛。瑪荷洛閉上眼睛，緊張到渾身發抖。諾亞的性器前端，一點一點地往後庭的入口擠。

換作平常，到了這個階段就會出現魔法屏障。但是——現在卻什麼也沒發生。瑪荷洛感覺到諾亞的視線，睜開眼睛的那一刻，性器一口氣擠進了裡面。

「咿、啊、啊……!!」

瑪荷洛背往後仰，忍不住放聲大叫。因為諾亞的灼熱硬物，終於進入了他的體內。那玩意兒比他預想的還要火熱，還要巨大，令呼吸急促起來。

「呀、啊啊、啊……!咿、哈啊……!」

手指無法比擬的質量，讓瑪荷洛流下生理性的淚水，手臂沒了力氣，抱不住雙腿。感覺好痛苦，他往上挪動身體想要逃走。

「別逃。」

諾亞用強硬的口氣說，扣住瑪荷洛的腰，將性器插進更深的地方。瑪荷洛全身汗涔涔，不過諾亞同樣渾身發燙。

「好、燙……你的體內……」

諾亞抱起瑪荷洛的腰，推動性器在裡面磨蹭。身體就像遭到刺穿一樣，瑪荷洛哭著搖頭說：「不行，沒辦法！」

「才進去一半而已……再讓我進去一點點。」

諾亞喘著氣，強行將性器推進去。灼熱的硬物一口氣進到深處，瑪荷洛不禁發出近似慘叫的呻吟。

「不要、啊、不……！啊……！咿、啊……!!」

這是瑪荷洛有生以來第一次體會到的感覺。眼前忽明忽暗，身體也不聽使喚，自己的呼吸聲更是吵得不得了。感覺又痛又難受，然而有時又會興起一股令背脊顫慄的酥麻感。

「……進去了。」

將性器推到深處後，諾亞吐出紊亂的氣息。瑪荷洛噙著淚往上一看，發現諾亞笑得非常開心。

「終於與你合而為一了。」

諾亞露出性感的笑容，激烈地吸吮瑪荷洛的脣瓣。只要諾亞稍微動一下，瑪荷洛就會忍不住顫抖，偏偏諾亞還瘋狂地舔著他的臉。

「諾亞學長……可是，這樣一來……」

能夠與瑪荷洛性交，即證明了諾亞身上流著闇魔法一族的血統。瑪荷洛不知該說什麼才好，凝視一再熱情地親吻著他的諾亞。

「之前我不是也說過嗎，其他的事怎樣都無所謂。能夠跟你做愛，我覺得很幸福。只要有這份欣快感，我什麼也不在乎。瑪荷洛，我愛你。」

諾亞帶著如痴如醉的表情抱緊瑪荷洛，親吻他的眼睛與鼻尖。這可能是瑪荷洛第一次見到諾亞如此歡快的模樣。於是他決定，現在就先別提自己的擔憂吧。

「我也喜歡學長……不過，肚子、怪怪、的。」

瑪荷洛氣喘吁吁，抹了抹漲紅的臉頰。他都不曉得，原來結合是這麼辛苦的事。不動的時候，能感覺到諾亞的性器在體內搏動。瑪荷洛搞不清楚，自己是痛還是舒服。不僅喘得上氣不接下氣，還發出奇怪的叫聲，而且渾身是汗，頭腦發昏。

「應該不要緊吧，你這裡都溼答答的了。」

諾亞撫摸瑪荷洛的性器，前列腺液將瑪荷洛的性器弄得溼淋淋的。

「怎、怎麼可能……啊……！呀啊……！你、你要動、嗎……!?」

諾亞開始小幅度擺動腰桿，使得瑪荷洛忍不住發出尖聲。瑪荷洛還以為插進來就結束了，因此當諾亞在裡面擺動時他才會忍不住大叫。

「這還用問嗎？不過，我撐不了多久。你的體內太舒服了，感覺很快就會高潮。」

諾亞以興奮的聲調這麼說，將瑪荷洛的雙腿壓在胸口上。大概是抹了香氛油的關係，諾亞一動就會發出水聲，瑪荷洛滿臉通紅扭動身子。灼熱的硬物一戳頂深處，強烈的衝擊便竄過身體。

「咿……！呀……！啊……！不會吧，我好怕……！」

體內遭到戳頂的感覺，令瑪荷洛害怕得流下眼淚。明明覺得可怕，性器卻仍昂首挺立，滴滴答答地流淌著蜜液。自己的身體是怎麼了呢？

「啊——真舒服。看你哭得抽抽搭搭真教人興奮，裡面也窄得讓人欲罷不能。別哭得那麼厲害，這樣會讓我更興奮，想要不停地狠狠頂你。」

諾亞撫摸瑪荷洛那張被淚水沾溼的臉龐，口吐驚人之語。

「好、好過分……！諾亞學長，再慢一點……！討厭，不要晃得那麼快……！有種奇怪的感覺湧上來了……！」

每當諾亞在體內律動，性器就會進到更深的地方。這讓瑪荷洛很害怕，然而身體卻在發燙，他拚了命地向諾亞哭訴。

「咦？什麼意思？你想吐嗎？還是想射了？」

諾亞似乎不明白瑪荷洛的意思，他頂著深處皺起眉頭。

「不、不知……！啊！啊！啊！」

諾亞的腰桿擺動得益發猛烈，瑪荷洛的叫聲也隨之高亢起來。諾亞抱著瑪荷洛的腿，發出野獸般的喘氣聲，挺著腰桿深深頂弄。瑪荷洛實在沒辦法忍住叫聲，只好用枕頭蓋住臉，身體隨著諾亞的動作而搖晃。

「唔——快射了。瑪荷洛，枕頭拿開。」

諾亞拉開枕頭，深吻瑪荷洛。瑪荷洛恍恍惚惚，什麼也無法思考，只能抓抱著諾亞。諾亞擺腰的動作變得更加激烈，性器在體內膨脹。

「唔、唔……！咯……！」

諾亞吻著瑪荷洛，發出模糊的悶聲。下個瞬間，某種濃稠的液體噴吐在體內。瑪荷洛身子一顫，抱緊抖動腰部的諾亞。

「唔——……！哈啊……！哈啊……！」

諾亞鬆開嘴巴，肩膀因呼吸而上下起伏。發覺諾亞在自己的體內高潮了，瑪荷洛眼裡噙著淚水，胸口顫動。呼吸快得就像卯足全力狂奔一般。諾亞緩過氣後，吸吮瑪荷洛的嘴脣，展露前所未見的、既溫柔又幸福的笑容。

「真爽快……」

瑪荷洛出神地凝視著諾亞的笑臉，喘著氣抹掉眼裡的淚水。諾亞握住瑪荷洛的性器，有些粗魯地套弄起來。才摩擦幾次，瑪荷洛就射精了，全身一抽一抽地抖動。

（我跟諾亞學長……做到、最後了……）

身體很熱、大汗淋漓，什麼也無法思考。結合帶給瑪荷洛的震撼太過強烈，整個人迷迷糊糊恍恍惚惚，這時眼尾泛紅的諾亞將下半身往後退。

「咿、呀、啊……！」

巨物從體內抽出來的感覺令瑪荷洛忍不住發出慘叫，接著諾亞將他翻過去呈現趴姿。

「不、不會吧，等、等一下……！」

瑪荷洛的呼吸都還沒恢復正常，諾亞卻再度將仍有硬度的性器前端抵在後穴上。

「慾火完全沒有平息下來。這次我想從背後來。」

語畢，他將性器推進入口。剛剛才接納過諾亞的後庭，這次毫不費勁地將他迎了進去。熱塊再度進入體內，瑪荷洛將臉埋在床單裡，身體難受得扭動。

「咿、哈！啊！啊！不要……！」

還來不及適應，諾亞就再次擺動起腰桿，瑪荷洛只好又抱住枕頭。諾亞抬起瑪荷洛的腰肢，從背後長驅直入不斷製造出水聲。

「聲音壓低一點，你叫得太大聲了。」

諾亞自背後擁著瑪荷洛這般提醒道。瑪荷洛趕緊將臉埋進枕頭裡。雖然知道必須忍住聲音才行，但不喘氣就無法宣洩體內累積的熱度。全身變得很敏感，諾亞的手繞到胸口，光是這樣一個動作就讓身體忍不住彈起。

「哈啊……哈啊……糟糕，太興奮了。」

諾亞用力吸著瑪荷洛的脖頸，以亢奮的聲調這麼說。內壁遭到時強時弱的戳頂，瑪荷洛的腰肢停止不了晃動。

「不要……不……！……嗯！」

每當諾亞的性器鑿進體內深處，瑪荷洛就會不自覺地喊著「不要」。他也不曉得自己不要什麼，不過在喪失理性與控制力的狀態下，某種近似尿意的感覺正逐漸累積，這讓他很害怕。

「裡面……舒服嗎？」

諾亞含著瑪荷洛的耳垂，噴吐熾熱的氣息。就連這樣的動作也讓身子不禁一顫瑟縮起來，瑪荷洛流下眼淚。

「我、我不知……」

瑪荷洛一搖頭，諾亞就用前端的冠狀溝頂了頂深處。當下瑪荷洛忍不住夾緊埋在裡面的諾亞，拚了命地忍住叫聲。

「你有感覺吧？裡面一直微微抽動著。這次應該能達到後庭高潮吧？」

諾亞將布滿汗水的身體貼上去，並捏住瑪荷洛的乳頭。大概是已高潮過一次，態度從容許多吧，他放慢戳頂深處的動作。每當性器一動，腰肢就會跟著抖動，瑪荷洛非常討厭這樣的自己。呼吸急促，大腿也在發抖。差點就忘了這

裡是哪裡，感覺自己好似一頭野獸。

「騙人，不要……不……！咿、唔……！」

性器不停翻攪搗弄著體內深處，瑪荷洛淌下的唾液沾溼了枕頭。頭腦一片空白。諾亞不斷戳頂著內部，令瑪荷洛淚流不止。

「不、啊……！有東西要出來、了……！」

瑪荷洛再也忍不住，試圖逃出諾亞的臂彎。但諾亞不許他逃，將腰肢拉回來。

「你就快要高潮了吧？沒關係，別抵抗。」

諾亞語帶熱情地低聲說，並且激烈地戳頂深處。肉體拍打撞擊的聲響，也經由耳朵帶來刺激。瑪荷洛實在是憋不住聲音了，於是用枕頭捂住嘴巴，抽抽搭搭地哭泣。

「不、要……！快要、尿出來了……！饒了我……！」

再這樣下去就要失禁了。瑪荷洛的身體抽搐似地頻頻抖動。

「不要緊啦，接下來交給我吧。」

諾亞粗喘著氣，抽送性器往更深的地方鑽。體內深處遭到激烈的頂弄，逼得瑪荷洛發出模糊的悶聲。一波又一波的爽快浪潮席捲而來，而且間隔越來越短。就在瑪荷洛覺得自己不行了時——一股強烈的快感，猶如電流一般從腳尖竄上頭頂。

「嗚、嗚、啊啊啊……!!」

當他察覺到時，性器已噴出精液，全身籠罩著一股甜蜜的酥麻感。呼吸紊亂到令人不敢置信的程度，腰部以下綿軟無力。瑪荷洛不停射出精液，並用力夾緊埋在體內的諾亞。

「唔……!呼、哈……!」

諾亞擠出聽似痛苦的哼聲，壓覆在瑪荷洛身上。緊接著，瑪荷洛便感覺到滾燙的液體注入體內。

「我還沒打算射出來耶……!」

諾亞的口氣聽起來很懊惱，他輕輕晃動腰部。瑪荷洛連呼吸都很痛苦，滿臉通紅地扭動身子。諾亞分明沒碰瑪荷洛的性器，他卻達到了高潮。此刻諾亞仍磨蹭著敏感的內部，讓瑪荷洛嘗到一再高潮般的快感。

「咿……哈……!」

瑪荷洛精疲力盡地撲倒在床上。過於強烈的快感甚至令人感到痛苦，他還擔心自己會不會就這樣死了。

之後，諾亞本來還想再戰幾回合，但瑪荷洛實在疲憊不堪，拿溼布將身體稍微擦拭乾淨後，便搖搖晃晃地離開諾亞的房間。雖然諾亞叫他留下來，可是魔法團的團員們都看到他前往諾亞的房間了。瑪荷洛心虛暗想，不知道其他人是否聽到了自己的淫蕩叫聲，踩著僵硬的步伐從他們的面前通過。

瑪荷洛返回自己分配到的房間，躺在床上。

直到幾個小時後身體才有辦法動彈，這時他發覺自己沾染了諾亞的味道。淋浴室在一樓，瑪荷洛獲得許可，到那裡將身體洗乾淨。淋浴室裡備有供應熱水的魔法器具，在冬季這個時節非常方便且實用。

（太、太震撼了……）

瑪荷洛淋著熱水，回味著自己與諾亞的行為，搓了搓變紅的臉龐。他總覺得仍有東西埋在屁股裡面。而且因為諾亞將精液灌注在體內，偶爾會有濃稠的液體沿著大腿內側流下來。他試著用手指摳出來，但一直很不順利。

（咿咿咿！唔哇啊啊！天哪！）

親熱時的記憶歷歷在目，每次回想起來就令瑪荷洛害羞到想要大叫。不能再繼續回憶了，他拚命思考別的事。

（今後……情況會怎麼發展呢？）

離開淋浴室後，瑪荷洛越來越擔心諾亞，內心忐忑不安。話雖如此，兩人的第一次結合對身體造成很大的負擔，因此回到房間不久，瑪荷洛便陷入沉眠。

翌日早上醒來時，魔法團團員送來羅恩軍官學校的復學許可證，瑪荷洛的心情頓時開朗起來。許可證上有女王陛下的署名。由此可知，女王陛下也同意讓瑪荷洛回到羅恩軍官學校。

瑪荷洛想快點向諾亞報告此事，因此吃完早餐後就動身前往地下室。

「瑪荷洛，我一直在等你呢。」

來到諾亞的房間時，諾亞以最燦爛的笑容迎接瑪荷洛。之前當然也很俊美，不過今天的諾亞更加風姿綽約，令瑪荷洛心頭小鹿亂撞個不停。他再度確定諾亞的臉蛋是真的漂亮，諾亞抱緊他深深一吻，更是將他迷得神魂顛倒。

「身體要不要緊？我很想一直跟你黏在一塊，結果你馬上就走了。不過沒關係，因為昨天看見了可愛到極點的你。如果這個房間能使用魔法，我們就不必分開了。雖然這裡變得相當舒適，但缺點是要洗澡的話，得叫人送熱水過來才行。」

諾亞把臉湊到瑪荷洛的後頸，邊說邊狂聞他的味道。

「咦？每次都要叫人送熱水過來嗎？」

本來在發呆的瑪荷洛突然回到現實。目前諾亞姑且算是遭到隔離的狀態，不過團長似乎下令「盡量滿足他的要求」，害得團員慘被他肆意使喚。團長肯定是想防止諾亞逃亡，才會如此費心。

「這天氣冷得要死，怎麼可能洗冷水澡嘛。」

見諾亞說得理所當然，瑪荷洛領會到天生的貴族果然就是不一樣。

「我拿到復學許可證了。」

瑪荷洛坐到長椅上，將許可證亮給諾亞看。諾亞笑咪咪地撫摸瑪荷洛的頭髮，看都不看許可證一眼。不僅如此，他還拿走瑪荷洛手中的許可證，扔到桌面一隅，然後摟著肩膀將瑪荷洛拉向自己。

「瑪荷洛，來做愛吧！」

諾亞解開瑪荷洛的襯衫鈕釦，親吻脖頸。瑪荷洛急忙退開，諾亞便拉起他的手臂親吻出聲。

「一、一大早胡說什麼呢！諾亞學長，我不是為了那種事才來的！」

見諾亞憐愛地啃著自己的手指，瑪荷洛感到驚慌，滿臉通紅地抗議。

「啊？昨天可是我們第一次做到最後耶？從今天開始，我們就瘋狂地大做特做吧！」

幹勁滿滿的諾亞捧著瑪荷洛的臉頰，將自己的唇疊了上去。瑪荷洛死命推開諾亞的胸膛，氣得豎眉瞪眼。

「諾亞學長！別管那種事了，你不用想想接下來要怎麼辦嗎！再這樣下去，回到學校的人就只有我而已耶！」

為了避免被霸道的諾亞牽著鼻子走，瑪荷洛疾言厲色地拒絕。諾亞擺出看似不高興的表情咂嘴。

「之前不是說過嗎，我有在思考那件事。我叫他們請大哥或老爸過來，但兩人都還沒出現。」

瑪荷洛對他大小聲，似乎讓他很掃興，於是諾亞擺出傲慢態度催促瑪荷洛去泡茶。做了多年傭人的瑪荷洛，當即使用房內的茶葉泡紅茶。茶壺裡裝著熱水。聽說是諾亞為了喝紅茶而要求團員準備的。

「——事後我想了想，頭髮會變紅，可能是因為我殺了許多人的緣故。」

諾亞享受著瑪荷洛泡的紅茶香氣，這般說道。瑪荷洛緊張地注視諾亞那張端正的側臉。形狀優美的薄唇碰觸茶杯。

「學長的意思是，之前藏起來的東西……跑出來了？」

瑪荷洛握緊擱在腿上的手。昨天已經證明，諾亞身上流著闇魔法一族的血統。之前這項事實沒有曝光，是因為諾亞不曾殺人嗎？

「我也想過自己跟老爸可能沒有血緣關係，但長相、眼睛與體格都有許多相似之處，所以我還是認為，我們是親生父子。既然如此，我很好奇老爸是在哪裡跟闇魔法一族的女人發生關係生下孩子。如今回想起來，他要我取得賦禮，或許就是這個緣故。」

看來諾亞本身也想了很多，他淡淡地說明。瑪荷洛與諾亞的父親西奧多只見過一次面，他看起來是個很適合稱為豪傑的人物。自從被迫得到賦禮後，諾亞似乎就一直憎恨著父親，但如果西奧多是為了找出讓兒子活下去的辦法，這難道不是父愛嗎？

「我想去克里姆森島。」

喝完紅茶後，諾亞毅然決然地說。

「去克里姆森島……」

不知怎的，瑪荷洛胸口發燙，視線與諾亞交會。

「我想去調查生母的事。有件事我一直很在意。阿拉嘉奇不是說過，闇魔法一族就住在與森人的聚落相隔兩座山的地方嗎？說不定我的另一位母親就在那裡……如果她還活著的話。」

諾亞的眼神很冷靜。之前聽諾亞說過，養育他的母親並無血緣關係，當時他似乎一點也不想知道生母的事。然而現在，他卻產生很大的興趣。可見諾亞的內心起了某種變化。

「但是，就算要去……」

以現在的狀態，他打算怎麼做呢？瑪荷洛面露鬱色。反觀諾亞，他似乎沒有任何擔憂。瑪荷洛突然領悟到，諾亞是打定主意要去克里姆森島，無論誰阻止都沒用。畢竟擁有兩種異能，如今還能使用所有魔法的諾亞，已經沒有人能與他為敵。瑪荷洛注意到這點，內心慌亂起來。

因為，諾亞成了跟齊格飛同等危險的人物——

「問你個問題——如果知道戀人未來會殺人如麻，你會怎麼做？」

諾亞以試探的口氣提問。瑪荷洛頓時陷入悲觀的情緒。

「我會阻止他，不讓這種事發生。」

瑪荷洛認真回答後，諾亞哼笑一聲。

「假如沒辦法阻止，只能殺了對方呢？」

諾亞再一次詢問後，瑪荷洛抱住他。諾亞的驚訝傳遞了過來。

「我一定會阻止的！」

瑪荷洛大聲回答，用力抱緊懷裡的人，諾亞一副驚呆的樣子笑了出來。

「到時候就殺了我啦。如果動手的是你，就算被殺我也不會有怨言喔。」

諾亞摩挲著瑪荷洛的背部，不以為意地說。瑪荷洛捧著諾亞的臉龐，淚眼汪汪地注視著他。

「如果諾亞學長快要把人殺死，我就治好那個人。我不會讓學長殺人的。這次換我保護諾亞學長!!」

瑪荷洛以堅定的語氣斬釘截鐵地說。諾亞開口想說什麼，但話還沒說出口，他的臉頰就逐漸發紅，最後露出難以形容的表情垂下目光。

「沒想到會有聽到你說要保護我的這一天……」

諾亞將自己的手疊在瑪荷洛的手上，靦腆地笑了。瑪荷洛感覺到諾亞的態度軟化了，便與他額頭相抵。見瑪荷洛小心翼翼地把嘴唇湊了過來，諾亞閉上眼睛。彼此的嘴唇輕輕相碰。諾亞勾起形狀優美的唇，洋溢著笑意。跟諾亞接吻，心裡會興起一股酸酸甜甜的感覺，真不可思議。

「你再……多親幾下。」

諾亞用甜得過火的嗓音索吻，瑪荷洛便雙手環上他的脖子，如小鳥一般啄吻他。彼此的呼吸弄得人癢癢的。瑪荷洛的身體與諾亞貼在一起，吻著吻著，諾亞那隻繞到背後的手往下移動，隔著衣物揉起瑪荷洛的臀部。

「呀啊！」

臀部遭人以稍重的力道揉捏，使瑪荷洛忍不住發出怪聲。那隻手在後庭周圍按壓揉搓，無論如何都讓瑪荷洛想起結合時的情形，身子不由得掙扎扭動。

「……好吵啊。」

本來打算接著做那檔事的諾亞，這時轉頭看向門口，納悶地歪著腦袋。走廊傳來匆忙走動的腳步聲與說話聲。瑪荷洛走向門口察看狀況，結果在門前遇到熟悉的面孔。

「瑪荷洛！」

「里昂學長！」

站在變形房門前的人是里昂。他穿著羅恩軍官學校的制服，背後跟著一名陌生的青年。青年有著惹目的鉑金色頭髮，以及翡翠色的眼珠，散發著勾魂懾魄的理性與知性氣質，瑪荷洛看他看得出神。

青年直勾勾地注視著瑪荷洛，對他微微一笑。後方則站著一群面露難色的魔法士。瑪荷洛納悶地將視線拉回到里昂身上。

「瑪荷洛，我來介紹。他是——艾佛烈殿下。因為殿下想見諾亞，我便帶他過來。」

里昂向瑪荷洛介紹站在旁邊的青年。剛剛就覺得對方不是尋常人物，原來他是王子殿下呀。瑪荷洛趕緊立正站好，慌慌張張地鞠躬行禮。那些跟在艾佛烈身後的魔法士，看到王族突然造訪都不知該如何是好。

「突然跑來，不好意思。我想見諾亞。」

艾佛烈用悅耳的低音說道，臉上露出優雅的微笑。他身穿軍服，金色鈕釦閃閃發光，披風上有王族才能使用的王室紋章。瑪荷洛連忙轉身想要通知諾亞，結果諾亞已站在他身後。

看得出來，里昂見到諾亞的紅髮時吃了一驚。

「艾佛烈殿下——好久不見。」

諾亞對於艾佛烈突然造訪一事顯得有點訝異，基於禮貌向他行禮。不知道他是不是決定不理會里昂，諾亞看都不看一眼。諾亞似乎在典禮以及社交界與艾佛烈見過面，態度十分沉著。瑪荷洛則是第一次見到王族，不知所措地躲在諾亞的背後。

「我只是想跟他談話而已。你們都回到自己的崗位吧。」

艾佛烈爽快地命令魔法士們，在他們返回崗位前都不踏進房間。猶豫歸猶豫，魔法士們不敢違抗命令，只得離開。

「瑪荷洛，幸好你沒事。當時沒機會跟你說上話……」

里昂跟著艾佛烈進入房間，手搭在瑪荷洛的肩上，面露苦笑。瑪荷洛心想自己也害里昂擔心了，便開口向他道謝。里昂與艾佛烈似乎交情不錯。自王宮那場戰鬥之後，這是雙方首次碰面。

「這是你的賦禮能力？好厲害喔，看起來就像是巨人揮下了拳頭。」

艾佛烈先是興味盎然地觀察那扇凹陷變形的房門，而後語帶玩笑地看著諾亞。諾亞板著臉，沉默地領著艾佛烈往沙發走去。

「艾佛烈殿下，看到您平安無事真是再好不過。我沒辦法好好招待您，應該沒關係吧？畢竟我現在是這樣的身分。」

請艾佛烈坐到沙發上後，諾亞攤開雙手語帶諷刺地說。瑪荷洛本想泡茶，但里昂委婉地回絕了，說是因為王族的飲食需要試毒。

「當然，有關你的報告我全都聽過或看過了。諾亞，還有瑪荷洛，希望你們坐下來聽我說。對了，諾亞，無謂的客套話就免了，我也只講重點。」

艾佛烈面帶微笑催促諾亞與瑪荷洛。諾亞煩惱片刻後，坐到長沙發上。瑪荷洛也戰戰兢兢地坐在他旁邊。

「里昂，我不想讓其他人聽到談話內容，可以麻煩你站在入口前面嗎？」

艾佛烈像是要支開里昂似地這麼指示。里昂點頭回答「好的」，聽從指示走到房間外面。不想讓其他人聽到——瑪荷洛頓時不安起來。

「反正之後大家都會知道，我就先告訴你們吧。經歷齊格飛的襲擊後，王族的人數大幅減少。目前我是第一順位的王位繼承人。也就是說——女王陛下駕崩後，統治國家的人就會是我。」

艾佛烈吐露重大消息，態度一點也不自高自大。瑪荷洛吃驚地睜圓了眼睛。這樣高高在上的人物親自來見諾亞——到底有什麼事呢？他緊張地吞口水。

「那麼……我是該恭喜您，還是要請您節哀順變？」

即使面對下任國王，諾亞的態度依然如故。雖然講話使用敬語，但口氣一點也不恭敬。

「都可以啦。而女王陛下派給我的第一件工作，就是將你的事全權交給我處置。」

艾佛烈面帶微笑，直盯著諾亞。瑪荷洛緊張地握緊雙手。

諾亞的未來，是由眼前的王子決定嗎？

「先從結論來說，要證明你沒有闇魔法一族的血統是不可能的。因為在這個國家，無人天生就是紅髮。既然無法證明你沒有闇魔法一族的血統，今後你的待遇就會跟罪人差不多。國家不僅會時時監控你，以魔法器具壓制你的力量，也會沒收你擁有的房子與領地。此外還得退學吧，畢竟不能把危險分子放在學校裡。」

艾佛烈滔滔不絕地說，聽得瑪荷洛的胃一陣刺痛。艾佛烈該不會真要處決諾亞吧？儘管感到絕望，瑪荷洛認為自己必須替諾亞說話才行，他才作勢起身，諾亞抬手制止他。

「所以？」

諾亞面不改色，用那雙細長的眼睛看向艾佛烈。瑪荷洛快被劍拔弩張的氣氛壓垮，手心都冒汗了。

「——只要接受絕對服從的咒法，我就還你自由。」

艾佛烈嘴角漾著笑意，如此說道。一時間，瑪荷洛無法理解自己聽到了什麼。

絕對服從的咒法——記得這是宮廷魔法士使用的特殊咒法之一。宮廷魔法士是只有魔法登峰造極的四賢者才能就任的特殊職位。據說中了咒法的人會發誓效忠王室，到死才能解除。為了重獲自由，諾亞必須發誓效忠王室。瑪荷洛頓時慌得六神無主。

「我拒絕。」

諾亞毫不遲疑地拒絕了。雖然瑪荷洛也不認為諾亞會接受，可聽到他的回答後一顆心直往下沉。瑪荷洛一方面在心中怨嘆「為什麼不接受咒法換取自由」，一方面又覺得如果接受了，諾亞就不再是諾亞了吧。

「為什麼要拒絕？我知道你擁有很強大的力量，但今後你想以逃犯的身分過活嗎？就算你不在乎，你旁邊的他呢？難道打算兩人一起過著逃亡生活？」

即使遭到拒絕，艾佛烈連眉頭都不皺一下。看來他早就料到諾亞會有何反應。瑪荷洛擔心自己會成為諾亞的累贅，不由得害怕起來。自己才為能夠重返學校一事開心沒多久，竟然就害自己最喜歡的諾亞陷入困境。

「先聲明，我並不戀棧現在的身分地位。反正那個家會是大哥繼承吧。以逃犯的身分過活似乎也很有意思，我是不介意過那種生活啦。況且，想阻止現在的我，即便是魔法團也得費一番力氣。」

諾亞一副無奈的語氣，搖了搖頭。

「不過這些都不是重點。我絕對無法接受的是，自己以外的某個人成為我的主人。服從某個人的那一刻，我就等於死了。艾佛烈王儲——與其提出那種無聊的條件，還不如砍了我的腦袋吧。」

諾亞露出壞到極點的絕美笑容，直盯著艾佛烈。瑪荷洛全身僵硬。對諾亞而言從屬就等於死亡。他連這一點都跟齊格飛很相似。闇魔法一族全是如此嗎？換作瑪荷洛，他才不敢對這個國家的王子說那種話。

瑪荷洛提心吊膽地偷偷觀察艾佛烈。他擔心諾亞這種傲慢無禮的態度，會觸怒身為王室成員的艾佛烈。要是對方一氣之下轉身離開該怎麼辦？彷佛要消除瑪荷洛的不安一般，艾佛烈抬起手捂著嘴巴。

「呵呵……呵呵、呵、哈哈哈……！」

他一副憋不住的樣子笑了出來，看得瑪荷洛目瞪口呆。艾佛烈似乎覺得好笑得不得了，彎著身子哈哈大笑。諾亞一臉不悅地別過頭。

「真可惜啊……還以為能讓你服從我呢。」

艾佛烈忍著笑，身體頻頻晃動。他沒……生氣？瑪荷洛輪流看著兩人的臉。

「不過我早就料到你會這麼說。既然這樣，這是我的妥協方案。」

艾佛烈從懷裡取出一只小瓶子，安靜地放在桌上，裡面裝著漆黑的液體。

「這是以特殊染料製成的染髮液。只要染過一次，就可以維持半年吧。總之你先把頭髮染黑，至於頭髮變紅的原因就說是異能失控造成的影響。我已經做好安排，讓這件事能夠說得過去。這是女王陛下也同意的處置。陛下似乎希望擁有強大異能的你，能夠成為與我們並肩作戰的同志。不過，絕對不能使用闇魔法的力量喔！畢竟只要動用闇魔法的力量，闇之精靈就會聚集過來，看得見精靈的人立刻就會發現。如果你要與闇魔法一族對立，就接受這項提案吧。」

艾佛烈嫣然笑道。瑪荷洛注視諾亞。這個意思是……王子願意幫助諾亞嗎？大概是受不了瑪荷洛的期待眼神吧，諾亞一副不情願的樣子搔了搔頭髮。

「——代價呢？」

諾亞以質疑的目光看向艾佛烈，這麼問道。

「我就直說囉。一次就好，我想前往禁入區。」

艾佛烈雙眼發亮，將上半身往前探，提出意想不到的要求。那雙閃閃發亮的眼眸望向瑪荷洛，臉上露出頑皮的微笑。

「希望到時候光之子也務必同行。」

在艾佛烈的注視下，瑪荷洛的臉頰熱了起來。不知為何，只要待在艾佛烈的旁邊，聽到他的聲音、被他的目光注視，自己就會心跳加速。相信他一定迷倒了許多人吧，因為目光會自然而然被他吸引過去。

「前往禁入區？你是認真的嗎？身為王族，而且還是下任國王的你要去那麼危險的地方？」

艾佛烈的要求也讓諾亞錯愕一愣。

「真是個蠢問題耶。越是不允許的事，越讓人想要嘗試不是嗎？不曉得祖母還能在寶座坐上幾年。即便是我，成為國王陛下後一樣沒辦法微服從事這種活動吧。所以，我才想盡快前往那座島的最深處一探究竟。」

艾佛烈的目光流露著嚮往與渴望。跟普通人相比，身為王族的艾佛烈理應掌握更多關於禁入區的資訊才對。然而他依舊想去，是因為那個地方很特殊嗎？難道，他想得到賦禮？

「哦……哎呀，我對賦禮沒興趣。」

艾佛烈似乎從瑪荷洛與諾亞的表情看出兩人的想法，他聳了聳肩。

「我是想瞭解禁入區的地質、生活在那裡的人們，以及只能在那塊土地上生存的神祕生物啦。」

諾亞似乎也明白艾佛烈所言不假。

「為什麼要我帶路？你難道不怕也許有闇魔法一族血統的我嗎？我也有可能帶你到那種窮鄉僻壤後，趁你不備殺了你吧？」

諾亞的雙眼謹慎地盯著艾佛烈。

「假如是想消滅王族的齊格飛倒還有可能，不過你的話我就沒這種疑慮。你對地位、金錢、女人都沒興趣。打從第一次見面時我就在想，怎麼會有活得如此無聊的男人，一直很同情你呢。不過，你似乎在遇到特別的人後就改變了……」

艾佛烈以別有深意的眼神看著瑪荷洛。在那雙眼睛的注視下，瑪荷洛不禁神魂蕩漾，出神地看著艾佛烈。諾亞面露慍色，用腳尖輕踢瑪荷洛的腳。瑪荷洛登時回過神來，低頭面向下方。

「帶路這件事，沒有比你們更適任的人選吧？有報告指出，上次王宮遇襲時，『惡食幽靈』並不攻擊你。關於這點一般人都不曉得，其實『惡食幽靈』具有聽從闇魔法一族命令的習性。之前你們在禁入區的地下道遇見『惡食幽靈』時，祂不是特別對你感興趣，纏著你不走嗎？應該是因為感應到闇魔法一族的血統吧。」

艾佛烈說得很乾脆。他確信諾亞擁有闇魔法一族的血統。之前去禁入區時，「惡食幽靈」的確很仔細地觀察諾亞。而當時瑪荷洛想都沒想過，諾亞擁有闇魔法一族的血統。

諾亞沉思了半晌。不過，他領悟到欺瞞與逃避都是沒用的吧。諾亞放鬆下來，端正坐姿。

「……我明白了。既然您要微服私行，我們就盡最大的努力協助您吧。不過，事後被發現時，您必然會袒護我們吧？可別說是我們威脅您，硬把您帶去那裡啊。」

諾亞拿起放在桌上的小瓶子，以表面恭敬實則無禮的態度看著艾佛烈。

「當然，如果你們能讓我活著回到王都，我會盡最大努力幫你們的。」

艾佛烈模仿諾亞的口吻，一隻眼睛朝他們眨了一下。

「那就達成協議了。」

艾佛烈作勢起身，將手遞向諾亞。諾亞也起身，握住他的手。瑪荷洛同樣趕緊站起來，艾佛烈面帶微笑將手伸過去。瑪荷洛戰戰兢兢地碰觸那隻手，對方便用力握住他。那隻手又大又溫暖。

「光之子——瑪荷洛，感謝你救助了我重要的臣民。」

見艾佛烈以真摯的態度向自己道謝，瑪荷洛不由得翕動嘴脣。這就是王族的氣場嗎？彼此一接觸便感受到一股強勁的力量。要不是對方握著他的手，瑪荷洛應該已不自覺地跪了下去吧。

瑪荷洛也知道剛見面不久就有這種感覺很奇怪，但他確實對這位王子有好感。如果這樣的人當上國王，身為國民的自己會很開心。

「那麼，我告辭了。我會先做好安排，等你們回到克里姆森島後，就能馬上跟你們會合。」

艾佛烈爽快地說，並瀟灑地走出房間。原本站在門前趕人的里昂緊接著走了進來。

「艾佛烈殿下說了什麼？要不要緊？諾亞，你的髮色……」

里昂似乎沒聽到房內的對話，提出一個又一個問題。就在瑪荷洛他們不知該如何回答之際，走廊傳來艾佛烈的呼叫聲，里昂才匆匆忙忙離開。

「呼啊……」

房內只剩自己與諾亞兩個人後，瑪荷洛莫名鬆了口氣，躺靠在長沙發上。

「諾亞學長，剛剛我還擔心不知道結果會怎樣……太好了，艾佛烈王子是好人。」

瑪荷洛精疲力盡地閉上眼睛。諾亞呆愣地咂嘴，輕敲瑪荷洛的腦袋。

「你中了艾佛烈殿下的『蠱惑』吧？真讓人火大。」

見那張看起來很不高興的臉龐湊了過來，瑪荷洛驚訝地眨了眨眼。

「蠱、蠱惑……的魔法？」

自己中了那種玩意兒嗎？

「那是王族擁有的特殊魔力啦，跟魔法不一樣。和上次見面時相比，威力增強了好幾倍。一定是因為王位繼承順位上升的關係吧。等他當上國王後真不知道會如何。我先提醒你，那小子絕對不是什麼好人。許多人都是因為對他印象不錯而被他騙了，那小子不會對任何人表露真正的想法，是天生就立於人上的王者。」

諾亞惡狠狠地瞪著房門。瑪荷洛不曉得艾佛烈使用了「蠱惑」魔力，但因為他願意幫助諾亞，瑪荷洛依舊覺得他是個好人。說到底，諾亞實在太愛懷疑別人了。

「話說回來，沒想到艾佛烈殿下居然對那塊土地有興趣……」

諾亞打開小瓶子的蓋子，從沙發上起身。

「沒時間在這種地方磨蹭了哪。瑪荷洛，幫我染頭髮。」

這般吩咐筋疲力盡的瑪荷洛後，諾亞走向浴室。瑪荷洛趕緊追了上去，同時也因為諾亞能夠安然度過危機，心中的大石總算放下。

5 循著命運的跫音

謁見艾佛烈的隔天，諾亞就重獲自由了。可見艾佛烈是個言而有信的男人。關於諾亞那件事，表面上的說法是因為過度使用異能，頭髮才會暫時變紅。雖然不知道有多少人相信這個解釋，畢竟擁有賦禮的人本來就少，所以無人對王室的判斷提出異議。

瑪荷洛打算跟染成黑髮的諾亞一起回學校，離開前他被請去團長的房間。

「瑪荷洛，從今以後護衛會跟著你。雖然在學校應該會很引人注目，你就當作是珍貴的光魔法一族必然的命運，乖乖接受吧。」

團長向瑪荷洛介紹站在牆邊等候的兩名青年。瑪荷洛便直接向團長表示，他願意接受護衛，但不需要替他安排照顧生活起居的人。本來還擔心保護自己的護衛不知道是怎樣的人物，幸好兩人給他的印象都很平易近人。

「我是約書亞．諾蘭德，來自雷魔法一族。今後請多指教。」

其中一名眼睛細長、戴著眼鏡、站姿端正的男子將手遞向瑪荷洛。約書亞出身於分家，特別擅長用槍。據說他成為遠距離射擊考試的紀錄保持者已有幾年時間，至今仍無人打破他的紀錄。

「我叫寇克・鮑德溫，請多指教！」

另一人是身材嬌小的短髮青年，看起來很活潑。他握著瑪荷洛的手甩啊甩，接著露齒一笑。

「我們本來就在克里姆森島上服勤，所以用不著在意啦。」

見瑪荷洛一副誠惶誠恐的模樣，寇克便拍他的背用開朗的聲調這麼說。寇克對瑪荷洛展現的親暱態度惹毛了諾亞，當下瞪了寇克一眼，嚇得他縮起身子怪叫一聲。同樣在場的校長雖然對諾亞的態度感到頭疼，不過看到諾亞重獲自由，總算讓她放下心中的大石。

「那麼，我們就一起回島上吧。保險起見，魔法團會一路護送我們喔。」

校長將薄荷色的頭髮梳起來，高聲說道。能以原本的模樣回到克里姆森島，令瑪荷洛感觸頗深。被奧斯卡擄走時，他還絕望地以為再也回不去，如今竟然能夠復學。

「瑪荷洛，回到學校後，麻煩你搬到奧斯卡的房間。那本來是給白金三人組使用的寢室，不過現在空出了一間。這樣對兩位護衛而言也比較方便吧。」

校長在前往港口的馬車上提起這件事，瑪荷洛聞言吃了一驚，差點讓窩在腿上的阿爾比昂摔下去。

「可、可是，我這樣的人要是住進那個房間，會遭到大家怨恨吧……可以的話，我想回到原本的寢室跟札克同住……」

從旁人的角度來看，此舉無疑是搶走奧斯卡的房間吧。一想像其他學生的反彈，瑪荷洛就臉色發青。比方說奇斯就絕對會跑來罵他。

「考量警備問題，住個人房是最理想的。我會讓你回到原本的班級，所以換房間一事就別拒絕了。其他學生應該不會怨恨你吧。既然有能力喚出精靈王，你現在的實力無疑是全校第一。只不過有可能會招來嫉妒就是了。」

校長摸了摸瑪荷洛的頭鼓勵他，他只好看向旁邊的諾亞求救。

「為什麼要跟別人同住一間寢室？當然是個人房住起來比較舒適吧。床很大，房間也很寬敞耶？況且，就連我都沒辦法喚出精靈王。你要更有自信一點。」

諾亞似乎無法理解瑪荷洛猶豫不決的心情，歪著腦袋這麼說。好不容易能夠復學，結果一回去就受到特別待遇，瑪荷洛實在很怕周遭的反應。

不過，離開魔法團宿舍後，瑪荷洛也感受到自己的變化：只要凝神細看，就能看見以前看不到的精靈。是不是喚出水之精靈王時，灑在頭上的水珠帶來的影響呢？雖然不清楚看得見的原因，不過瑪荷洛發現精靈會在綠意盎然的地方飛舞。

另外他也注意到，精靈會跟在特定人物的身邊保護他們。

校長、團長與諾亞的身邊不時有精靈現身。約書亞與寇克似乎就沒有精靈時時陪伴左右。引人注目的出眾人物，或是善良溫柔的人物，身邊都有該血脈的精靈親近陪伴。就連瑪荷洛自己也一樣有精靈跟隨在身邊。由於散發著光點，祂們應該是光之精靈吧。精靈們總是快樂地跳著舞，或者親吻瑪荷洛的頭髮與臉頰。

諾亞身邊則有火之精靈陪伴。就瑪荷洛所見，諾亞身邊並無像是闇之精靈的東西。只不過瑪荷洛沒見過闇之精靈，不知道祂們長什麼樣子就是了。

瑪荷洛一行人從距離王都最近的港口，搭乘軍艦前往克里姆森島。這趟路程大概花了七個小時吧。雖然抵達克里姆森島時已是深夜，不過副校長與喬治老師都到港口迎接他們。

「能夠平安無事回到這裡，真是太好了。對吧，瑪荷洛？」

校長摟著瑪荷洛的肩膀，為他們沒遭到敵人妨礙順利抵達一事而開心。

自己被奧斯卡擄走，而後又發生屠殺王族這場動搖國家的重大事件，瑪荷洛總覺得自己離開這座島已有很長一段時間，然而實際上卻還過不到一個月。

今後再也不需要染髮，也不需要偽裝自己了。

瑪荷洛挺起胸膛，邁出腳步。

能以學生身分回到學校，札克與其他同學都格外為瑪荷洛高興。雖然不再是室友，札克對待瑪荷洛的態度依然如故。

瑪荷洛是光魔法一族的後裔，而且在王都喚出光之精靈王拯救了許多人一事在校內傳開，促使之前對瑪荷洛不感興趣的學生們突然關注起他來。再加上，瑪荷洛不再染頭髮，導致他無論走到哪裡都很引人注目。魔法課依舊是由校長進行個人指導，不過瑪荷洛很享受能夠學習的樂趣。

而態度跟以前一樣的人，不只札克一個。

「我還沒有認可你呢！」

瑪荷洛住進個人房後，奇斯非但沒變得謙卑，反而還跑來嗆聲。見奇斯的態度依然如故，瑪荷洛反倒覺得高興，忍不住握住他的手。因為周遭的態度跟之前天差地遠，令瑪荷洛很不自在。結果這一握反讓奇斯不知所措，急忙推開瑪荷洛落荒而逃，札克見狀故作成熟笑道：「那小子還是個小鬼頭呢。」

瑪荷洛一直以為札克很討厭奇斯，難道不是這樣嗎？

「那麼，先來談談課程內容。」

頭一天上魔法課時，校長把瑪荷洛叫去圖書館。因為正值上課時間，圖書館內除了瑪荷洛他們外，就只有年長的圖書館員安妮。阿爾比昂一副愛睏的模樣，坐在瑪荷洛的腿上。

「我覺得以符號施展的魔法比較適合你。施展詠唱魔法時，你會無法控制魔力，應該是缺乏想像力的緣故吧。就這點而言，符號不太需要想像力。想施展魔法時，只要在空中畫上該魔法的符號就好。不過——背符號很費勁就是了。」

校長從書庫拿出一本很厚的魔法書，放在瑪荷洛眼前。那是一本相當年久陳舊的書。試著翻了幾頁，發現上面羅列著符號與對應的魔法效果一覽表。

「你就從簡單的魔法開始，依序背下來吧。別擔心，當你記到一定程度時就會發現法則吧。這樣一來你就不會背得很吃力了。」

校長笑咪咪地說，但魔法書有十公分厚。究竟要背下多少個才行呢？瑪荷洛不禁擔心起來。而且，魔法書裡並未收錄光魔法與闇魔法的符號。當時是水之精靈王教導瑪荷洛呼喚光之精靈王的符號，他才能夠喚出光之精靈王。之後治癒大量傷患，則是動用光之精靈王的力量。瑪荷洛只是在光之精靈王與大廳裡的傷患之間扮演媒介角色，並非使用符號施展魔法。

「符號的好處是，一旦記住了，日後只要在腦中想像符號再對著空氣畫出來即可，所以能夠縮短時間。戰鬥時，或是想快點發動魔法時很方便。」

校長說了一聲「加油喔」，激勵正跟魔法書大眼瞪小眼的瑪荷洛。

「瑪荷洛要使用符號啊……聽說你的魔力量很驚人。我沒什麼魔力，真羨慕你呢。」

寇克站在瑪荷洛的書桌旁邊，探頭看著魔法書這麼說。

抵達克里姆森島後，寇克和約書亞就時時跟在瑪荷洛身邊。他們總是低調地在一旁護衛，以免打擾瑪荷洛上課或度過校園生活。

「因為你是空有體力的笨蛋嘛。」

站在窗邊的約書亞嘲笑道。寇克雖然身材嬌小，不過劍術實力在魔法團裡可是頂尖水準。魔法團是學生們崇拜與嚮往的組織，因此畢業後想進入魔法團的學生紛紛跑來狂問兩人各種問題。

「今天你就專心背符號，下課鐘響再回到班上吧。噢……等一下。」

就在校長把瑪荷洛交給寇克及約書亞看顧，準備離開圖書館之際，她發現一隻白鷹從窗口溜了進來，登時皺起眉頭。

「信？」

白鷹朝著校長筆直飛來，最後停在校長肩上收起翅膀。約書亞與寇克瞬間變了臉色，氣氛緊繃起來。校長取下綁在白鷹腳上的信。瑪荷洛心想「怎麼了？」，小心翼翼地注視眾人。

「……寇克，不好意思，麻煩你去叫諾亞和里昂過來。我有事要在不開放的房間裡跟他們談。」

校長看完信後，面露些許慍色地指示道。寇克行禮後，有如一陣風般迅速離開圖書館。校長找諾亞和里昂過來這裡，到底有什麼事呢？而且還要在不開放的房間裡談話。

「約書亞，我和瑪荷洛、諾亞、里昂要在不開放的房間裡待上一陣子。麻煩你別讓任何人進來圖書館。」

校長命令道，約書亞將拳頭抵在胸口上回答：「遵命。」

幾分鐘後，寇克便帶著正在上課的諾亞及里昂回來。剛才他們似乎正在進行射擊訓練，迷彩服上散發著火藥味。諾亞一看到瑪荷洛，便喜孜孜地展露笑顏。里昂則是表情僵硬，不明白出了什麼事。回到克里姆森島已經三天，但瑪荷洛只有午餐時間能跟諾亞見到面。而且寇克或約書亞依舊寸步不離，所以兩人一直沒辦法聊私事。

「諾亞、里昂，到不開放的房間裡談吧。里昂是第一次進去嗎？那是藏在這裡的祕密房間。」

校長拉著瑪荷洛的手臂，知會安妮一聲後，走進櫃檯後方的館員室。寇克與約書亞似乎要在外面待命。約書亞正在詠唱某個魔法的咒語，可能是在張設結界防止任何人進入圖書館。

「所有人先手牽手。」

在校長的指示下，諾亞一隻手抓著瑪荷洛的手，另一隻手抓著里昂的上衣。阿爾比昂則待在瑪荷洛的頭頂上。校長站在最前頭，伸手碰觸內側的牆壁，口裡喃喃念著什麼。隨後空間扭曲變形，校長的身體被吸進牆壁裡。瑪荷洛趕緊跟了上去，諾亞、里昂也依序進入牆內。

不開放的房間，是之前瑪荷洛在調查齊格飛失蹤一事的線索時，偶然闖進去的密室。牆壁貼著花朵圖案的壁紙，室內則有使用了很久的暖爐、觸感不錯的沉穩長沙發與茶几，地上鋪滿柔軟的地毯。照明只有吊在天花板的枝形吊燈，沒有門窗。

「圖、圖書館裡竟然有這樣的房間？」

里昂第一次來到不開放的房間，驚訝之情表露無遺。瑪荷洛是第二次，他想起上次自己在這房間裡跟諾亞做了猥褻的行為，臉頰頓時有如著火一般發燙。

「這是可防範所有竊聽的房間喔。缺點是偶爾會被魔力強大的學生發現。」

校長語帶困擾地說。

「麻煩來了。今晚，艾佛烈殿下要私訪這座島。」

校長對著並肩坐在長沙發上的瑪荷洛三人，單刀直入地這麼說。瑪荷洛心頭一驚，忍不住抓著旁邊諾亞的手臂。想請他們帶路前往禁入區的艾佛烈王子——雖然知道那個人遲早會來，但時間比他預期的還早。回到這裡後，自己的生活都還沒穩定下來呢。

「他想前往禁入區，希望你們三人與他同行——你們應該能向我解釋，這是怎麼回事吧？」

校長露出令人發毛的笑容，俯視瑪荷洛他們。撇開自己和諾亞不談，里昂只是被牽連進來的吧？瑪荷洛不由得同情他。

「艾佛烈殿下要去禁入區……？怎麼可以，太危險了！要是他有個萬一該怎麼辦！再說，這種事根本不可能批准吧！」

里昂半站起身，激動地抗議。里昂跟艾佛烈似乎從以前就很熟稔。

諾亞低聲揶揄：「好一頭忠犬。」

「雖說是微服私行，不過信上說已獲得女王陛下的許可。我是很想相信信裡所寫的是事實啦。」

校長判斷里昂完全不知情，便以質疑的目光俯視諾亞與瑪荷洛。瑪荷洛煩惱著該怎麼說明，艾佛烈在魔法團地下室與他們定下的約定。

「這只是王子殿下心血來潮的遊戲吧？」

諾亞若無其事地睜眼說瞎話。校長當然不可能聽信這種鬼話，她用力握住諾亞的肩膀說：「諾亞……我可以動用校長權力找你碴唷？」

「……我只是跟艾佛烈殿下做了一點交易而已。那位殿下說，他實在很想調查未開拓之地。因為殿下拜託我帶路，我不過是當個忠誠的臣民接下任務罷了。」

諾亞避重就輕地解釋了這件事。基本上事情的確是這樣沒錯。見瑪荷洛點了點頭，校長皺著眉心。

「那位王子對禁入區有著非比尋常的興趣哪。真是的，就會給人找麻煩。他知道自己的立場嗎？雖說是私訪，他真要去那個地方？」

校長捏爛信紙，怒沖沖地罵道。

在絕大多數的王族皆慘遭殺害的那起事件過後，王都舉辦了一場盛大的葬禮。女王陛下宣布加強守備，防止同樣的事再度發生。王位繼承順位僅次於艾佛烈王子的人，是五歲的娜塔夏，她是其兄長的長女。但是娜塔夏體弱多病，事件當天也是因為發高燒才沒參加聚會。因此眾人都強烈希望艾佛烈趕緊結婚，誕下子嗣。

「艾佛烈說，他希望今晚就能前往禁入區。信上還說團長會與他同行。麻煩你們三個也一起去，這次我就不隨行了。唉，畢竟禁入區又不能使用魔法，我跟去也沒什麼意義。」

校長語帶嘆息地說。

得知校長不去，瑪荷洛莫名不安起來。禁入區無法使用魔法，一踏進那塊土地，校長的返老還童魔法就會解除。所以說跟去也沒意義或許是正確的，但瑪荷洛還是希望校長也能同行，成為眾人的精神支柱。這次團長會跟去，可能也是校長不參加的原因之一。

「雷蒙居然會答應艾佛烈的魯莽要求，真讓人不敢相信哪……」

校長一副不能接受的樣子，交抱著手臂。

「請問……我也要去禁入區嗎？」

里昂大概是不知道該怎麼辦吧，目光罕見地飄移不定。

「可是我不想得到賦禮……」

聽到里昂囁囁嚅嚅地這麼說，諾亞聳肩道。

「殿下說他對賦禮沒興趣喔，雖然不知道這句話是真是假。居然連魔法團的團長都帶上了，應該是真的要去吧。他似乎想去調查地質以及拜訪當地居民。只要見過森人後，立刻掉頭回來就行了吧。」

諾亞這般勸道，里昂聞言低下頭來。經過一番猶豫後，瑪荷洛試著開口插話。

「其實……我本來也打算再去一次那個地方，跟光之精靈王見上一面。」

之前靈魂出竅時，瑪荷洛與光之精靈王講沒幾句話就回到肉體了。他想問光之精靈王，自己從小聽到的「打開那道門」這句話是什麼意思。

「光之精靈王啊……」

諾亞瞇起眼睛。

「等等，你剛才說與殿下做了交易是吧？所以說，那天你們在地下室談的就是這件事吧？」

原本低著頭的里昂，像是這時才注意到似地抬起頭。

「諾亞，為什麼艾佛烈殿下要你帶路？那裡又不能使用魔法。」

聽到里昂這般質問，瑪荷洛提心吊膽地看著互瞪的兩人。諾亞會坦白告訴里昂，自己擁有闇魔法一族的血統嗎？

「那個地方可以使用賦禮的異能，所以才會找上我吧？帶兔男……那位團長一起去也是出於這個原因吧？」

諾亞泰然自若地解釋，瑪荷洛聞言鬆了口氣，但也感到憂心。不向里昂吐露祕密是沒關係，但到了那個地方，諾亞的真實身分難道就沒有曝光的風險嗎？

「這樣啊……原來如此……既然這樣，或許就能確保殿下的安全了。」

里昂一副了然的態度點頭後，再度陷入沉思。

「總之事情就是這樣，接下來的課你們三個都不用上了。吃完晚餐後自行準備好十天份的行李，再到我的宿舍集合。別忘了攜帶槍與劍。對喔，瑪荷洛還沒拿到個人的用槍許可。不過以你的成績，帶槍或許更危險呢。」

聽到校長若無其事地指出自己的弱點，瑪荷洛不禁垂頭喪氣。畢竟瑪荷洛連槍枝都組裝不好，讓他拿槍的確有可能危害到自己人。

「好不容易才能回來上課的說……」

走出不開放的房間時，瑪荷洛失望地喃喃自語。一想到從今晚開始就要野營，便令他對校園生活依依不捨。至少在出發之前多記一個符號吧！瑪荷洛跑向擺在書桌上的書。這本魔法書難道不能帶去嗎？他試著詢問安妮，但對方很乾脆地回答「禁止外借」。

「寇克、約書亞，我也有話要跟你們說。」

離開不開放的房間後，校長對等在外頭的寇克及約書亞招手。里昂似乎回宿舍收拾行李去了。瑪荷洛決定至少趁著出發前的幾個小時，把初等魔法的符號抄下來，但是當他面向書桌時，諾亞卻一屁股坐在厚厚的魔法書上。

「諾亞學長！你怎麼可以坐在魔法書上！」

正想用功卻立刻遭到阻礙，瑪荷洛氣得抗議。阿爾比昂也尖聲汪汪叫，跟瑪荷洛一起責備諾亞。

「比起念書，你還有其他該做的事吧？那天之後我們就一直沒機會單獨相處耶？距離出發還有幾個小時，我們馬上回房間做愛。」

諾亞很認真地說出讓人差點從椅子上摔下來的話。

「你、你在、胡說什麼啊！諾亞學長不要臉！」

瑪荷洛滿臉通紅，想從諾亞的屁股底下將魔法書抽出來，諾亞見狀伸手捧著瑪荷洛的頭，手掌包覆著耳朵。

「什麼不要臉，這是正常的欲望吧。是說你知道嗎，我已經三年級了耶？」

諾亞彎下身，將瑪荷洛的頸子拉向自己。

「知、知道，學長是三年級生嘛……？那又怎樣？」

他是想說幸好沒被退學嗎？瑪荷洛納悶地歪著腦袋瓜，諾亞見狀嘆了一大口氣。

「升上四年級後，就得進入軍隊進行現場實習。再過半年，我就要離開這所學校了耶？怎麼能讓念書這種事打擾剩餘的寶貴時間。」

聽到諾亞振振有詞地解釋，瑪荷洛頓時愣住。經他這麼一說，的確是這樣沒錯。再過半年諾亞就是四年級生，絕大多數的時間都不在學校裡。話雖如此，對一年級的瑪荷洛來說，念書不是很重要嗎？奇怪，諾亞學長的主張是對的嗎？瑪荷洛就快被諾亞過剩的自信牽著走，應他的期望迷迷糊糊地站起來。

「請、請等一下！今晚就要去禁入區了，絕對不能在出發前做出會給身體造成負擔的行為！」

差點就上了諾亞的當，幸好瑪荷洛在最後一刻恢復理智。臉頰登時燙得如火在燒。瑪荷洛想起跟諾亞做到最後的那一天，忍不住挪開身子。因為事後他走路姿勢一直都怪怪的。更何況，考量到上次的行軍情形，出發前絕對不能從事會使人疲勞的行為。

諾亞「嘖！」了一聲，從瑪荷洛手中拿起魔法書。

「這裡跟這裡，還有這個跟這個。」

諾亞攤開那本厚厚的魔法書，開始到處亂撕。看到諾亞撕破珍貴的魔法書，瑪荷洛驚嚇過度，發不出聲音來。

「有這些就夠了吧。」

諾亞將撕下來的內頁塞進瑪荷洛的口袋裡，然後就嘟嘟囔囔地往圖書館外走去。所幸，安妮在後面的館員室裡泡紅茶，似乎沒注意到諾亞的離譜行徑。

（我、我也被迫成為共犯了……！）

瑪荷洛從口袋取出撕下來的魔法書內頁，驚慌失措地走來走去。那五張紙上記載著火、風、水、土、雷的初等魔法符號。本來想將書恢復原狀，偏偏這時校長、寇克與約書亞走了回來，情急之下瑪荷洛又將紙塞回口袋裡。這下子，他只能事後偷偷修復這本書了。

（諾亞學長真是的……！）

瑪荷洛埋怨著早已不見人影的諾亞，提心吊膽地將魔法書還回去，慌慌忙忙離開圖書館。

回到自己的房間後，他趕緊收拾行李。先準備迷彩服，然後將睡袋、小刀、水壺、食物與日用品塞進背包裡。雖然只準備最低限度的量，背包仍塞得滿滿當當。總之這樣就夠了吧。瑪荷洛將口袋裡的魔法書內頁拿出來看。

（好厲害，這些全是我需要的符號。）

重新查看撕下來的內頁，瑪荷洛發現上面記載的符號全是一年級學的魔法。諾亞主要使用的是詠唱魔法，理應對符號不太熟悉才是呀……

（……剛才自己的態度是不是有點差呢？）

開始默背這些符號後，瑪荷洛便心神不寧、坐立難安。

回到克里姆森島才三天，瑪荷洛覺得自己得快點追上其他人才行，心裡一直很著急。雖說他治癒了許多人，但那是光之精靈王幫的忙，瑪荷洛怎麼也不認為是自己的力量。

自己必須快點成為獨當一面的魔法師，擁有保護諾亞的力量才行。由於這個念頭越來越強烈，回到島上後他才會一直很焦慮。

（諾亞學長……）

一想到諾亞，內心就越來越不安，於是瑪荷洛決定造訪諾亞的寢室。雖然時間還早，邀他共進晚餐也不錯。想起剛才自己冷漠對待諾亞一事，後悔便湧上心頭，瑪荷洛抱著阿爾比昂敲了敲諾亞的房門。

「諾亞學長，我要進去囉？」

因為敲了幾次門都沒有回應，瑪荷洛戰戰兢兢地推開房門。諾亞悶不吭聲地躺在床上，並未收拾行李。阿爾比昂進入諾亞的寢室後，確定布魯不在裡面，便窩在沙發的坐墊上休息。

「諾亞學長，呃……」

瑪荷洛緩慢地靠近諾亞。原本在閉目養神的諾亞睜開眼睛，凶巴巴地瞪著他。

「你有正在跟我交往的自覺嗎？」

諾亞面無表情地問，瑪荷洛吃了一驚連忙搖了搖手。

「當然沒有！我怎麼敢當！」

見瑪荷洛大聲否定，諾亞傻眼地坐起上半身。

「原來沒有嗎⁉什麼跟什麼啊。我這麼喜歡你，你卻不是這樣嗎？你不是說，無論我做什麼你都願意接受嗎？」

看來瑪荷洛的回答出乎他的意料，諾亞橫眉豎眼地逼近問道。

「啊，不是，呃……我非常清楚諾亞學長的心意……我也、喜歡你。」

瑪荷洛雙頰泛紅這麼說後，諾亞那雙氣得吊起的眼睛才恢復原狀。他拉著瑪荷洛的手臂，將人摟了過去。瑪荷洛就剛好卡在諾亞的兩腿之間，心跳加速。

「既然喜歡，為什麼不承認我們是情侶？」

諾亞不滿地將下巴擱在瑪荷洛的頭上，雙手環住瑪荷洛的腰腹，不讓他逃走。

「我這種人怎麼能跟諾亞學長交往，太僭越了。我……當個傭人或寵物就夠了。」

瑪荷洛表明自己的真實心情後，諾亞發出一聲苦惱的低吼，整個人往後倒。瑪荷洛也跟著倒下去，意外變成騎在諾亞身上的姿勢。

「你這想法是怎麼回事……我無法理解。我可沒有跟寵物上床的嗜好啊。」

諾亞似乎無法理解瑪荷洛的心情，看他的眼神就像看到了奇異之物。瑪荷洛從諾亞身上滑下來，依偎在他旁邊。

「那你的意思是，我跟某個貴族結婚也無所謂嗎？」

諾亞以手肘拄著床鋪，捏住瑪荷洛的臉頰。

「啊，是。我希望諾亞學長跟門當戶對的女性結婚。」

見瑪荷洛點頭，諾亞一副受到打擊的樣子停止動作。隨後他使勁揑著臉頰，疼得瑪荷洛含淚叫了一聲「咿呀」。

「居然一臉認真地回應玩笑話……你一直都是這麼想的嗎？是因為你長久以來都在當傭人的關係嗎？真不敢相信，你是叫我把你當成情婦或寵物嗎？我搞錯了什麼嗎？誰來幫我翻譯一下！」

諾亞擺出陰鬱的表情，如連珠炮般一句接著一句。瑪荷洛不明白諾亞為何受到這麼大的打擊，納悶地微側著頭。

「呃……話說回來，諾亞學長，剛剛很對不起。因為我想快點擁有保護學長的力量，才會那麼焦慮。雖然我的格鬥術很差，但我會盡力學好魔法的。為了達到無論學長受了什麼傷都能治好的水準，我會好好努力的。」

瑪荷洛以認真的眼神注視諾亞。諾亞依舊滿臉鬱色，抬起雙手掩面。

「完全沒辦法溝通……問你個問題——該怎麼教導倉鼠什麼是愛？」

諾亞大嘆一口氣問道，瑪荷洛沉吟了一會兒。

「倉鼠應該不需要愛吧？而且牠們很會生，應該不怕滅種，所以比起愛，牠們更需要飼料吧？」

聽到瑪荷洛正經八百地回答，諾亞一語不發地翻身背對他。

跟諾亞聊著聊著，轉眼間就到了集合時間，瑪荷洛換上迷彩服，背起沉甸甸的背包，與寇克及約書亞一起前往教員宿舍。校長的使魔——兩隻羅威那犬就在校長宿舍前看門。一見到瑪荷洛的身影，羅威那犬便吠了一聲。

「進來吧。」

校長開門，招呼瑪荷洛進去。

「打擾了。」

闊別多日再度踏進校長的宿舍後，瑪荷洛吃了一驚。因為跟他被奧斯卡擄走之前相比，屋內的裝潢全然不同。不僅壁紙換了顏色，桌椅、廚房的擺設也都變得不一樣。

「哦……其實那天，諾亞發現你被擄走時，破壞了我的宿舍。房子是匆忙修繕的，家具則是新買的。」

校長苦笑道，瑪荷洛尷尬地抽動臉頰。屋內尚無其他人在，不過跟校長聊了一會兒後，全副武裝的諾亞和里昂也進到屋內。

「都到齊了呀。他們也差不多要到了吧。」

全員到齊後，校長將瑪荷洛他們趕到臥室，並且查看時鐘。接著她把桌子挪到旁邊，將房間中央空出來。

突然間，地板出現一個發光的魔法陣。瑪荷洛他們驚訝地睜大了眼睛，緊接著就看到團長與艾佛烈從中現身。兩人是靠「轉移魔法」過來的。魔法陣的光芒消失後，艾佛烈吐出一口氣搖了搖頭。

「艾佛烈殿下。」

寇克與約書亞立即跪下，瑪荷洛他們也跟著向艾佛烈行跪禮。團長則張望四周，不知在檢查什麼。

「不必多禮了。感謝你們願意接受我的無理要求。」

艾佛烈露出迷人的微笑，命令瑪荷洛他們起身。待在這位王子的身旁，果真會讓人心花怒放。

「我們馬上出發吧。」

艾佛烈一副迫不及待的模樣，迅速走出校長的宿舍。艾佛烈身穿迷彩服，但攜帶的行李比瑪荷洛還少，至於團長則是連行李都沒有帶。團長的行李是請約書亞和寇克準備嗎？萬一這趟旅程比預計的時間還長該怎麼辦？瑪荷洛感到焦慮不安。何況艾佛烈是王子，說不定他比瑪荷洛還要欠缺行軍知識。

「等等，艾佛烈殿下，女王陛下真的批准了如此突然又胡來的旅行嗎？」

校長似乎很想提出反對意見，追著艾佛烈的背影走出去。瑪荷洛他們也趕緊跟上。團長則在詢問約書亞及寇克島上的狀況。

「當然是真的呀。戴安娜，那道門不是要有女王陛下的許可才能打開嗎？」

艾佛烈與校長並肩走在演習場裡。這一帶已變得有些昏暗，幸虧有校長拿法杖充作照明，要不然瑪荷洛實在走得很不安心。聽到艾佛烈說女王陛下真的同意此事，校長不禁仰天苦惱道。

「居然批准了？真不敢相信，怎麼會允許王族到危險的地方？要是有個萬一該怎麼辦？」

校長困惑不已，目光望向團長。

「我沒打算讓殿下遭遇危險。不過當初聽到這件事時，我也很頭痛就是了。因為這個緣故，害我得踏進原本決定不會再去第二次的禁入區。」

團長露出苦惱的神情回答。團長是在二十年前造訪禁入區，據說從那次之後他就不曾踏進那片土地了。

「殿下，您在想什麼？有什麼目的呢？」

校長一副無法接受的態度，鍥而不捨地追問艾佛烈。因為上次前往禁入區時有人喪命，這讓校長很是擔憂。

「如果一週後還不回來，我會立刻過去接您。」

「戴安娜，妳真愛操心耶。」

艾佛烈笑得很歡快。心情愉悅的艾佛烈與板著臉的校長形成強烈的對比，看得瑪荷洛只能苦笑了。目光冷不防投向旁邊，他發現里昂的神情十分緊張。

里昂是頭一次去禁入區，內心可能很不安吧。

一行人吵吵鬧鬧地來到這裡與禁入區的邊界，瑪荷洛仰望矗立在眼前的岩壁。

「唉，真不想讓您去啊……」

校長一副不情不願的樣子，拿法杖敲岩壁。

「吾名戴安娜・杰曼里德。乃法比安與達芙妮之女，雷魔法與風魔法一族之子弟。在此記下真名。請讓七名人類之子通過。」

校長這般詠唱，並在岩壁上畫出紋樣。接著便有一束光線照射在岩壁上，隨後出現一道門。

「好神奇啊！這就是傳說中的入口！」

艾佛烈興奮地衝向那道門。

「艾佛烈殿下還真是興致勃勃耶。」

里昂面露苦笑。聽說這是他頭一次看到艾佛烈這麼興奮。

「那麼大家依序進去吧。」

校長愁眉苦臉地催促道。艾佛烈本想立刻走進去，結果遭到團長阻止，由他先穿過那道門。他順利來到另一邊，並給帶來的提燈點火後，團長轉身面向眾人。接著換艾佛烈走進那道門。由於偶爾會出現進不去的人，瑪荷洛本來還擔心，要是艾佛烈無法通過該怎麼辦，幸好最後他順利越過了那道門。艾佛烈興味盎然地左顧右盼。

接下來輪到瑪荷洛與諾亞踏入門內。瑪荷洛的四周原本就有許多精靈，穿過那道門後，禁入區的精靈們紛紛開心地靠了過來。

『瑪荷洛～～今天不是靈體耶～～』

『等你好久了～～』

精靈們嘰嘰喳喳地纏著瑪荷洛，在他身邊飛來飛去。然而一發現諾亞，祂們就七嘴八舌地嚷著『好可怕～～』並與他保持距離。因為諾亞是闇魔法一族的人嗎？瑪荷洛莫名覺得沮喪。諾亞正在用火柴給提燈點火，完全沒察覺到精靈們畏懼自己。

「唔呀！」

瑪荷洛聽到有人喊痛，回頭一看發現，寇克過不了那道門，跌個四腳朝天。

「不會吧，我進不去嗎！」

寇克撐起發麻的身體，垂頭喪氣。

「真遺憾呢，那麼我就……唔咕！」

緊接著往門內一踏的約書亞，同樣痛得叫了一聲，跌坐在地上。

「你們進不來嗎？」

看到約書亞與寇克都進不來，艾佛烈一副覺得有趣的樣子喃喃地說。瑪荷洛也很吃驚。他還以為這兩名魔法團的成員能夠順利通過那道門。

「咦！這樣護衛不就變少了嗎？本來以為有他們兩個在，可以安心一點的說。」

校長似乎也沒料到這個情況，頓時慌張起來。最後是里昂，他神情緊張地慢慢越過那道門——里昂也順利通過了。他鬆了一口氣，點亮自己的提燈。瑪荷洛本來也想從自己的背包拿出提燈，但諾亞告訴他沒這個必要。

「這樣的人數不要緊嗎？我是不是也該跟去呢？」

校長看著瑪荷洛他們五個人，陷入沉思。

「反正雷蒙和諾亞都擁有異能，這樣就夠了吧。那就出發囉。我們一定會回來，別擔心。」

艾佛烈反而顯得益發歡快，揮揮手不斷地往前走。團長以眼神示意校長「接下來交給我吧」，然後追上艾佛烈。

「殿下，請等一下。這裡很危險，別一個人往前走。」

里昂也想起自己的立場，趕緊繞到艾佛烈的前面。瑪荷洛和諾亞則跟在後面。

「好像在上演艾佛烈王子與他的快樂夥伴哪。」

諾亞一副覺得麻煩的態度，在瑪荷洛的耳邊低聲這麼說。這玩笑讓人笑不出來，瑪荷洛旋即捂住諾亞的嘴。於是，前往禁入區的行軍就此展開。

走了大約五分鐘後，艾佛烈輕快地轉身。

「這裡好像叢林，走起來很吃力呢。你們之前是走這條路嗎？不好意思，因為時間很寶貴，我們趕緊前往森人的聚落吧。」

見艾佛烈以開朗的表情這麼說，瑪荷洛頓時驚呆。正當瑪荷洛煩惱著，艾佛烈是不是在暗示「我累了，背我」時，走在旁邊的團長無奈地聳了聳肩。

「您終於體驗夠了郊遊氣氛嗎——各位，都靠到我旁邊。接下來我們直接利用『轉移魔法』飛到聚落。」

團長對眾人招手道，瑪荷洛不禁「咦——!!」了一聲。他一直以為這次又要走地下道過去，原來是要一口氣飛到森人的聚落嗎？本來還憂心萬一在地下道遇見「惡食幽靈」該怎麼辦，結果白擔心一場。

「有什麼好驚訝的。既然兔……魔法團團長與我們同行，就該料到麻煩的行程會簡化吧。不過我原本以為他會丟下我們，既然能一起飛過去就省事多了。」

諾亞似乎一開始就預料到事情會如何發展，瑪荷洛的反應讓他很意外。里昂可能也跟諾亞一樣早有預料吧，他一點也不驚訝。

團長滅了提燈的火後，對著空氣畫圓，然後將提燈丟進圓圈裡，提燈就這麼消失在空間裡。瑪荷洛總算想到，團長沒帶行李的原因。他能用「轉移魔法」收放物品，所以才不需要攜帶行李。

「好令人羨慕的能力……」

瑪荷洛懷著敬意注視團長。

「因為會招人嫉妒，我鮮少在他人面前使用這能力。」

團長露出複雜的笑容說道。諾亞和里昂也滅了提燈的火，綁在背包上。

「有辦法轉移全部的人嗎？我是第一次來，所以連要去哪兒都不曉得。」

里昂似乎不太清楚接下來會發生什麼事，一直在戒備四周。

「這個禁入區裡住著被稱為森人的原住民。我們要一口氣飛到他們生活的聚落。步行的話會經過許多危險的地方，風險能避則避。雷蒙曾在二十年前得到賦禮，能力是『轉移魔法』，可以移動到想去的地方。這次我能夠來到這個地方，也是因為知道這裡雖然不能使用魔法，卻可以使用異能。」

艾佛烈向里昂說明。

「任何地方團長都有辦法飛過去嗎？」

瑪荷洛好奇地問。

「不，必須是我曾經去過，而且還記得的地方，否則沒辦法轉移過去。而且這能力還有一個限制，如果要帶其他人一起轉移，我必須接觸到對方的身體才行。」

團長似乎無意隱瞞自身的能力，大方地告訴瑪荷洛。真的能利用「轉移魔法」前往森人的聚落嗎？瑪荷洛懷著疑問，靠到團長的旁邊。團長一隻手摟住艾佛烈，另一隻手握住瑪荷洛的手。

「諾亞和里昂就抓住我身上任何一個地方。我想應該沒問題，但要是有人被留下來，就自己努力徒步追上來吧。」

團長只有兩隻手，因此絕對能帶走的成員似乎就決定是艾佛烈與瑪荷洛了。諾亞把手搭在團長的肩上，小聲嘀咕：「敢把我留在這裡就饒不了你。」

里昂則提心吊膽地抓住團長的手臂。

當腳下的神祕紋樣發光的剎那，瑪荷洛有一種遭到向上拉扯的感覺。眼前亮到刺眼，地面消失了——就在他這麼想時，自己已站在草原上。真的只是一瞬間的事。就像切換畫面似的，瑪荷洛旋即感到頭暈目眩。

「這、這就是『轉移魔法』……」

里昂太過吃驚而腿軟。放眼望去，草原之中看得到森人的聚落。此刻剛過晚上九點，這個地方早已天黑。除了聚落亮著點點燈光，其他地方都被黑暗所籠罩。

「麻煩各位把使魔叫出來。」

團長對著空氣畫圓，再將手伸進圓圈裡拿出提燈，並對眾人這麼說。瑪荷洛他們紛紛叫出自己的使魔。

「為什麼不能使用魔法，卻能叫出使魔？而且還可以使用異能？」

里昂的腦中仍是一片混亂吧，他的表情始終很嚴肅。大概是主人板著臉的關係，里昂呼叫出來的杜賓犬不解地看著他。

阿爾比昂原本開心地跑來跑去，一看到諾亞的使魔布魯就嚇得跳起來。阿爾比昂很怕布魯，牠立刻衝上瑪荷洛的背跳到頭頂上，從高處俯視、威嚇布魯。

「你的使魔好小喔。我頭一次看到有人的使魔是白色吉娃娃。」

艾佛烈一副覺得很稀奇的模樣，看著瑪荷洛頭上的阿爾比昂。王室成員不具備魔法迴路，所以當然也沒有使魔。

「不過牠很可愛。」

艾佛烈把手伸向阿爾比昂。由於阿爾比昂很膽小，瑪荷洛本來還怕牠會咬艾佛烈，結果只是無謂的擔憂。艾佛烈一摸那顆小腦袋，阿爾比昂就像融化了一般乖巧地貼過去。

「這小子，態度跟面對我的時候未免差太多了吧？」

諾亞不滿地俯視阿爾比昂，布魯也同樣嗷嗷低吼，看得瑪荷洛忍俊不禁。

「那麼我們走吧。突然造訪，不知道他們是否願意讓我們入村。瑪荷洛，待會兒與森人交涉時少不了你的協助。」

團長摸著黑馬的脖子說。

「團長的使魔是馬呀？」

瑪荷洛驚訝地張大眼睛。團長的黑馬有著漂亮的毛皮，以及修長的肢體。以使魔來說體型太大，因此魔力可能也會消耗得更多。校長說過，在羅恩軍官學校就讀期間召喚出來的使魔必定是狗，所以瑪荷洛看到馬時才會感到意外。

「這隻使魔，是在我進入魔法團後召喚出來的。有時召喚出來的使魔，會是原本就跟自己有緣的動物。這孩子便是我以前最寶貝的馬。」

團長憐愛地撫摸著黑馬的鬃毛，這般解釋道。

點亮提燈後，瑪荷洛一行人便前往聚落。真是幸運，這次用不著經過上次那條可怕的地下道，而且只花一瞬間就抵達這裡。如果艾佛烈的目的是拜訪森人的聚落，應該很快就能回去，不過……

（諾亞學長說，闇魔法一族可能就住在與這裡相隔兩座山的地方。既然能夠來到這裡，他應該會想去那個地方吧。）

瑪荷洛不時偷瞄諾亞。其實瑪荷洛自己也想見光之精靈王。

「瑪荷洛，麻煩你別洩漏我的真實身分，就說我也是羅恩軍官學校的學生吧。反正這裡無法使用魔法，應該不會被識破吧。大家都不准稱我為殿下。叫我艾佛烈，不，叫我艾爾吧。尤其是里昂，可別叫錯了。」

艾佛烈叮囑里昂。居然要直呼王子的名諱，瑪荷洛登時驚慌失措，里昂也露出悲愴神情，往後一退說：「我辦不到。」

「——這是命令喔。」

艾佛烈硬是用一句話堵住反對意見。當下瑪荷洛有種刺刺麻麻的感覺，那是王族散發的壓力嗎？自己只能小心一點，別呼叫他的名字了。

由於眾人轉移到距離聚落很近的地方，走了十五分鐘便抵達聚落。正在聚落前站崗的年輕人注意到瑪荷洛他們，隨即靠了過來。

「這不是光之民嗎！您怎麼突然來了？」

年輕人似乎認得瑪荷洛的長相，於走在最前頭的瑪荷洛面前跪下來。

「對不起，我們突然跑來。我有事想跟村長商量。他們是我的同伴。」

瑪荷洛按照事前討論的說詞，拜託年輕人知會村長。聚落的入口有兩棵枝繁葉茂的大樹，看上去宛如一道大門。村子裡有好幾間房屋，屋頂呈圓形，像一個倒扣的碗。

在入口等了一會兒，一位白髮老人跟剛才那名年輕人一起走過來。他就是這個村子的村長阿拉嘉奇，臉上蓄著白色鬍子，身穿貫頭衣，纏著有精緻刺繡的腰帶。認出瑪荷洛後，他的表情開朗起來。

「哦哦，光之民——瑪荷洛大人。您的傷治好了吧？」

阿拉嘉奇跪在瑪荷洛面前，崇敬地執起瑪荷洛的手。這麼說來，上次離開村子時自己受了重傷。諾亞似乎也想起當時的情形，低頭撇著嘴。

「已經完全康復了。請原諒我們突然造訪。請問今晚我們可以在村裡過夜嗎？他們是我的同伴，當中應該也有您見過的面孔。」

瑪荷洛介紹站在後面的團長與艾佛烈、諾亞、里昂。村長似乎也記得諾亞，眼神流露著同情。他還記得瑪荷洛身受重傷時，諾亞大受打擊的模樣吧。

「我叫做雷蒙・杰曼里德，曾在二十年前造訪過此地。」

團長面露懷念的神情握住阿拉嘉奇的手，阿拉嘉奇似乎也憶起久遠的往事，雙頰泛紅。

「你是那時候的青年……對吧！因為你得到了賦禮，讓我留下了印象。當時我也還年輕呢……原來你已長成如此傑出的人物了。」

團長說他是跟校長一起來這裡取得賦禮的，不過踏進禁入區後他的外表並無改變。由此看來，他的年紀是不是還不到四十歲呢？

「初次見面您好，請多多指教。」

艾佛烈與里昂皆輕聲細語地打招呼，以免打擾到其他人。真不可思議，剛才艾佛烈的存在感強烈到無論身在何處都會看到他，可現在他的影子卻很薄弱，如果不講話就會不小心忘了他。難道艾佛烈可以隨意增減自己的存在感嗎？倘若這不是魔法，他是如何辦到的？

「各位請進。雖然沒什麼能招待各位的，幸好村裡有一間空屋。不嫌棄的話，請到那裡休息過夜。」

阿拉嘉奇領著瑪荷洛一行人進村。聽到嘈雜人聲而出來察看的村民們，一見到瑪荷洛紛紛跪了下來。這種事無論經歷過幾次，瑪荷洛仍舊無法習慣。當中還有人看到瑪荷洛康復，高興得眼眶裡盈滿了淚水。不知道這一帶是否鮮少有狗出沒，村民們都稀奇地看著使魔狗。

村民他們都跟阿拉嘉奇一樣身穿白色貫頭衣，纏著繡有不同花樣的腰帶。

「就是這裡。因為屋主高齡過世了，我正想著差不多該把屋子拆了呢。」

阿拉嘉奇帶他們來到的地方，是位在村子西側的房屋。牆壁以泥巴捏塑而成，入口呈弧形。屋內鋪著稻草，還擺著幾個大小各異的壺。使魔狗進得去，但使魔馬體型太大進不了屋內，團長便將牠收回身體裡。不過，四個高大的成人與瑪荷洛並排而臥還是很擠。使魔們各自窩在主人身邊悠哉休息。阿爾比昂則蜷縮在瑪荷洛的腿上。

「待會兒就請人送飲料過來。各位用過餐了嗎？如果有什麼需要，請儘管吩咐。」

阿拉嘉奇露出和善的笑容，關心瑪荷洛他們。

「謝謝，我們已經吃過了，請您不用費心。」

由於眾人都帶了睡袋，應該能夠湊合一晚。阿拉嘉奇點頭說「這樣啊」，然後就先離開了現場。

「這裡就是森人的聚落啊……好棒喔。沒想到會有親眼見到這個地方的一天。」

艾佛烈亢奮地察看房屋的樣式。五個人在此休息感覺有點擠，不過，在森人的聚落裡，這似乎是一般的房屋尺寸，所以沒辦法抱怨屋子狹窄。團長在屋內四個角落擺放提燈並點火。屋內變亮後，瑪荷洛總算鬆了口氣。其實油應該要珍惜使用，但這次有要多少東西都拿得出來的團長在，所以用不著擔心。

十分鐘後，阿拉嘉奇的妻子端來熱茶請眾人喝。阿拉嘉奇則搬來裝有飲用水的壺。團長心懷感激地收下飲用水，似乎沒打算告訴他們自己能使用「轉移魔法」。

「好了，艾爾，麻煩你說明清楚此行的目的。」

等在遠處圍觀的村民都離開後，諾亞低聲開起話頭。艾佛烈原本還在專心觀察房屋構造，聽到這句話後終於收起一直掛在臉上的笑容。

「我也想知道。既然不是為了賦禮，來這裡做什麼？」

看樣子里昂也對此事耿耿於懷。團長坐了下來，瑪荷洛他們也圍坐在稻草上。

「當然是為了填補地圖上的空白呀。」

最後坐下來的艾佛烈若無其事地回答。

「空白……？」

瑪荷洛不明白他的意思，於是又再問了一次。

「──為了瞭解這座島的全貌，過去至今我們已數度派遣士兵前去探索。由於路途中存在著危險生物，每次抵達這裡之前總會死好幾個人。至於這個村子的前方，雖然也有人踏進去過，但沒獲得什麼像樣的資訊，到頭來我們對那塊區域依舊是一無所知。此外我們還發現，長時間停留在這裡會危害肉體。雖然不清楚原因為何，總之這個禁入區，只有光魔法一族、闇魔法一族以及森人能夠在此定居。」

艾佛烈毫無保留地說了起來。記得校長也說過，外地人在這裡最多只能停留半年，繼續待下去的話身體就會出狀況。

「之前都以為那塊區域無法調查，但上次的實地考察發現，在這裡能夠叫出使魔，也能夠使用賦禮的能力。這真是天大的好消息呢。畢竟，雷蒙能使用

『轉移魔法』，本來要花好幾天的行軍可一口氣縮短時間。」

艾佛烈拍了拍旁邊團長的肩膀，一副「正合我意」的得意樣。

「關於這件事，我不只一次表示我自己去就行了。」

團長大概是想起了什麼，以挖苦的眼神看向艾佛烈。

「這種機會，不會再有第二次了。給我這個機會也無妨吧？因此，這次的目的就是掌握及調查接下來的路線。其實我很想一直待在這裡，但女王陛下只給我一個星期的時間。我們約定好，一個星期後就得回軍官學校。」

艾佛烈似乎對此行滿心期待，可是接下來的路線應該充滿了危險吧。雖說就算遇到危險，只要有團長的「轉移魔法」就逃得了吧，但……

「太危險了！」

看來里昂的想法也跟瑪荷洛一樣，他探出身子反對道。

「要調查這種未開拓之地，派我們去就夠了不是嗎？您可是要成為下任……下任國王的人……！」

里昂壓低音量，以防被人聽到。

「不，反過來說，我只有現在才能親自來到這裡。其實遭到齊格飛襲擊那天，王族齊聚一堂是要舉行祕密儀式。」

艾佛烈始終保持好心情，開始講起平常多半不會告訴他人的話題。

「祕密儀式……？」

諾亞像是被勾起興趣一般看著艾佛烈。

「詳情不能告訴你們，不過數個儀式當中有一個是要獲得神諭——我出生時，就被預言將來會成為國王。」

艾佛烈爽快地吐露不得了的祕密，團長與里昂頓時臉色一變。

「當然，直到那起事件發生為止，我與家人都不相信這個預言。畢竟我本來只是第十三順位的王位繼承人，以我的地位而言寶座實在是遙不可及之物。不過，似乎只有女王陛下相信這個預言。事件發生後，預言的正確性得到了驗證，反過來說，現在的我仍是王子，在此狀態下神會保障我的性命。當上國王之前，我是絕對不會死的。所以我才認為，應該趁現在前往這個地方調查。正因為知道這個預言，女王陛下才會被我說服，同意我親自到這裡調查。」

雖然不曉得他們是如何獲得神諭，但未來真的能預知嗎？瑪荷洛聽著艾佛烈的說明，想起了一件事。之前在生死邊緣徘徊時，瑪荷洛見到了光魔法一族的導師。當時導師說，他能夠穿梭時光。如果導師說出他看到的未來，那就會成為神諭了。

（導師……）

一想起導師，瑪荷洛就難過起來。導師要求瑪荷洛增加光魔法一族的後代。他一直刻意不去想這件事。

「可是……這……」

里昂一副無法接受的樣子，團長也露出沉鬱神情交抱著胳膊。

「先告訴你們明天起要前往的目的地。闇魔法一族生活的聚落，就在與這裡相隔兩座山的地方。我想去那裡。」

聽到艾佛烈這麼說，瑪荷洛轉頭看向諾亞。

沒想到，艾佛烈的目的地與諾亞想去的地方居然一樣——

「您要去見闇魔法一族嗎？您應該知道，這是多麼危險的行為吧？說到底，闇魔法一族真的在那裡嗎？」

里昂堅決反對。

「調查兵蒐集到的，只有『好像在那裡』這種模稜兩可的證詞。據說在抵達當地之前，那名調查兵就生病了，不得不折回來。由於線索似乎來自這個村裡名叫悠那赫的男人，我打算明天找出那個人向他打聽消息。」

瑪荷洛對意志堅定的艾佛烈很是佩服。假如闇魔法一族就生活在那個聚落，而且發現他是王族的話，對方肯定不會善罷甘休吧。決定處死整個闇魔法一族的是王室，他們理應憎恨著王族才對。

「假如真的找到闇魔法一族，您打算怎麼做？可別跟我說，要派魔法團或軍隊到這裡啊。」

團長冷靜地詢問艾佛烈。

艾佛烈打算對闇魔法一族做什麼呢？他打算將倖存者趕盡殺絕嗎？

瑪荷洛很緊張，忍不住拉扯阿爾比昂的毛。窩在腿上快要睡著的阿爾比昂登時氣得發出「嘎嚕嚕」的吼聲，咬住瑪荷洛的手。

「怎麼可能。很久之前我就說過，我不認為闇魔法一族是邪惡的化身。繼任王位後，我打算廢除以髮色決定生死的愚蠢法律。不過，現階段反對派仍占多數，要廢除並不容易就是了。」

艾佛烈不以為意地說。

也許到了艾佛烈的治世，諾亞的問題就能解決。不，搞不好連齊格飛的問題都能解決吧？一想到這兒，瑪荷洛的內心便湧現希望。得知自己註定被殺後，齊格飛選擇摧毀國家。如果能打造出互助共存的世界，那該有多好呀——

「既然如此，為什麼要去那裡？」

大概是想看穿艾佛烈的真正想法吧，諾亞以試探的口吻問道。

「真是個蠢問題呢。當然是因為我想知道呀。」

艾佛烈像是要吐露按捺不住的衝動一般，笑得燦爛又開懷。

「我想知道，闇魔法一族的一切。他們過著什麼樣的生活，採取什麼樣的生存方式？為什麼他們只會使用奪走人命的魔法？為什麼在禁入區裡不能使用魔法？我想知道的事多到不勝枚舉。」

求知慾——瑪荷洛覺得自己稍微見識到艾佛烈的為人，頓時心潮澎湃。只因為「想知道」，就決定前往相當於敵營的聚落。他不知恐懼為何物嗎？又或者這是王子的傲慢呢？瑪荷洛無法判斷。

「原來如此，我懂了。」

諾亞淺淺一笑，之後便躺了下來。

「慢著，我還沒……！我認為殿下身為王族應該謹慎行事……！」

里昂越來越困惑、混亂。

「他夠謹慎了吧？正因為已經證明自己絕對不會死，他才要趁現在實現闖入敵營這種腦子有病的行動。我們則負責支援他。事情就是這樣吧？」

諾亞面露賊笑，撫摸黏著他的布魯。諾亞是覺得情況對自己有利吧。畢竟他本來就打算找機會去闇魔法一族的根據地，既然可以大搖大擺地前往那裡，沒有比這更好的機會了。

（王子知道諾亞學長的情況。這次會指名要諾亞學長帶路，也是出於這個緣故嗎？）

瑪荷洛注視著正在安撫里昂的艾佛烈那張側臉。

「所以從明天開始就要翻山越嶺了。接下來我的『轉移魔法』只用在回程。既然要翻越兩座山，就得做好相當程度的心理準備吧。」

團長有些同情地看向沒體力的瑪荷洛，接著從空間取出爬山的裝備。為了明天以後的行程，自己一定要睡飽才行。瑪荷洛拿出睡袋準備睡覺。闇魔法一族的聚落，會是怎樣的感覺呢？即使屋內變暗，瑪荷洛仍然輾轉不寐，思緒飄向不曾踏入的陌生之地。

到了早上，瑪荷洛被人搖醒，這才想起自己來到了森人的聚落。

阿拉嘉奇與村民提供水果、麵包與熱燉菜給他們當作早餐。燉菜是用山羊奶煮成，因此帶了點騷味，不過村民的好意仍令瑪荷洛非常開心。

他們很快就找到了那個名叫悠那赫的男人。艾佛烈請瑪荷洛幫忙，向那名男子打聽闇魔法一族聚落的事，結果對方一副難以啟齒的態度陳述道。

「因為村裡規定不得探究村外的事物，我說的那些事，請別告訴村長。闇魔法一族生活的聚落與這裡相隔兩座山，去程要花一週左右。當時我見到了他們的其中一人，但對方不是紅髮。所以我也不清楚他們是不是闇魔法一族。」

要進入該聚落必須經過一道門，悠那赫在門口被擋了下來，所以並未進入聚落。後來他以稀奇的耳飾為報酬，將這個聚落的消息賣給調查兵。除此之外，就沒有其他有用的資訊了。話說回來，如果前往聚落要花一週，那麼別說是調查了，他們都還沒抵達聚落，約定的期限就到了。

雖然艾佛烈帶著從這裡到聚落的地圖，但那張地圖好像是悠那赫畫的。

「這裡是水晶宮的入口呀。」

出發之前，艾佛烈去參觀通往水晶宮的巨石陣。這個地方是由大約三公尺高的巨岩排列而成。諾亞不想再靠近這個令他厭惡的地方，於是跟里昂一起站在遠處。雖然瑪荷洛很在意水晶宮，但又怕有個萬一，所以並未靠近巨岩。

艾佛烈似乎對刻在巨岩上的圖形頗感好奇，正忙著將圖形描摹在紙上。聽說他今天起了個大早，在村裡走走看看，發現沒見過的器具或植物就向阿拉嘉奇問長問短。這裡有許多稀奇的事物，他應該樂不可支吧。

「那麼，我們出發吧。」

艾佛烈將畫著圖形的紙張交給團長後，神清氣爽地這麼說。團長將艾佛烈遞來的紙張收進空間裡。

瑪荷洛他們背起行李後，朝著山岳邁開步伐。

森人聚落的周圍是一片草原，不過南方看得到連綿的山岳。抵達那裡要花多久的時間呢？正當瑪荷洛擔心能否在今天之內抵達山腳時，艾佛烈對他微微一笑，彷彿要讓他安心似的。五分鐘後瑪荷洛就明白原因了。

因為來到看不見森人的地方後，團長便找個適當的時機，對著空氣畫起圓圈。

「大家都會騎馬吧？」

團長從空間取出來的東西，居然是活生生的馬匹。瑪荷洛驚訝到下巴差點掉下來。竟然連活物都能拉來這裡，這項異能太厲害了。瑪荷洛說他不曾獨自騎馬，團長便取出三匹馬。

「你跟我騎同一匹。」

諾亞拉著灰馬的韁繩，對瑪荷洛招手。諾亞似乎早就料到會發生這種情況，態度顯得很沉著冷靜，反觀瑪荷洛和里昂則驚詫到說不出話來。艾佛烈撫摸著看似其愛馬的白馬脖子，以充滿憐愛的語氣對牠說話。里昂握著深茶色馬匹的韁繩。看來團長騎的是那匹使魔馬。

「不嫌棄的話，我幫大家把行李收進空間裡吧。」

團長伸手這麼提議。既然能夠減輕行李，當然沒人會拒絕。瑪荷洛他們將自己的行李寄放在團長那兒，以毫無負擔的狀態騎馬。瑪荷洛騎過齊格飛的馬，但他不會自行控制馬匹，所以這次給諾亞載。

「那麼我們快走吧，畢竟時間有限。」

艾佛烈輕踢馬腹，在草原上奔馳起來。諾亞他們也跟著策馬而行。沒想到他們居然在禁入區裡騎馬移動。

「團長的賦禮好厲害喔！」

瑪荷洛在顛簸的馬背上如此讚道，諾亞聽了便一副不服氣的態度嘀咕著：

「我的異能只會搞破壞，不好意思啊。」他是在鬧彆扭嗎？

騎馬移動的話，廣闊的草原也能很快通過。騎了一個小時左右，山岳就逐漸接近眼前，地形也出現變化。原本的草原變成坡度和緩的森林，往下一看，地面是土而不是草。入山之後速度就變慢了，不過馬兒們很靈活地爬著山。

「就在這邊吃午餐吧。」

出發後過了三個小時左右，團長找到一處開闊的空間，提議在此休息。

「前面的路會更崎嶇一點，所以接下來改為徒步行進。」

艾佛烈看著地圖說。由於是騎馬來到這裡，眾人並不怎麼疲累。生好火後，便煮湯、烤培根與麵包當作午餐。雖然瑪荷洛他們都有帶隨身口糧，但團長拿出來的新鮮食材魅力讓人難以抗拒。只要有這項異能，團長不管到哪兒都不會餓死。

「真的是無敵的能力耶。任何東西都能拿出來嗎？」

瑪荷洛將烤得酥脆的培根夾在麵包裡，邊吃邊欽佩地問。

「不，並不是這樣。如果不知道哪個東西放在哪裡，我就沒辦法拿過來。這次我事先派人在馬廄準備好備用的馬匹，還跟廚房的人合作請他們準備食物。不過偶爾也會拿錯東西，就像這樣。」

語畢，團長拿出酪梨給瑪荷洛看。團長本來想拿西洋梨，結果卻拿成了酪梨。因為取物時只憑手感，所以偶爾也會拿錯。瑪荷洛說他喜歡吃酪梨，團長便用小刀替他剖開。

結束和諧的午餐時光後，一行人開始爬山。由於此處沒有登山步道，必須一一確認方位，沿著獸徑而行。他們走在沒有路的路上，時而往下走，時而往上走。起初阿爾比昂跟其他的使魔一樣在地上行走，但過不了多久牠就坐在瑪荷洛頭上，放棄靠自己的小短腿前進。高度逐漸增加，回頭一望，遠方可以看到森人的聚落。

「目前都沒發現龍和闇魔獸呢。」

艾佛烈用雙筒望遠鏡觀察四周，喃喃地這麼說。記得校長說過，這裡有龍的巢穴。因為一路上太過輕鬆，瑪荷洛把危險忘得一乾二淨。天空偶爾有野鳥飛過，但地面上感覺不到野獸的存在。而且到處都有光之精靈，祂們跟著瑪荷洛在他身邊飛舞。總之令人不安的因素一個都沒有。

「諾亞學長，那個……關於你母親的事。」

此時諾亞正牽著瑪荷洛，走在一不小心就有可能滑下去的斜坡上，瑪荷洛邊走邊悄聲向他搭話。

「嗯，我也很驚訝，沒想到目的地竟然一樣。感覺好像被那位王子玩弄於股掌之上，真令人不快。」

諾亞似乎有些不爽，不過瑪荷洛倒是覺得能夠一石二鳥挺好的。

「對了，你不是說想跟光之精靈王交談嗎？」

「啊，對。我想，等王子的事辦完再說也可以。」

不知怎的，昨天瑪荷洛並無意在這裡喚出光之精靈王。光之精靈王似乎想派瑪荷洛做某件事。他無法判斷，當著艾佛烈他們的面吐露這件事是否妥當。

「太陽就要下山了哪。」

越過散布著無數個大小石塊的山路時，天空已逐漸染紅。團長似乎打算在這附近野營。瑪荷洛第一次爬海拔很高的山，眺望周邊的風景，令他感動到無法動彈。紅通通的天空美得不像這個世界的景色。

「那邊多半就是闇魔法一族居住的地方。」

艾佛烈站到出神看著風景的瑪荷洛旁邊，拿著雙筒望遠鏡邊看邊說。連綿的山岳前方，的確有塊區域顯得格格不入。遠看看不清楚，不過有個地方蒼翠異常，枝葉縫隙間隱約可見石造建築物。

「我的運氣真的很好。」

艾佛烈自言自語似地這麼說，揚起嘴角注視瑪荷洛。一被艾佛烈那雙眼睛注視，內心總是會悸動不已。難不成是眼睛中了魔法嗎？在這裡應該無法使用魔法才對，況且王族不會使用魔法。然而，艾佛烈的眼眸卻迷惑了瑪荷洛，令他神魂蕩漾。他抵擋不了王族的「蠱惑」魔力。

「你──沒辦法給人賦禮嗎？」

冷不防的，艾佛烈提出意想不到的問題，瑪荷洛吃了一驚。自己授予他人賦禮？他從來沒想過這種事。

「我不是祭司，所以……應該沒辦法。」

否定的同時，瑪荷洛的心跳也劇烈起來。

──真是如此嗎？

這麼說來，為什麼光魔法一族的祭司，能夠授予他人賦禮呢？這是祭司才能使用的能力嗎？授予諾亞第二個賦禮的那位少女，是在哪裡學到這種能力呢？歸根究柢，為什麼授予賦禮時，要奪走那個人最重要的東西呢？

一瞬間，腦海閃過無數個疑問。緊接著，瑪荷洛想起了一件事。

他曾經聽過，那位少女在授予諾亞第二個賦禮時詠唱的詞句。

「我……不太記得小時候的事，關於光魔法一族的事，我大多都不清楚。」

瑪荷洛將所有疑問藏進心裡，略低著頭回答。自己的心中藏著一個不能觸及的事實。他認為自己不能去想那件事，便將它趕到腦海的角落。

當晚一行人在山中搭帳篷，輪流睡覺。翌日天一亮便起床，再度於沒有路的路上撥草行進。

第一座山，他們在當天之內就越過了。幸運的是這座山海拔比較低，而且還有獸徑。天氣也不錯，一路上幾乎沒遇到野獸。頂多是在樹上看到如鼬一般身體很長的小動物，完全沒遭遇到危險。克里姆森島的禁入區氣溫很高，可能也是行軍輕鬆的原因之一。再加上食物新鮮，而且來到坡度和緩的路上，還可以騎馬前進。上次造訪禁入區時消耗很多體力，十分累人，反觀這次真的很輕鬆。

然而到了第三天，問題就發生了。

當他們開始爬第二座山時，上空出現了龍的身影。龍並未上鞍，看來是野生的龍。龍拍著黑色翅膀在同個地方飛來飛去，不過與他們仍有段距離。

「雷蒙，你能駕馭龍嗎？」

艾佛烈躲在樹叢裡仰望天空，給團長出了一道難題。

「王子，能夠駕馭龍的只有馴龍師。我們快走吧，小心別被發現了。」

眾人聽從團長的指示，從茂密的樹木之間穿行而過。走著走著，龍的數量越來越多，好幾頭大小各異的龍在天空飛翔。龍時而像是被吸進山谷一般下降，時而上升。谷底多半有龍的巢穴吧。

瑪荷洛他們避開山谷，行進在崎嶇的山路上。途中來到一處裸露著粗糙石面的地方，他們使用鎖鏈爬過有高低落差的岩石。聽艾佛烈說，這裡位在克里姆森島的南邊。

「差不多快到了。」

雖然身為王族，艾佛烈的體力卻很不錯，一行人當中瑪荷洛是最大的累贅。第三個晚上在峭立的岩石之間度過，第四天上午總算抵達能俯瞰目的地的位置。

「那就是闇魔法一族生活的聚落……」

從山腰俯視聚落，瑪荷洛他們不由得屏住呼吸。因為森林裡，有一座石造的大門。宛如用利刃從側面砍斷的直長形巨石，就坐落在看似聚落入口的地方。聚落似乎位在蒼鬱森林的深處，枝繁葉茂的樹木遮蔽了整個聚落。這些樹木樹幹粗大，樹枝纏繞交錯，讓人無法從外面看到裡面。很難認為這是自然形成的景觀，看樣子是用魔法之類的手段刻意將聚落隱藏起來。而且這景象一直往前蔓延。可見這個聚落跟森人的聚落截然不同，規模很大。

「有守衛呢。」

艾佛烈拿雙筒望遠鏡觀察狀況，語帶困擾地說。

「騎馬的話，今天之內就能抵達那裡吧。」

團長計算距離後如此斷言。眾人一邊吃午餐，一邊討論接下來的計畫。

「突然過去，對方願意讓我們進到裡面嗎？」

瑪荷洛最擔心的是，入口的守衛對他們產生敵意。雖說無法使用魔法，但是能叫出使魔，說不定闇魔法一族能放出闇魔獸攻擊侵入者。最壞的可能，就是才打聲招呼，這趟旅程便結束了。

「您原本打算怎麼進去？」

里昂啃著牛角麵包，這般詢問艾佛烈。

「我打算跟對方說，諾亞有可能是闇魔法一族的後裔，所以來見闇魔法一族。而我們是諾亞的朋友，為了重要的朋友才陪他一起來到這裡——就用這個理由吧。」

艾佛烈這番敏感的言論，聽得瑪荷洛險些將正在喝的咖啡噴出來，諾亞的臉則臭到極點。里昂尷尬地看了諾亞一眼後，轉頭面向艾佛烈與團長。

「不是已經確定，諾亞是火魔法一族的人嗎？」

里昂曾在魔法團的地下室見過一頭紅髮的諾亞。他心存疑念，直盯著艾佛烈。

「當然啦，說謊也是一種權宜之計嘛。噢，出發之前諾亞得把頭髮染成紅色才行哪。團長，把那玩意兒拿出來。」

艾佛烈似乎不打算告訴里昂真相，笑咪咪地將手伸向團長。團長從空間裡取出一只小瓶子。艾佛烈將那只小瓶子交給諾亞。

「……你願意帶路吧？」

艾佛烈面帶微笑將瓶子遞出去，諾亞雖然臉上寫滿煩躁，最終還是收下瓶子。

「諾亞學長，我來幫忙。」

瑪荷洛主動表示要幫諾亞染髮。聽說染髮液味道刺鼻，瑪荷洛便請諾亞坐在距離里昂他們稍遠的大岩石上。但打開瓶蓋一聞，卻沒什麼怪味。瑪荷洛將瓶中的液體倒在諾亞的頭髮上。液體透明無色，一沾到諾亞的頭髮，轉眼間就從黑色變成紅色。沒想到會在山中做這種事。液體滴滴答答地落在地面。雖然瑪荷洛覺得沒什麼味道，但光之精靈們不知是不是討厭這氣味，一溜煙全跑光了。

「那個傢伙，這不是洗掉染劑的液體嗎？」

諾亞聞了聞頭髮，極為不悅地喃喃自語。瑪荷洛一面以梳子梳理諾亞的長髮，一面用事先裝在木桶裡的水清洗頭髮。

「諾亞學長……沒想到真的來到這裡了，沒問題嗎？」

瑪荷洛邊問邊梳諾亞的溼髮。里昂似乎在跟艾佛烈談什麼複雜的話題，氣氛顯得劍拔弩張。

「坦白說，我也不知道情況會如何發展。總之王子似乎沒打算告訴里昂我的真實身分，團長則是刻意默不作聲吧。既然這樣我就配合他的謊話，說我正在尋找生母吧。畢竟這不是謊話，是事實，我也用不著抱持欺騙他人的罪惡感。」

諾亞用布沙沙沙地擦著溼髮，一副嫌麻煩的態度站起身。瑪荷洛很擔心諾亞，於是決定跟在一旁，萬一出了什麼事就能立刻幫他。

一見到變回紅髮的諾亞，里昂便看似不自在地別開目光。他似乎按捺不住對此狀況的憤慨，下山時也脫離隊伍獨自行動。若是得知諾亞真的擁有闇魔法一族的血統，里昂會有什麼反應呢？里昂對齊格飛充滿怒意，對他而言，闇魔法一族是敵人。

瑪荷洛暗自祈禱，諾亞與里昂這位為數不多的朋友別演變成反目交惡的關係。

斜坡變得和緩後，眾人便改為騎馬前進。因為他們想在日落之前抵達闇魔法一族的聚落，再加上成員們都善於騎馬，傍晚他們就抵達看得到入口大門的地方。一行人躲在樹叢裡，偷偷察看那座石門。

「把馬藏起來比較好吧。我希望雷蒙的異能盡量別讓其他人知道。」

艾佛烈命令雷蒙轉移馬匹後就背上背包，裝作一副翻山越嶺遠道而來的模樣。瑪荷洛他們也從團長那兒拿回各自的行李，換上迷彩服並戴上帽子，打扮得跟剛踏進禁入區的時候一樣。

「要是突然打起來，就各自以槍或劍迎擊。不過我是希望交涉能夠順利，最好別發生這種情況。」

團長檢查掛在腰際的槍套後這麼說。瑪荷洛也攜帶了劍，但那是用來防身的，他沒打算主動攻擊對方。

瑪荷洛他們跟著走在前頭的團長，緩慢靠近那座石門。石門的周圍是茂密的樹林，沒辦法一眼望進裡面。枝葉縫隙間隱約可見建築物，感覺很像神殿。

「站住！」

當他們來到門前，大約只剩一百公尺的距離時，一名男子從門內現身。瑪荷洛他們順從地當場停下腳步。這名彪形大漢約莫五十幾歲，有著一頭黑髮與晒黑的皮膚，手上拿著弓箭。

「你們是誰？來這裡做什麼？」

男子把箭搭在弓上，謹慎地戒備著瑪荷洛他們這般問道。他的身後又出現一名年紀相仿的茶髮男子，同樣把箭搭在弓上。注意到諾亞時，兩人的目光皆流露著困惑。

「我們不是可疑人物。我們猜想這裡可能是闇魔法一族的聚落，才專程過來拜訪。因為他有可能是闇魔法一族的後裔，此次前來就是為了查明他的身世。」

團長舉起雙手證明自己沒有敵意。

「另外，這孩子是光魔法一族的人。」

這般介紹後，團長讓摘下帽子的瑪荷洛站到前面，兩人的態度一下子就軟化了。他們放下弓箭，放鬆緊繃的臉頰。

「原來是光之子啊，失禮了。」

兩人仔細打量瑪荷洛，朝他走近。看來光魔法一族在這裡也很受歡迎。話說回來，聽聞這裡是闇魔法一族的聚落，但這兩個人都不是紅髮。這是怎麼回事呢？

「因為鮮少有外地人來訪，能不能請你們在這裡稍候？我去請示族長可否讓你們進來。」

茶髮男子簡單行了一禮後，旋即跑進門內。黑髮男子則注視著諾亞，隨後驚慌失措地別開目光。也許是諾亞的美貌令他驚豔不已吧。

「這裡……是闇魔法一族的聚落對吧？」

諾亞注視黑髮男子，率直地詢問。黑髮男子不知所措地猶豫著，最後撓了撓後頸。

「現在什麼都不能說，必須等族長判斷。」

之後，黑髮男子與瑪荷洛他們便在原地等茶髮男子回來。黑髮男子的服裝跟森人很像，不過手臂、脖子、頭髮和頭部都佩戴了許多裝飾品。隨著太陽西沉，鳥兒從四面八方聚集而來。

就在他們等了很久，久到想抱怨「再怎麼說也太慢了吧」時，茶髮男子總算回來了。

「讓各位久等了。族長說可以讓你們進來。」

得到了好回覆，瑪荷洛對諾亞展露笑顏。突破第一道關卡了。諾亞帶著有點緊張的表情，握住瑪荷洛的手，就這麼拉著他。瑪荷洛感受到諾亞的不安，默默地依偎著他。

「你們是彼此的交配對象嗎？」

黑髮男子看著瑪荷洛和諾亞，態度和善地詢問。

「交配對象？」

諾亞看似不高興地撇著嘴。一定是這個用於鳥獸的字眼，令他感到刺耳不快吧。

「對喔，外面用的講法不一樣吧。呃……你和他是戀人？結婚對象？哎呀，我不太清楚外面是怎麼稱呼的。不過，你還沒生子，所以應該還沒結婚吧？」

「還沒生子……？」

諾亞困惑地回問。

「對，所以你的頭髮才會仍是紅色的吧？而且這位光之子，還是很罕見的成人模樣。你是祭司嗎？啊，現任祭司應該是歐玻樂才對？」

黑髮男子得意洋洋地說著。瑪荷洛雖然聽不懂，但他注意到一件事。之前校長不是說過嗎？闇魔法一族是一子單傳，生下孩子後就會喪失闇魔法的力量。這兩個人該不會就是因為已經生子，頭髮才會不是紅色的吧？另外，他說的祭司歐玻樂……是在水晶宮遇見的那位少女的名字嗎？

瑪荷洛強忍著想問東問西的衝動，偷偷瞄向後面。艾佛烈按捺不住興奮之情，表情變得很怪異。里昂戒備著四周，團長則站在旁邊保護艾佛烈。

兩名男子帶著一行人穿過石門。這時，神奇的事發生了。原先因為有樹林的枝葉遮擋，站在外面幾乎看不見聚落，然而越過石門後，樹林的枝葉尚在，但聚落卻變得清楚可見。

「哇……」

瑪荷洛用力握住諾亞的手，情不自禁地發出驚嘆，這是因為眼前矗立著一座巨大的石造神殿。看來必須經過這座神殿，才能夠前往聚落。神殿的柱廊可看到石柱等距排列，散發歷史氣息的女神雕像與男神雕像坐鎮左右。牆上所刻的浮雕，看似在講述眾神的爭鬥歷史。那似乎是瑪荷洛不曉得的神話。朝著神殿的正門前進時，眼角餘光瞥見通往地下的階梯。

（地下道……跟這裡相連？）

阿拉嘉奇說過，地下道是為了怕陽光的光之民所建的通道——

瑪荷洛沒來由地背脊發涼，有股不好的預感，但因為諾亞拉著他的手，他只得繼續往前邁步。

「往這邊走。」

兩名守衛並未下樓梯，而是領著瑪荷洛他們往內走。神殿內部一片昏暗。雖然牆上的各個凹處都有採光窗，但整體而言還是很暗。地上鋪著石板，每走一步就會響起腳步聲。

「族長要見你們，請往這邊。」

守衛推開巨大的門扉，帶領眾人繼續往裡面走。門後是一條迴廊，中央有一池滾滾湧出的泉水。一行人經過連接走廊，然後又穿過一道門。這回來到一個寬敞的房間。這是一間鋪滿大理石、極為寬廣的大廳。內側的牆邊有座祭壇，擺放著長蠟燭與裝了水的盤子。一名白髮老婦人拄著拐杖在祭壇前等著眾人。她的臉上有很深的皺紋，白髮編成了三股辮。兩名男子佩戴著叮噹作響的裝飾品，反觀老婦人身上只有一件貫頭衣。不過她的貫頭衣是黑色的，纏著金色腰帶。

「諸位訪客，歡迎來到此地。我是這個聚落的族長諾碧兒。」

老婦人鄭重地開口，凝視瑪荷洛一行人。守衛催促他們跪下，眾人連忙屈膝跪地。

諾碧兒的目光緩慢地逐一掃過瑪荷洛他們。看到諾亞與瑪荷洛時，她驚訝地睜大雙眼，突然流起淚來。

「我一直在等待，等待你們的到來。不枉費我相信祭司的話，一直等到這一天。」

諾碧兒潸然淚下，抬手舉向天空。就在瑪荷洛他們摸不著頭腦之際，諾碧兒對那兩名男子使眼色。兩人行了一禮後，便從右手邊的小門走掉了。

「妳一直在等我們？這是什麼意思呢？」

諾亞這般詢問諾碧兒，絲毫不掩飾不悅的情緒。

「正統的闇魔法族人，在這個聚落裡已寥寥無幾，屈指可數。尚未成年的孩子只有三人，只剩這樣而已。我們曾是闇魔法一族子弟。然而，現在已經喪失闇魔法的力量，只能偷偷在這個聚落等待天命。」

諾碧兒不回答諾亞的問題，自言自語似地喃喃說道。瑪荷洛心神不寧，左顧右盼。他有不好的感覺，內心騷亂不已。瑪荷洛不安地把手搭在諾亞的手臂上，諾亞見狀握住他的手。艾佛烈在後方豎耳細聽，不放過任何動靜。團長與里昂則張望四周。

「人已經請來了。」

右手邊的小門開啟，剛才那兩個男人回來了。瑪荷洛看向那邊，登時大驚失色作勢起身。諾亞也渾身一僵，站了起來。

從那道門現身的人，是在水晶宮見過的少女——那位授予諾亞及奧斯卡賦禮、讓人想忘也忘不了的祭司。

「怎麼了？她是誰？」

見諾亞和瑪荷洛的反應非比尋常，艾佛烈立刻起身，注視少女。有著及腰的白髮與白皮膚、年約八歲的少女，邁著碎步跑了過來。

「馬上離開這裡！」

諾亞立即將瑪荷洛摟向自己，準備離開現場。不過少女的動作更快，她飄上空中繞到瑪荷洛他們的前面。團長與里昂搞不清楚狀況，無法判斷少女是否為敵。

「這名少女是祭司！」

諾亞這般喊道，團長、里昂與艾佛烈大吃一驚，立刻擺出備戰架勢。突然間，周圍產生了靜電。現場響起劈劈啪啪的空氣爆裂聲，少女的頭髮逐漸豎了起來。瑪荷洛、諾亞及里昂的使魔激動地吼叫。

「必須完成使命才行……」

少女死盯著瑪荷洛他們，張開纖細的手臂。她的雙瞳從黑色轉為金色，身體再度飄上空中。針刺一般的麻痺感竄過全身，瑪荷洛頓時無法動彈。諾亞、里昂、艾佛烈與團長也一樣，雙腳牢牢黏在地上。

『我乃光之使者，持光之劍，執光之盾，司掌時間，招來死亡……』

少女換了一種聲音，開始念起聽過的詞句。使魔一同衝向少女，少女被牠們撞得身子一晃。瑪荷洛他們所中的定身咒當即解除，一行人拔腿就跑，想趕緊逃離現場。

老婦人見狀大喊「別讓他們逃了！」，兩名男子隨即關閉出入口。

『……我乃光之民，口說光之語言，授予光之生命——我要授予你賦禮。』

少女抬起遭使魔咬住的手臂，指向瑪荷洛他們。瑪荷洛回頭看向她所指的對象——是里昂。少女的手筆直地指著里昂。她的指尖射出一道光線，貫穿里昂的胸口。

『授予你的賦禮為「魔力相抵」——代價是……女王陛下的死！』

少女高聲宣告的剎那，里昂神情痛苦地抓撓著胸口倒了下去。

「啊啊！我們總算夙願以償了！那令人恨之入骨的仇敵！杜蘭德王國的女王終於死啦！」

老婦人一副感動至極的模樣吶喊著。瑪荷洛他們彷彿凍結一般無法動彈。里昂獲得賦禮的代價是——女王陛下的死!?

「唔、唔唔、唔啊啊啊啊啊!!」

倒在地上的里昂發了瘋似地大吼大叫起來。他面色如土，亂抓著頭髮，臉上寫滿絕望，惡狠狠地瞪著少女。

「妳做了什麼！妳到底做了什麼!?該不會把女王陛下給!?不會的，不會的，不會的——!!」

里昂像是變了個人般亂吼亂叫，朝著少女衝了過去。瑪荷洛他們根本來不及阻止。里昂抓住飄浮在空中的少女衣襬，往地面一拽。少女的眼珠變回黑色，慘叫一聲摔倒在地上。

「馬上給我更正！快說女王陛下沒死!!要是害死了陛下，我就殺了妳！」

里昂發狂似地怒吼，雙手掐住少女的脖子，表情宛如惡鬼。那兩個男人連忙跑過來，試圖將里昂從少女身上拉開。

「比你的生命還重要的東西……原來是女王陛下嗎……」

諾亞尖聲喃喃地說，茫然看著打算殺死少女的里昂。瑪荷洛不知該如何是好，只能愣在原地。那名老婦人說她一直在等待。這代表老婦人早就知道，殺死女王陛下的人物將會來到這裡。瑪荷洛他們作夢也沒想到，被人稱為祭司的少女會出現在這裡，並授予里昂賦禮。而且里昂最重要的東西，居然是女王陛下。之前里昂分明說過，他很重視家人，所以不想得到賦禮。豈料里昂最重視的原來是女王陛下——

里昂遭兩名男子壓制，發了狂似地吼叫著。少女按著浮現瘀痕的脖子，劇烈咳嗽。

「原來如此……」

背後傳來顫抖的話音。瑪荷洛驚慌地回過頭，發現艾佛烈雙手掩面。就連團長也因為情況太令人震驚，站在他的旁邊一動也不能動。

不久之前才有多名王族慘遭殺害，沒想到唯一的祖母、敬愛的女王陛下也在剛剛被奪走性命，得知這個消息的艾佛烈受到的打擊有多大呢？瑪荷洛不禁感到心痛。

——然而，他錯了。

艾佛烈移開掩面的雙手，眼中沒有半滴淚水。

「原來如此——原來你就是將我送上王位的男人啊。」

艾佛烈看著里昂揚起嘴角，露出極為邪惡的笑容。那張沉浸在愉悅中的笑

臉，冷酷得令人毛骨悚然。聽著里昂的吼叫聲而顫慄不已的同時，瑪荷洛怔忡地注視著艾佛烈，怎麼也無法移開目光。

藍月小說系列

弒君的血族
（原名：女王殺しの血族）

作　　者／夜光花
繪　　圖／奈良千春
執 行 長／陳君平
榮譽發行人／黃鎮隆

出　　版／城邦文化事業股份有限公司 尖端出版
台北市中山區民生東路 2 段 141 號 10 樓
電話：(02) 2500-7600
傳真：(02) 2500-2683
E-mail：7novels@mail2.spp.com.tw
發　　行／英屬蓋曼群島商家庭傳媒股份有限公司城邦分公司 尖端出版
台北市中山區民生東路 2 段 141 號 10 樓
電話：(02) 2500-7600（代表號）
傳真：(02) 2500-1979
中彰投以北經銷／楨彥有限公司（含宜花東）
電話：(02) 8919-3369　傳真：(02) 8914-5524
雲嘉以南／智豐圖書有限公司
（嘉義公司）電話：(05) 233-3852　傳真：(05) 233-3863
（高雄公司）電話：(07) 373-0079　傳真：(07) 373-0087
一代匯集／香港九龍旺角塘尾道 64 號龍駒企業大廈 10 樓 B&D 室
電話：(852) 2783-8102　傳真：(852) 2582-1529
E-mail：hkcite@biznetvigator.com
新馬經銷／城邦（馬新）出版集團 Cite (M) Sdn. Bhd.
E-mail：cite@cite.com.my
法律顧問／王子文律師　元禾法律事務所
台北市羅斯福路 3 段 317 號 15 樓

2022 年 11 月 1 版 1 刷

■中文版■

郵購注意事項：
1.填妥劃撥單資料：帳號：50003021戶名：英屬蓋曼群島商家庭傳媒(股)公司城邦分公司。2.通信欄內註明訂購書名與冊數。3.劃撥金額低於500元，請加附掛號郵資50元。如劃撥日起 10～14日，仍未收到書時，請洽劃撥組。劃撥專線TEL：(03)312-4212 ・ FAX：(03)322-4621。E-mail：marketing@spp.com.tw

國家圖書館出版品預行編目資料

弒君的血族 / 夜光花作；王美娟譯. -- 一版. -- 臺北市：城邦文化事業股份有限公司尖端出版：英屬蓋曼群島商家庭傳媒股份有限公司城邦分公司尖端出版發行，2022.11

面； 公分

譯自：**女王殺しの血族**

ISBN 978-626-338-568-9（平裝）

861.57 111015122